西游记
取经的卡通

黄庆萱　林明峪　龚鹏程

————

编撰

九州出版社
JIUZHOUPRESS

图书在版编目（CIP）数据

西游记：取经的卡通 / 黄庆萱，林明峪，龚鹏程编著. -- 北京：九州出版社，2019.2
ISBN 978-7-5108-7800-8

Ⅰ．①西… Ⅱ．①黄… ②林… ③龚… Ⅲ．①章回小说－中国－明代 Ⅳ．①I242.4

中国版本图书馆CIP数据核字（2019）第004189号

西游记：取经的卡通

作　　者	黄庆萱　林明峪　龚鹏程
责任编辑	张艳玲
出版发行	九州出版社
地　　址	北京市西城区阜外大街甲 35 号（100037）
发行电话	（010）68992190/3/5/6
网　　址	www.jiuzhoupress.com
电子信箱	jiuzhou@jiuzhoupress.com
印　　刷	三河市兴博印务有限公司
开　　本	787 毫米×1092 毫米　32 开
印　　张	10
字　　数	190 千字
版　　次	2020 年 8 月第 1 版
印　　次	2020 年 8 月第 1 次印刷
书　　号	ISBN 978-7-5108-7800-8
定　　价	52.00 元

用经典滋养灵魂

龚鹏程

每个民族都有它自己的经典。经，指其所载之内容足以做为后世的纲维；典，谓其可为典范。因此它常被视为一切知识、价值观、世界观的依据或来源。早期只典守在神巫和大僚手上，后来则成为该民族累世传习、讽诵不辍的基本典籍。或称核心典籍，甚至是"圣书"。

佛经、圣经、古兰经等都是如此，中国也不例外。文化总体上的经典是六经：《诗》《书》《礼》《乐》《易》《春秋》。依此而发展出来的各个学门或学派，另有其专业上的经典，如墨家有其《墨经》。老子后学也将其书视为经，战国时便开始有人替它作传、作解。兵家则有其《武经七书》。算家亦有《周髀算经》等所谓《算经十书》。流衍所及，竟至喝酒有《酒经》，饮茶有《茶经》，下棋有《弈经》，相鹤相马相牛亦皆有经。此类支流稗末，固然不能与六经相比肩，但它各自代表了在它那一个领域中的核心知识地位，却是很显然的。

我国历代教育和社会文化，就是以六经为基础来发展的。直到清末废科举、立学堂以后才产生剧变。但当时新设的学堂虽仿洋制，却仍保留了读经课程，以示根本未隳。辛亥革命后，蔡元培担任教育总长才开始废除读经。接着，他主持北京大学时出现的"新文化运动"更进一步发起对传统文化的攻击。趋势竟由废弃文言，提倡白话文学，一直走到深入的反传统中去。论调越来越激烈，行动越来越鲁莽。

台湾的教育、政治发展和社会文化意识，其实也一直以延续五四精神自居，以自由、民主、科学为号召。故其反传统气氛，及其体现于教育结构中者，与当时大陆不过程度略异而已，仅是社会中还遗存着若干传统社会的礼俗及观念罢了。后来，台湾朝野才惕然憬醒，开始提倡"文化复兴运动"，在学校课程中增加了经典的内容。但不叫读经，乃是摘选《四书》为《中国文化基本教材》，以为补充。另成立文化复兴委员会，开始做经典的白话注释，向社会推广。

文化复兴运动之功过，诚乎难言，此处也不必细说，总之是虽调整了西化的方向及反传统的势能，但对社会普遍民众的文化意识，还没能起到警醒的作用；了解传统、阅读经典，也还没成为风气或行动。

二十世纪七十年代后期，高信疆、柯元馨夫妇接掌了当时台湾第一大报中国时报的副刊与出版社编务，针对这个现象，遂策划了《中国历代经典宝库》这一大套书。精选影响国人最为深远的典籍，包括了六经及诸子、文艺各领域的经典，遍邀名家为之疏解，并附录原文以供参照，一时朝野震动，风气丕变。

其所以震动社会，原因一是典籍选得精切。不蔓不枝，能体现传统文化的基本匡廓。二是体例确实。经典篇幅广狭不一、深浅悬隔，如《资治通鉴》那么庞大，《尚书》那么深奥，它们跟小说戏曲是截然不同的。如何在一套书里，用类似的体例来处理，很可以看出编辑人的功力。三是作者群涵盖了几乎全台湾的学术菁英，群策群力，全面动员。这也是过去所没有的。四，编审严格。大部丛书，作者庞杂，集稿统稿就十分重要，否则便会出现良莠不齐之现象。这套书虽广征名家撰作，但在审定正讹、统一文字风格方面，确乎花了极大气力。再加上撰稿人都把这套书当成是写给自己子弟看的传家宝，写得特别矜慎，成绩当然非其他的书所能比。五，当时高信疆夫妇利用报社传播之便，将出版与报纸媒体做了最好、最彻底的结合，使得这套书成了家喻户晓、众所翘盼的文化甘霖，人人都想一沾法雨。六，当时出版采用豪华的小牛皮烫金装帧，精美大方，辅以雕花木柜。虽所费不赀，却是经济刚刚腾飞时一个中产家庭最好的文化陈设，书香家庭的想象，由此开始落实。许多家庭乃因买进这套书，而仿佛种下了诗礼传家的根。

高先生综理编务，辅佐实际的是周安托兄。两君都是诗人，且侠情肝胆照人。中华文化复起、国魂再振、民气方舒，则是他们的理想，因此编这套书，似乎就是一场织梦之旅，号称传承经典，实则意拟宏开未来。

我很幸运，也曾参与到这一场歌唱青春的行列中，去贡献微末。先是与林明峪共同参与黄庆萱老师改写《西游记》的工作，继而再协助安托统稿，推敲是非、斟酌文辞。对整套书说不上有什么助益，自己倒是收获良多。

书成之后，好评如潮，数十年来一再改版翻印，直到现在。经典常读常新，当时对经典的现代解读目前也仍未过时，依旧在散光发热，滋养民族新一代的灵魂。只不过光阴毕竟可畏，安托与信疆俱已逝去，来不及看到他们播下的种子继续发芽生长了。

当年参与这套书的人很多，我仅是其中一员小将。聊述战场，回思天宝，所见不过如此，其实说不清楚它的实况。但这个小侧写，或许有助于今日阅读这套书的大陆青年理解该书的价值与出版经纬，是为序。

走入魔幻的卡通世界

黄庆萱

我把唐僧师徒四人说成卡通人物，不是毫无理由的。首先请看孙悟空：拔根毫毛叫声变，变菩萨、变妖精、变成树、变成庙、变成成千成万的孙悟空。上天见玉帝，南海拜观音；冥世问阎罗，水底访龙王。这顽皮猴，不是人见人爱的卡通英雄吗？那猪八戒，更是十足的卡通小丑。他是我们欢笑的来源，笑他不自量力，笑他好吃懒做。引人发笑的就不会令人生厌，这位投错了胎的小胖猪，也给我们许多亲切感。沙僧，沉默寡言，吃苦耐劳，是不可或缺的卡通忠仆。而唐僧，皇位让他他不作；金银给他他不要；一心只想去西天取经。看到妖魔就害怕，对徒弟还有点偏心。这骑在白马上的和尚，就是卡通里的滥好人！

一板正经的卡通好人，带着刁钻好斗的卡通英雄，憨呆逗笑的卡通小丑，没有脾气的卡通忠仆。跋山涉水，一路西行，遭遇的劫难可多哪！

有些劫难是由他们自己引起的。"吃"是最大的原因：偷吃人参果，误喝子母河水，是其中较特殊的例子。再就是"穿"：黑风怪窃袈裟，金兜山被纳锦背心绑住了手脚。还有"色"字作怪：四圣显化试禅心、尸魔三戏唐三藏，以及琵琶洞、盘丝洞、无底洞里的妖精，外加西梁国女王留婚、天竺国公主招亲。然后是"思想"上的分歧：平顶山逢魔，对手是太上老君看炉的童子；小雷音遇难，对手是弥勒佛的司磬童子。以及"好为人师""赋诗露才""贪图娱乐""轻诺寡信"，等等。玉华城三僧收徒，惹出一窝狮子；木仙庵三藏谈诗，引起杏仙窥伺；玄英洞受苦，是因为元宵赏灯；最后一难老鼋作祟，却是自己轻诺失信。这种种，全是纠纷的起源。

有些劫难出于环境因素。山水荆棘的阻隔，寒热风雾的障碍，加上盗贼和野兽，使得取经的路上，充满着困难。蛇盘山、豹头山、青龙山……几乎每一座山代表一个劫难。以至于后来唐僧每过一山，便心中害怕。水也如此，鹰愁涧、黑河、通天河……全留有灾难的回忆。黑松林逢魔、荆棘岭努力、稀柿衕秽阻。这些代表地理上的阻隔。黄风岭上的巨风，麒麟山上的烟沙，隐雾山头的迷雾，通天河的冰天雪地，火焰山的铜铁成汁……这些又代表气象上的灾难。出城逢虎，路阻狮驼，双叉岭上的长蛇怪兽，黄花观中的蜈蚣为害，以及大象、大雕、鹿、羊、兔、鼠，等等。还有两界山头、观音院里、杨家后园、寇洪家中遇到的盗贼。更使得劫难重重，高潮迭起。故事可有得瞧的呢！

这些带有卡通色彩的人物，虽然是顽皮猴、白胖猪、好人和忠仆。其实，全是人类心灵的化身。唐僧代表心灵善良的一面。过分善良，当然不免吃亏上当。猪八戒代表欲望，好吃又好色，如果不加以抑制，可丢人哪！孙悟空和沙僧代表理性，孙悟空乐观进取，爱作积极的奋斗；沙僧任劳任怨，偏向消极的适应。取经的成功，多靠他俩。

取经卡通的故事，当然很热闹好笑。其实，说穿了，就是"佛在灵山莫远求，灵山只在汝心头。"《西游记》强调：如何克服内在人性的暗潮汹涌和外在环境的危机四伏，以求取心灵的安顿和人类的福祉。又把这个主题落实在与邪魔六贼抗争的心猿意马，而置场景于似幻而真的火焰山、荆棘岭、稀柿衕。希望你我在享受它的神怪和机智之余，却也触发面对生命真相的智慧！

因原著卷帙浩繁，阅读不便，所以我们改写时，便加以适度的处理。在不损及原书韵味的原则下，我们重新设计回目，变化文字，写成了这本书。

时报公司原希望由我改写，我知道自己笔调不够沽泼，怕糟蹋了《西游记》精彩的故事，再加上俗务冗忙，所以特别推荐龚鹏程、林明峪担任改写的工作。本书第十六节以前，由林执笔，由龚润饰；第十七节以下，由龚执笔，由林润饰，至于原书主题的掌握与诠释等，仍然由我负责。

但愿读者好好享受这部时空与书中都很魔幻的奇书！

目　录

认识《西游记》

认识《西游记》

在中国，这古老的国家里，有一则古老的故事，经过老祖父在豆棚瓜架下、说书人在瓦舍街市中，一年一年、一段一段地讲述之后，竟讲出了一册旷世奇书来。这本奇书，写的不是纷扰醒臲的人事，也不是缠绵悱恻的爱情，那里头只有四个奇奇怪怪的和尚和一连串奇奇怪怪的事物。这本书就是《西游记》。它已经成为这个古老国度里最奇异的记忆来源，不管男女老少，人人喜欢它，有些人甚至还建了庙宇来供奉那些和尚。更有些人，在摩挲欣赏之余，忍不住要写些书来讨论它、赞美它。在那些书上，他们这样写着：

读《西游记》而能不笑出声音来的，除非是神经有问题的人！

这些写书人，就像一个憨直的老农，偶尔吃到一口甜瓜，竟忍不住要抱着瓜四处去请人也来尝尝。如今，我们把《西游记》重新改写过，呈献给各位，也是抱着这样的心情。

一、《西游记》的故事演化

《西游记》和我国许多其他的小说名著一样，是根据正史、传说、民间故事等，逐渐发展而成的。它叙述唐代一位伟大的留学生——玄奘和尚，出游十七年，经过五十多个国家，远赴印度，取回六百五十七部佛经的故事，但又加上了许多趣味性的创作，所以它所表现的内容和意义，也就与原来的玄奘故事不太一样了。

早在唐朝，玄奘的学生慧立就曾替玄奘写过一本《大唐大慈恩寺三藏法师传》，叙述他的出身和取经历程，内容十分详细，其中如八百里沙河，"诸恶鬼奇状异类绕人前后"等，后来都成为《西游记》里写作的素材。可见玄奘当年西行求经，确实是历尽艰辛，有翻过大沙漠、火山等奇异的经验，所以后来民间对他的传说也津津乐道，愈说愈神奇了。

这种情形，实在是一般口传文学及民间故事共同的现象，例如古代传说神农氏尝百草，后人就说他为什么能知道各种草的药性呢？因为神农氏的肚皮是透明的；又如岳飞是一名忠勇爱国的猛将，金朝大将金兀术那么凶恶，可是碰到岳家军就大败，民间就传说兀术是赤须龙下凡，而岳飞却是大鹏鸟下降，所以才能克制他。玄奘故事也是如此，一般人民看玄奘如此勇敢坚毅，经历了那么多、那么远，几乎不是一般凡人所能经历的苦和路，就想象他去的是"西天"（像天一样那么远），路上也一定有超乎常人能力的勇士帮助他，否则以一个血肉之躯的单身和尚，哪能完成这么艰巨的任务呢？

就这样，孙行者和《大唐三藏取经诗话》（又名《大唐三藏法师取经记》）便被创造出来了。

《大唐三藏取经诗话》，全书风格仍然与唐和五代时期的变文十分接近，文字非常古拙，诗歌也很像佛偈或经赞，但它虽然文学成就不高，却是我国第一本有回目的小说，孙行者也开始正式上场了。全书大致具备了后来《西游记》的雏形。

这时的孙行者，是花果山紫云洞八万四千铜头铁额弥猴王变化成的白衣秀才，具有无量神通，因此取经的行动也受到天庭的帮助，例如第十回经过女人国："举步如飞，前遇一溪，洪水茫茫。法师烦恼。猴行者曰：'但请前行，自有方便'，行者大叫'天王！'一声，溪水断流，洪浪干绝，师行过了，合掌擎拳。此是宿缘，天宫助力！"这个神通广大的猴行者，无疑已成为取经故事中消灾化厄的主角了，因此全书也洋溢着一片浪漫的气氛，有如说故事般的活泼。

据胡适先生考证，这样一个充满机智和神通的猴王，不会是我们自己民族的产物，而是受到印度文学的影响，印度的猴王哈奴曼（Hanuman），即是孙悟空的化身。郑振铎《西游记的演化》一文也有类似的看法。但我们认为：固然印度那只猴子的故事与孙行者在某些地方有些类似，可是武断地说孙悟空是由哈奴曼演变来的，实在也还牵强了些。细看六朝到唐宋一系列猿猴故事的发展，我们就知道猴行者乃至孙悟空的产生，并不是偶然的。晋张华的《博物志》里就描写过一则弥猴能变成人形、娶女为妻的故事；唐人的《补江总白猿传》更是如此，白猿只要"一阵阴风"，就能把人摄走。《西游记》里孙悟空也常来这一招。到了宋朝，一方面有了《大唐三藏取经诗话》这样的作品，另一方面也有一篇完整的短篇小说《陈巡检梅岭失妻记》，叙述申阳洞的猴王，修炼千年，变化莫测，常到红莲寺去听佛法；后来他看见陈巡检的妻子貌美，就变一座客店，趁陈氏夫妻去投宿时，夜里用一阵风摄走了陈妻。陈氏找到红莲寺去报仇，反而被他打败，只好请来紫阳真人，才把他活捉了。这个猴王，名字就叫作"齐天大圣"。由这个故事我们可以知道：一、猿猴与佛法扯上关系，至少在宋、明之间十分流行，例如这个齐天大圣和明初无名氏杂剧《龙济山野猿听经》、元末杨景贤所作的《西游记》廿四折杂剧都是如此。二、把猴王称作大圣，也是当时颇为流行的称呼，《陈巡检梅岭失妻记》里齐天大圣申阳公的哥哥名叫通天大圣，弟弟叫弥天大圣。明抄本杂剧《时真人四圣锁白猿》里，那只猴王也自称是烟霞大圣。——在这种背景之下，玄奘故事里加进一位神通广大的猴行者，就不是一件十分突然的事了。

宋代以后，金院本中有《唐三藏》，可惜失传了。元人吴昌龄另有一本杂剧《唐三藏西天取经》，也已失传。这时候，古本《西游记》出世了。

古本《西游记》，当然也早已失传，可是它还有一部保存在《永乐大典》残卷及韩国汉语教科书《朴通事谚解》里，根据这些残存的文字，我们知道它已经把八十一难的轮廓大致勾勒完成了。和吴昌龄那本杂剧一样，它里面已有孙行者、猪八戒和沙和尚。

这本书流行以后，《西游记》的故事大概已经完全定型了。人们显然十分喜爱这样的故事和人物，因为它们能满足大家沌稚的好奇和想象。所以紧接着又产生了廿四折杂剧《西游记》、《二郎神锁齐天大圣》、百回本《西游记》等书。

当然，百回本《西游记》是这里面写得最好的一本。早期的猴王及取经故事，多半把齐天大圣描写成一个神通广大又好色的猢狲，直到廿四折杂剧《西游记》里还是这样。百回本《西游记》则不同，它只保留了属于猴王的灵敏、活泼、好动、顽皮和幽默感，却把好色这种习性交给猪八戒去发挥。所以我们今天在《西游记》里才会看到那只有竹筒嘴、蒲扇耳的老猪，一见到女人就目瞪口呆、口水直流。这一点不能不说是百回本《西游记》极高智慧创造的成就之一，因为这样一改，才容易凸显出孙悟空和猪八戒两人性格上的强烈对比，小说内在的张力也增强了许多。

不只如此，百回本《西游记》在文字上、结构上，无不出色。所以书一上市，就风行一时，明清之间删改、增加、批注、评解这本书的也不知有多少，以下是一些比较著名的版本：

万历	《唐三藏西游释厄传》（简本）	十卷	刘莲台刊本	朱鼎臣撰
道光	《西游唐三藏出身传》（简本）	四卷	小蓬莱仙馆	杨致和编
康熙	《西游证道书》（繁本）	百回	怀德堂	汪象旭撰评
乾隆	《西游真诠》（繁本）	百回	芥子园	陈士斌撰评
乾隆	《新说西游记》（繁本）	百回	味潜斋	张书绅撰评
嘉庆	《西游原旨》（繁本）	百回	湖南	刘一明撰评
道光	《通易西游正旨》（繁本）	百回	眉山德馨堂	张含章撰评

从书商纷纷翻印的情形看来，这一则经过长期酝酿而成的故事，的确已经在民间生根了。我们除了佩服百回本《西游记》作者文字的魔力之外，更要知道，这本书其实还含有唐、宋、金、元、明，将近一千年来的岁月磨炼，以及千年来人们无数心血和情感的投射在内。这也就是《西游记》为什么能激发我们所有中国人的共鸣的缘故。每个人在阅读它时，都能认同它，并在里面找到自己的影子。这点我们留在后面再谈，先谈有关作者的部分。

二、《西游记》作者和影响

我国许多著名的小说，作者都不太能确定究竟是谁，例如

《水浒传》《红楼梦》，我们现在一般虽说是施耐庵、曹雪芹写的，其实也只是一种权宜的讲法，专家学者还在不断地争论探讨中。《西游记》也是如此。

早期，因为元初著名的道士丘处机曾随元太祖西征，他的徒弟李志常又写了一本《长春真人西游记》来记述这桩事，所以明清之间，常认为百回本《西游记》就是这本《长春真人西游记》。后来丁晏《石亭记事续编》和阮葵生《茶余客话》才根据《淮安府志》，认定它的作者是吴承恩。近代学者如胡适、周树人等，多半赞同这种看法，因此我们现在也暂且把吴承恩当作是《西游记》的作者。

但问题并不如此简单，第一，明代刊本和所有与刊印《西游记》有关的人，都不知道本书作者究竟是谁。第二，所有主张吴承恩就是《西游记》作者的人，所根据的都只是天启年间编修成的《淮安府志》，府志里《淮贤文目》上记载："吴承恩：《射阳集》四册、《春秋列传序》、《西游记》。"不仅是单文孤证，而且中国书里称为《西游记》的也不晓得有多少，这里又没有注明书的性质和内容、卷帙，武断地说这本《西游记》就是百回本《西游记》，实在是太大胆了。相反地，明人黄虞稷写的《千顷堂书目》里，反而把吴承恩《西游记》，记载在史部舆地类中，当作一般游记来处理，不放入小说类。这足以说明：吴承恩到底是不是百回本《西游记》的作者，仍是应该存疑的。

在这儿，我们无意做考据文章或翻案，我们的看法是：一、

《西游记》的作者是谁，对这本书并没有太大的关系；有关系的，是产生这个小说的社会和人群。它本身既不是一册自传性或主观的小说，即使我们认定吴承恩是本书的作者，对我们阅读这本书时，又有什么帮助呢？充其量不过附会一些"吴承恩个性诙谐，所以这本书写得很有趣"这样的无聊话头罢了。不但对我们阅读没有什么导引的作用，反而容易浅化和窄化它。二、如果一定要谈它的作者，不如说它是经过长期修改增删而完成的，万历二十年刊印的世德堂百回本《西游记·序》就说："唐光禄既购是书，奇之，益俾好事者为之订校，秩其卷目梓之……"可见这本书原来编排并不完整，是由唐氏和其他人共同订校，并重新安排其卷目以后才印行的。像唐氏这样的"好事者"，据我们推测，恐怕是唐、宋以来一直存在着的，你添一段故事、我改一点文句，逐渐形成这样一部兼容并蓄、剪裁匀称的大书，《水浒传》《红楼梦》不也是这样吗？这种情形，只要看看从《大唐三藏取经诗话》以后，不断流传改写的《西游记》和猿猴故事，就可以知道了。也许，确实曾有一位天才作家（如吴承恩这种人），把唐、宋、金、元、明许许多多猿猴及取经的故事，重新浏览整理过，集其大成，并加上许多天才的创造，写成《西游记》。但我们也不能忽略了唐光禄等人校订编排的功劳。因此，我们认为《西游记》一书，事实上包含有许许多多人的心血，应该是比较合理而公平的。它像海，汪洋浩瀚之中，汇杂了千流百川，演出一段惊心动魄、令人目移神骇的景观。

事实上，我们所讲的这种增删修改，仍在继续着（包括本书在内），市面上流行的《西游记》，早已和百回本《西游记》很不相同了。但有些人并不满足于增删修改，他们忍不住也想再写一段西游故事，表达一下自己的文采和思想，于是模仿或续《西游记》的书就大量出笼了。以下我们分别说明一下：

《西游记》的删节本，以明朱鼎臣改编、刘莲台印行的《鼎锲全像唐三藏西游释厄传》十卷，与杨致和改编、小蓬莱仙馆印行的《西游唐三藏出身传》四卷四十一回为最著名。杨氏书和《东游记》（又名《上洞八仙传》）、《南游记》（又名《五显灵官大帝华光天王传》）、《北游记》（又名《北方真武玄天上帝出身志传》）合起来，又称作《四游记》。

《西游记》的繁本很多，详见上文所附的表，这里不多叙述了。这些繁本，有些是添加修改原书的，有些是在原书之外附加许多批注。

模仿《西游记》的续书，较著名的是《后西游记》四十回及《西游补》十六回。两书写法不同，《后西游记》结构上模仿《西游》，写花果山又生了一个石猴，名叫小圣，辅佐大颠和尚去西天求取经典的真解，路上又收一个猪一戒，历尽艰苦才取得真经而回。《西游补》则不同，他不像其他的续书人那样笨，呆板地抄袭模仿原来的结构和布局，他只是"补"，替《西游记》补一个情节。写孙悟空三借芭蕉扇以后，出去化斋，被鲭鱼精迷惑，渐入梦境，颠颠倒倒，后来被虚空主人唤醒，才回到现实，打死鲭鱼精。所谓鲭鱼，就是"情"，全书的意思是说，在情之内，即使是像孙悟空这样的神通，也会被迷惑，必须看出情根世界只是一片虚空，才能走出情的笼罩，不受情所羁绊。全书文学价值也很高，是所有模仿改续的书里，写得最好的。

三、《西游记》内涵的争论

我们说过，《西游记》这本奇书融进了无数人的心血和情感，所以它也常能激发起我们的共鸣。不同的读者，有各种不同的感受和启发，每个人总能在这里头找到他自己思想与情感的投影，因此，在中国许多小说名著里，从没有哪一本书能像它这样，具有各式各样的"读法"。——有些人说它是在讲金丹大道，有些人说它是宣扬佛法，有些人说它讲的是"收其放心"的儒家道理，也有人说它是在反抗或讽刺现实社会和政治，更有人说，你们都猜错了，这本书至多不过是一部有趣的滑稽小说或神话小说，什么意思也没有，只不过有点爱骂人的玩世主义而已……

近代学者也企图从各个角度去探讨它，有些人把书里的人物拿来和弗洛伊德心理学相比较，有些人研究它的神话内涵，有些人探讨其结构象征，有些人注意它所表现出来的社会意识，有些人则说它是个智慧的喜剧……

当然，这许多说法，各有其依据，也多半能言之成理，虽然各有着十分歧异的论点，但并不妨碍它们之间理论上的并存性。我们这样说，并不意味着我们将采取一种顸颟不负责任的态度："甲好，乙也不错，丙嘛，也可以。"相反地，我们也有我们自己的看法，可是我们仍然希望读者能具有一份开放的胸襟，能够从以上各种角度去看这部奇书，去领略各种不同的蕴含。

在以上各类看法中，应该稍微提一下的，是有关佛、道的部分。由书里对佛经内容经常弄错的情形看来，本书不太可能是一本单纯为宣扬佛法而写的书。它里面虽曾叙述佛、道斗法的经过（如车迟国悟空和虎、鹿、羊斗法），但那其实是采自敦煌舍利佛与外道六师斗法变相图这一类民间传说，而予以改编创造的。有些人认为它就是影射明世宗崇道灭僧，已不甚站得稳，何况说它是弘扬佛法呢？在《西游记》那些章节题目、诗词、回末对句里，我们反而可以看到各种阴阳五行、丹鼎炉火等名词，例如孙悟空是金公、猪八戒是木母、沙和尚是黄婆（代表土）、唐僧则是"一头水"。又如盘丝洞七个女妖捉住唐僧，题目就叫作"盘丝洞七情迷本"；悟空用芭蕉扇扇灭了火焰山，就说是"坎离既济真元合，水火均平大道成""水火调停无损处，五行联络如钩"；猪八戒帮助孙悟空大战牛魔王，则高吟"木生在亥配为猪，牵转牛儿归土类。申下生金本是猴，无刑无克多和气"……这一类情形，遍布全书。但我们如果根据这些现象，就又认定它是本道教徒炼丹的书，也未免太天真了。事实上，阴阳五行的基本概念几乎遍布于中国所有经典中，也是宋、明以来哲学思想背后一个极其重要的概念体系。《西游记》的作者，则有意运用这样一个完整而绵密的体系架构，来传达他的思想和对人生的看法。

这些看法，展示了人性由束缚到解脱，一连串修持的过程。

首先，孙悟空又名"心猿"，所以真假猴王大闹天地那一回，题目就叫作"二心搅乱大乾坤"；悟空学道的地方则称为"灵台方寸山"。十四回又说："佛即心兮心即佛"。处处都显示了作者对"心"的强调，所谓："佛在灵山莫远求，灵山只在汝心头"（八十五回），只要掌握住这颗心，不要"纵放心猿"，自然平安吉祥。可是，您如果以为作者只是要人掌握住这颗心，那又错了。第十三回说得很清楚："心生，种种魔生；心灭，种种魔灭！"八十一难的许多妖魔恶怪，其实都是"心"所幻化出来的，例如《真假猴王大闹乾坤》，即是二心浑乱的结果；悟空和八戒大战牛魔王时，悟空更高吟："牛王本是心猿变！"即心即魔，要心灭魔灭，就必须"无心"（第五十八回："禅门须学无心诀，静养婴儿结圣胎"）；由护持此心而到无心，也就是由修道而到证道的历程，既已证道，则五行本是空寂，百怪都属虚名了（见一百回）。

经由这种历程，本书主要在点出一个"空"字，所谓四大皆空，五行空寂。美猴王进出石胎，远赴灵台方寸学道时，那位开门的道童是"心与相俱空"，菩提祖师是"空寂自然随变化"，又替猴王取了一个名字，叫悟空："鸿濛初辟原无姓，打破顽空须悟空。"换言之，孙悟空这个角色和《西游记》这本书，就是在教人如何悟空，并打破顽空，所以六十一回又说："打破顽空参佛面。"大乘空宗佛学，主张一切世间物象都没有独立的实质自体，一切心的作用也是这样，《西游记》可能就是运用这种理论，套进他自己那个概念体系去的。经由打破一切世相顽空（剿杀幻象妖魔）来悟"空"，也是一段心性修持的历程，所以本书开宗明义第一章标题就是"心性修持大道生"。

这种历经万有假相而证道悟空的过程，揭示了一个人性由束缚到解脱的主题，孙悟空（心猿）头上的金箍象征一个具体的束缚，等到他成佛了，束缚也消失了。所以我认为《西游记》主要的意义就表现在这儿。

当然啦，我们在提供以上这种对《西游记》的解释时，必须附带说明三点：一、这种诠释，写得十分简略，其中有许多曲折，非千言万语不能细谈。二、我们这项解释，是针对全书主要结构来说的，并不排斥其他各种解释的可能。因为，我们说过，《西游记》的产生，源于众多人的创造，所以它的内容包含十分复杂，虽然有以上我们所说的主要结构，但其他零星散布的各种思想也都兼容并蓄着。三、以上我们所说的这层意义，既然是透过《西游记》整本书来表现，运用它的整体架构来展示，那么，它当然不可能用另外一种结构来复现，想要改写《西游记》，而又保存原来那种意义，实在是不可能的。因此，我们改写的工作势必一方面告诉读者它原书说的是些什么，而另一方面再把我们改弦更张的经过稍作说明。

四、我们改写的重点与取舍的角度

我们深知：改写一本杰出的小说，其意义不一定能够重现，但它的风味，却多半能予以保留。所以我们在写作时大抵以下列几项线索为原则，重新组合贯串它：

《西游记》全书大致可以分成三个部分：一、孙悟空的来历。二、取经的因缘和唐三藏的身世。三、灾难的磨炼。其中唐僧的身世，原书花费了许多篇幅来容纳正史和民间传说中有关玄奘的材料，与全书其他部分，并没有太多的关联，我们尽量省去。所以现在所写的只是花果山那只美猴王如何出世，以及他如何随唐僧西行，获得真经正果的故事。

取经的历程，向来号称八十一难，其实是从唐僧降生人间开始算起的。有时同一件事，却分成好几难，例如流沙河收伏沙僧，就分成两难；火焰山借扇收妖，也分成三难；因此我们在处理时，以事件为主，不以难的数目做依据。在这些事件中，可以看出三条明显的线索来：一、悟空具有无限神通，而被压在五行山下，遇到唐僧，第一次解脱；戴上金箍，受克头痛，直到成佛去掉，是第二次解脱。这两次解脱，成为贯穿全书的主线。二、观音菩萨东寻取经人，并替三藏找来悟空、八戒、沙僧和龙马，是绾合全书的重要人物，所以悟空遇到不可解决的问题时，观音便要出场，有些妖怪甚至还是观音派下来造难的。三、妖魔群中，主要以两条线索为主：一是牛魔王、罗刹女、如意真仙、红孩儿等家族亲戚关系；一是与太上老君有关的人物，如金角、银角、独角兕大王等。——这两条线索聚拢起来，就构成我们现在改写这本书的骨干了。

由于《西游记》原书多达七八十万字，所以它的情节也必须浓缩调整一番，才能重新搭在我们这个骨架子上。这些调整包括删节和剪裁两部分。

所谓删节，是把书里一些处理手法重复或类似的部分删去或归并。例如已有了流沙河，则黑水河与通天河就可省略；已有了车迟国，则乌鸡国、朱紫国也都略去；另外，黄眉大王可以装人的宝贝金铙和白布搭包儿，与金角、银角的葫芦净瓶、狮驼洞的阴阳二气瓶、镇元大仙的袖里乾坤相似；黄风怪的狂风和芭蕉扇的风、红孩儿的火雷同，等等，一律删去，所以凡是写在本书里的，都是些最具代表性的。

所谓剪裁，有两种目的，一是为了使情节发展尽量紧凑而节奏明快，必须把某些主叙述之外的枝叶删去；与全书整体架构有关的诗词联语，也因结构改变，失去了作用，一律省略；诗词中有些描写风景、衣着的文字，改写时也不保留。二是为了使某一事件本身较具完整性，并容纳原书中精彩的片段，势必拆散原书结构，重新组合。例如写金角、银角时，把黄风岭猪八戒的嘴脸常吓坏乡人一段插入；又把尸魔三戏唐三藏、圣僧恨逐美猴王、猪八戒义激猴王等情节融入红孩儿那部分去；碧波潭与祭赛国金光寺一段虽然省略，却把碧波潭九头虫和朱紫国金毛犼脖子下的三个金铃子写进比丘国中。

经过这样改动后，全书的脉络和情节，虽与原书相去不远，篇幅却大大缩减了。篇幅缩简，则它所能容纳的意义必相对减少，所以在人物刻画上，我们不可能像原书那样周到圆满，我们只能把改写的重心放在叙述故事和悟空、八戒两人的性格对比上。

孙悟空和猪八戒，是种永恒的对比，一个聪明伶俐，一个粗夯好吃，偏偏懦怯妄信的唐僧又偏爱八戒（象征人性总是欲望胜于理智）。所以从头至尾，悟空和八戒两人总是不断地在斗嘴、捉弄、冲突或共同合作，他们的情感非常奇特，形象则非常鲜明。悟空的神通和幽默，使得这个尖嘴猴腮的精灵，成为雅俗共赏、老少咸宜的卡通英雄。八戒的馋懒与好色，也能带给读者欢笑并获得同情，任何读《西游记》的人，都会喜欢他们。在改写时，我们尽量保留它在这一方面的情趣，直接刻画出两人的性格，并间接反衬出唐僧与沙僧的性格。

另外有几项有关细节的处理：

一、难字、难词、难句改成容易懂的词汇。

例如素袋改成嗦袋儿、奶牙改成乳牙、磁器改成瓷器、金击子改成金凿子、啄木虫改成啄木鸟、隔板猜枚改成隔板猜物、云梯显圣改成云梯坐禅、羊凤儿改成羊癫风、饷糠的夯货改成吃糠的呆货，等等。

二、人称改为现代用法，以活泼运用为原则。

例如把"你"分出你、您，"他"分出他、她。猢狲、泼猴、猴王、大圣、行者、弼马温都是悟空的称谓，书中配合原书的趣味，穿插使用。

三、原文有些传神的文字或专门用语，无法替换，均予保留。

例如弼马温（天庭的马官）、蟭蟟虫儿（一种小飞虫）、唱个大喏（抱拳问好之意）、呆子（悟空对八戒的昵称）、咽啅咽啅地吃（吞咽食物的状声词）、孤拐面（悟空脸部的造型）、兜率天宫（太上老君的住处），等等。

四、对话部分，因篇幅关系，以一个场景为一段落。

五、因结构变更，回目和内容也重新设计了，所以，本书并不是一个译本。

改写的重点和取舍的角度，大致如此。在实际进行时，我们曾经参考了坊间许多改写的版本，发现大部分改写本都限于篇幅，只能交代故事大纲，原书韵味尽失。因此我们在写作前，先集体商讨章节之取舍，希望能在有限的篇幅中，尽量表达出原书的风味。也许我们还不能达成预期的目标，但我们愿朝这个方向来努力。

写作期间，黄庆萱先生提供了许多指导，他的细心和负责，才能使这册书如期完成。

总之，这是一次集体合作的尝试，并希望借此引发读者的兴趣，早日进入原书奇幻的世界。

遥遥取经路

关关斗邪魔

一、花果山水帘洞猴王的一段传奇

传说盘古开天辟地时，天地之间原弥漫着一大片阴沉沉的云雾。过了一些时候，一股从海中鼓荡而来的旋风，却将这片愁云惨雾给卷散了，霎时天朗气清，大地豁然呈现出四块大陆：东胜神洲、西牛贺洲、南赡部洲、北巨芦洲。

且说那股旋风刮散云雾之后，又飕地卷回海中。那落处正是东胜神洲傲来国东方海外的一座孤岛，这座岛名叫花果山，乃是四大洲陆东向的祖脉，天地生成的一块灵地。就在花果山的山顶上，有一块高三丈六尺五寸，周围二丈四尺、九窍八孔的灵石，自开天辟地以来，感受日月的精华以及风云的嘘吹，也不知过了多久，忽地一声巨响，石头迸裂，从里面跳出一只猴子来。

说也奇怪，这只石猴一落地就睁着眼睛四处乱瞧，两眼所射出的二道金光，直射到天庭。然后叩头拜了天地四方，感激生育之恩，随即蹦蹦跳跳奔下山顶，吱吱呀呀地混入树林里的一伙猴子当中。等到他和众猴子们一块儿玩耍，吃了野果、山泉之后，两眼的金光也就逐渐消失了。

寒来暑往，不知不觉又到了一年中的夏季，这日正值天气炎热。只见一群花果山的猴子躲在松荫底下玩耍，攀树枝的、倒竖蜻蜓的、搔痒的、揪毛的、捉虱子的、剔指甲的、挨的、挤的、扯的，喧闹成一堆。如此玩耍了一会儿，总是耐不住燥热，不知被谁一声呼唤，大家争先恐后地奔向树林后的那条山涧冲凉去。

这条山涧流到这儿，转弯成一口天然池子，水流清浅，众猴纷纷纵跳下去，吱吱喳喳的欢呼声此起彼落，顷刻间把一座平静的池水，泼溅出一片十分耀眼的水花与泡沫。可是时间一久，兴味无形中大大地减低，腻了胃口，再也玩不出什么花样。就在这个沉闷的当儿，突然有只猴子开口喊说："咦，这条涧水不知从哪儿流来的？趁今日午后没事，大家何不去寻它的源头看看？"

发一声喊，早有千百只猴子争着从水中爬出来，湿淋淋地就往上游跑。一连转过好几座树林，抬头果然望见一道白练似的瀑布，从半空中倒悬下来，轰雷般地响着。众猴奔到瀑布底下，不禁拍手欢呼："哇，好壮观的瀑布！"在赞不绝口声中，忽听一猴高声喊叫："各位，看哪一个有胆量的，跳入瀑布里面，寻出个源头来，我们就拜他为王。"

众猴异口同声表示赞成，可是你推我让，就是没有一只猴子敢跳进去。这时候，忽然从猴群当中闪出那只石猴，自告奋勇地说："啊哈，让我来试试！"说着，两脚一蹬，跳入瀑布里面。等他两脚着地，抹眼一看，原来瀑布后面并没有水，却有一座铁板桥，桥头立着一块石碑，碑上刻着十个字："花果山福地，水帘洞洞天"。桥的那边，竟是一幢天然凿成的石屋，屋内有石床、石灶、石锅、石碗、石盆、石凳、石椅等，样样俱全；又有花草松竹点缀其间，浑然像座人间仙境。

前前后后巡视了一趟，石猴自然喜出望外，三步并作两步地跳出瀑布外面，对着众猴呵呵笑。众猴急忙将他围住，你一言我一语地问水有多深多浅？石猴摇手说："没水，没水，却是一座天赐的洞天福地！"把刚才所见说了一遍。众猴一听，个个欢喜，你呼我嚷地跟随石猴背后，跳入瀑布中；一些胆小的，一个个探头缩颈，抓耳挠腮，惊恐了一会儿，也陆续跳进去。

跳过桥头，一来新奇，二来顽劣，一个个争床夺椅，抢碗占灶，搬过来，挪过去，没有半晌安静时刻，直折腾到筋疲力尽，方才止住。这时，只听那只石猴端坐在一张石桌上头喝声："诸位，说话算话！刚才你们同意谁有胆量先进来的，就拜他为王。如今我进来又出去，出去又进来，带领各位共享这块洞天福地，现在怎不拜我为王？"

众猴听说，不分老的少的，立即跪下叩头，高呼三声"大王千岁"。从此以后，石猴登上水帘洞的宝位，将"石"字隐去，改称为"美猴王"。

二、学会七十二种变化及筋斗云

美猴王就在花果山水帘洞里称孤道寡，足足逍遥了两三百年光景。忽一日，他在喜宴之间，蓦地悲从中来，扑簌簌地坠下几滴泪，慌得众猴伏地请示："大王有什么烦恼？"

"寡人今日虽十分欢喜，却不免有点儿隐忧。"猴王皱着眉头说："将来年纪老了，总会被阎罗王抓去，到那时候，不知该怎么办？"

"大王！"一猴应声，"阎罗王也只能抓一般老百姓，对于不受管辖的佛、仙，就无可奈何了。"

猴王听了眼神一亮，满心欢喜地说："既然这样，我明天就下山去寻访佛、神、仙，学个长生不老之术，好躲过阎罗王这一关哩！"

到了次日，众猴早已摘来一大堆的山桃野果，摆得整齐，准备替猴王饯行。无奈猴王一心只想寻仙访道，哪里有留恋之意？命令手下的，将木筏子扛来，放到海边，跳上去用力一撑，撑离花果山，渺渺荡荡地漂向南赡部洲。他登上陆地，捉个空，混入人丛，也咿呀哈腰学会一些人话人礼。晓行夜宿、寻寻觅觅，如此流浪了八九年之后，他辗转来到西牛贺洲的地界。

正行走间，抬头望见一座高山挡住去路。他也不怕险峻难走，一口气顺山势爬向山巅。就在山坳的林荫深处，忽传出一记高亢的吟啸。"哦，神仙原来藏在这儿！"猴王心下思量，脚下不觉加快，兴冲冲地往声音的方向奔去。一声咳嗽，从树后转出一个樵夫打扮的老汉。猴王立即趋前拱手："老神仙在上，受弟子一拜！"

"不敢当，不敢当！"那老汉慌忙答礼："我只是一个砍柴的樵夫，哪里是什么神仙？若要找神仙，我倒知道从这里往南走七八里远近有座三星洞，那洞中住了一位神仙，名叫菩提祖师。你若有心求仙，去一趟看看。"

猴王听罢，自是喜形于色，也来不及谢人家一谢，拔腿往南便跳纵过去。约莫跳过了七八里路程，果然看见一座洞府，洞门紧闭，静悄悄的，旁边立了一块石碑，上有"灵台方寸山，斜月三星洞"对联，"这个洞就是了！"猴王心下暗忖，喜孜孜地不觉手舞足蹈，就在洞前的一棵松树上攀来荡去，呼喊吆喝起来。

怪腔怪调的，早惊动了洞里面的人，呀的一声，洞门开处，走出一名仙童："什么人在这里叫嚣？"猴王扑地跳下树，上前作揖："不瞒小哥，弟子是专程前来拜见老神仙的，请帮个忙接引。"仙童朝他上下打量了一会儿，说："果然不出师父所料，跟我来！"

猴王性急，跳入洞里，等不及仙童引路，已抢先奔到祖师的莲座前，倒身下拜，连连磕头说："老师父在上，请收我为弟子。"祖师沉吟了一会儿说："你是哪方人氏？先将籍贯、姓名通报清楚，再拜也不迟。"猴头一急，舌根不听使唤，倒有些口吃起来："弟、弟子是东胜神洲傲来国花果山水帘洞人氏。"

"胡说，赶出去！"祖师喝声，"东胜神洲距离这里足足有十万八千里，你怎么有可能跑到此地？"

猴王慌忙磕头解释："弟子漂洋过海，一心向学，从出发到现在，历经十几个寒暑，方才寻访到这儿，请师父不要错怪。"

"也罢！既然是一步步走来的，志诚可嘉。我再问你，你姓什么？叫什么？"

"小的无父无母，从来不知道姓什么叫什么。"

"又胡说了，谁不是从父母胎里出世的？难道你从树上掉下来的不成？"

"弟子虽不是从树上掉下来的，却是从石头里迸出来的！"

"好一只从石头里迸出来的猢狲！"祖师笑说，"既无姓名，那么把狲的兽字旁去掉，让你姓孙，取名悟空，好吗？"

那猴王欢喜过望，忍不住龇牙咧嘴呼叫："嘻，嘻，从今以后我就叫孙悟空了！"

"放肆！"惹得祖师左右的二三十名跟班齐声呵斥，真个猴性未改哩。

从此孙悟空成为菩提祖师门下的一名弟子，成天学些洒扫应对、进退周旋的礼节，并做些砍柴挑水的粗活。不觉光阴迅速，一日，祖师登坛讲道，讲到天花乱坠处，孙悟空竟眉开眼笑，抓耳挠腮，忍不住手舞足蹈，吱吱地叫出声来。

"悟空，你怎么在班中癫狂作态，不听我讲？"见祖师问话，孙悟空慌忙叩头，"弟子专心听讲，听到绝妙处，喜不自胜，因而忘形，望师父恕罪！"

"先不问你对我的灵音妙谛领略多少，我且问你，你来洞中多久了？"

"弟子懵懂，已记不清多少时间，只记得常到后山砍柴，见满山的好桃树，摘来就吃，已吃过七次饱了。"

"那座山名叫烂桃山，既然吃了七次，想已经过了七年，你如今要从我这儿学些什么？"

孙悟空挺身拱手说："任凭师父引导，只要有什么就学什么。"

"教你术字门怎样？"

"学了可以长生不死吗？"

"不能长生不死，只能趋吉避凶。"

"不学！不学！"

祖师见他摇头，又接下去说出流字门、静字门、动字门的妙处。无奈孙悟空一个劲儿地摇头嚷着不学，因为学了并不能长生不死。惹得祖师性起，"咄！"跳下讲坛，指着他骂，"你这个猢狲，这样不学，那样不学，到底要学什么？"手持戒尺，不由分说，在孙悟空头上敲了三下，然后背剪着手，走入里面，将中门关了，撇下大众而去。唬得这一班听讲的人面面相觑，无不埋怨孙悟空说："你这个泼猴，实在无礼！师父要传你道法，不学便罢了，却与师父顶嘴，惹得师父气恼。啐，你看！把他气走了，看怎么办？"

尽管师兄弟们恶言怒语相向，孙悟空倒一点也不在乎，只是满脸赔笑，原来他已猜中祖师所暗示的哑谜。

当天晚上三更左右，孙悟空悄然地爬起来，蹑手蹑脚踅到祖师禅房的后门，见那门半开半掩，闪了进去，来到师父的寝榻下，双膝跪地，丝毫不敢惊动。不久，祖师翻身醒来，见悟空跪在地下，立即喝道："你这猢狲！不去前边睡觉，却跑来这里做什么？"悟空磕头回答："白天师父不是在众人面前暗示，叫我三更时候，从后门进来，要传我道法吗？"

祖师一听，十分欢喜，暗自寻思："这厮果然是只天地生成的灵猴，不然怎么能猜中我的哑谜？"点点头微笑着说："算今日你我有缘，你把耳朵凑过来，我传你长生不死的法门。然而，长生不死容易学，要躲避三灾就难了。"

"什么叫三灾？"悟空搔头抓腮地问。

"虽然你可以炼成长生不死之身，但这只是凡身；五百年后，天会降下雷灾打你，躲不过，就此绝命；再五百年后，天会降下火灾烧你，把你烧成灰烬；即使都躲过了，再五百年，天又会降下风灾吹你，将你吹得骨肉支离，万难活命。"

悟空听得毛骨悚然，叩头便拜："师父！好人做到底，连躲避三灾的口诀也一并传授我吧！我一定不敢忘恩。"

祖师摇手说："难，难，你不比他人，难以传授。"

悟空不服气："我也是头圆足方，也有四肢五脏，为什么比别人不同？"

祖师微微一笑："你虽然像人，却比别人少一对腮帮子。"

原来那猴子天生的孤拐面，凹脸又尖嘴。悟空伸手往自己脸上一摸，灵机一动，笑嘻嘻地说："师父！我虽然少了一对腮帮子，却比别人多个嗉袋儿，可以相互抵消了吧？"

祖师忍俊不禁，笑道："好吧，你要躲避三灾，就必须学会七十二种变化，变来幻去，叫天、地、人都认不得才好。"说着，对悟空附耳低语，传授了一连串的口诀。

这猴王也是心灵福至，一窍通时百窍通，反复念了几回口诀，竟牢牢地记住。从此三年自修自炼，变化来变化去，将七十二般变化摸得熟透，并能随心所欲地腾云。

有一天，祖师将悟空秘密唤到烂桃山，叫他腾云看看。悟空不敢怠慢，将腰束夹，耸身一跳，打了个连扯跟头，跳离地面五六丈，攀上一朵云，倏的一声飞去；约半盏茶时刻，往返三里远近，又落回祖师面前，拱手回复："师父，我这种腾云手段怎样？"

祖师一味地摇头："这算不上腾云，只算爬云而已。既然要教你，索性教个透彻，今日教你一手筋斗云，一个筋斗就有十万八千里远。"

悟空一听，唬得吐舌不已。于是将祖师所传授的口诀谨记在心，没人注意时，就勤练筋斗云，直练得天南地北来去自如，其他的师兄弟却还被蒙在鼓里。

一天傍晚，孙悟空和一群师兄弟在洞口右边的那棵松树下玩耍，忽有人惋惜地表示："若是洞口左边再多出一棵松树，凑成一对，该有多好看。"那猴头一听，再也忍不住手痒，应声说："那有什么困难，看我的！"念动口诀，摇身一变，果然变作一棵松树，与洞右的那棵一模一样，只是树根底下多出了一条尾巴。

这个突来的变化，看得众人目瞪口呆，不觉间喧嚷开来，惊动了祖师。只见祖师拽着拐杖，从洞里走出来，喝声："什么人在这里胡闹？"

众人闻声，慌忙检束衣冠。悟空现了原形，杂在人丛中回答："启禀师父，是弟子们在这里谈天，并无外人来取闹。"

"还敢强辩！"祖师怒声教训，"悟空你过来！我从前嘱咐你的话忘了？叫你在别人面前不可随便卖弄。别人见你会，必然求你，如同我会，你来求我一样。我不传授给你，你一定会怀恨在心；这跟你会，别人求你，你不传授给他，他必然加害你的道理一样。如今你若是再留在这儿，恐有性命的危险，那岂不又要怪在老夫身上？"

悟空听罢，扑通一声跪下："只望师父饶恕！"祖师平静地说："你起来，我也不怪你，现在你自己走路吧！"悟空再也忍不住了，双眼垂泪说："师父，那我往哪儿去？"祖师挥挥袖子说："你从哪里来，便往哪里去。"

"哎呀，我不是从东胜神洲傲来国花果山水帘洞来的吗？"

猴王这时才醒悟，"想不到我离家已有二十年了！"

"那么就打点行李，快点回去！"

"可是念及师恩未报，不敢离去！"

"哪有什么恩义？你只要不惹祸不牵连我就罢了。"

孙悟空没奈何，只得拜辞众人，入洞里整理好行李出来。临走前，祖师还叮咛："你这一回去，本性未定，必然会惹是生非，却不许说是我的徒弟。你若说出半个字，我就立刻知道，立刻把你这只猢狲拿来剥皮，叫你永世不得翻身！"

孙悟空拱手说："绝不敢提起师父一字，只说是我自己会的。"说罢，拜谢祖师，念动真诀，一个筋身，驾起筋斗云，往东胜神洲的方向回去。

三、仗着如意金箍棒勾销生死簿

这一筋斗，自不比来时的辛苦跋涉，刹那间，回到傲来国上空。那孙悟空踌躇满志，按下云头，直降花果山水帘洞，扯起喉咙便喊："孩儿们，看谁回来了！"

转眼间，从树上、草丛里、石堆后跳出千百只猴子来，把个美猴王围在当中，个个叩头："大王，你好放心呀！怎么一去二十年，把我们抛在这儿，脖子都望酸了。"

孙悟空于是把他去时跋涉十万八千里，回来只要一筋斗的经过，大致说了一遍，唬得众猴一愣一愣的，纷纷嚷着也要学。孙悟空无奈，便把他在三星洞学的十八般武艺，先逐日教几招给他们各自去练习。可是众猴手中没有兵器，只好砍竹为枪，削木为刀，一招一式地比画起来。过了一些时候，上至猴王，下至猴子猴孙，都不免有一丝隐忧。若是真的打起仗来，这些竹枪木刀能抵挡住敌人吗？到底必须使用真刀实枪，方有胜算的把握。但是真的兵器从哪里弄来？正当大伙儿愁闷之际，忽有只老猴跳出来，向孙悟空献计："要真的兵器，倒也不是什么难事。大王既然能呼风唤雨、腾云驾雾，何不弄个法术，把傲来国国都里的兵器全部摄来，让我们捡个现成？"

猴王大喜，立即驾起筋斗云，顷刻来到傲来国的京城，便在半空中念动口诀，深吸一口气，嘘地用劲一吹，地面上迅速刮起一阵狂风，一时飞沙走石，十分恐怖，吓得家家关门掩户，连个大气儿都不敢喘一下。悟空按下云头，直找到兵器库，打开大门，果然看见里面摆满无数的刀、枪、剑、戟、鞭、叉、斧、锤、弓、弩。他连忙使个分身法，拔下一撮毫毛，用口嚼烂，朝空一喷，念动咒语，叫声"变！"，变出千百只小猴，有的扛、有的抱、有的执、有的拿、有的拖，将一座兵器库来个大搬家，然后弄个摄法，摄上云头，带领众小猴溜回水帘洞，叫声："孩子们，来领兵器！"

众猴个个分得了兵器，欢欢喜喜、吃吃喝喝地耍了一日。那孙悟空见手下的都有件兵器耍，独自己两手空空，不知耍什么是好。正在烦恼时，有一只老猴上前启奏："大王已是神仙之辈，凡间兵器哪堪使用？但不知大王水里面能去吗？"

悟空拍拍自己的胸膛说："我不但有七十二般地煞的变化，筋斗云有十万八千里的神通，又擅长隐遁之术、起摄之法，上天有路，入地有门，水不能溺，火不能焚，哪里不能去？"

那猴拱手禀告："大王既有此神通，从我们洞口的那座铁板桥下，可以通到东海龙宫。大王若肯走一趟，向老龙王讨件兵器，不就称心如意了？"

孙悟空点头后，扑地一跳，跳到桥头，使一个闭水法，扑地钻入浪中，分开水路，来到了东海海底。正走着，遇见一个巡海的夜叉，趋前说明来意。那夜叉听说，急转水晶宫通报："大王，外面有个水帘洞的洞主孙悟空，口称是大王的近邻，今特地来拜会，并顺便来讨件兵器使用。"

龙王知来者不善，善者不来，即刻点起虾兵蟹将到宫门口迎接。只见孙悟空大摇大摆地踏入宫内，眼不转睛地四处张望，好一座富丽堂皇的水晶宫殿。心里正赞赏不绝，早有龙王的一个手下，捧来一把大刀，悟空连忙摇手："老孙不会耍刀，请另赐一件。"

龙王又命令部下抬出一支重三千六百斤的九股叉，悟空接在手中，耍了一趟招式，摇头说："太轻了，请再赐一件。"龙王大惊，忙令蟹将再抬出一把重七千二百斤的方天画戟，悟空接过手，丢开架子，耍了几下，又嚷说："还太轻，不很顺手哩。"

老龙王愈发害怕起来，只好带他到库藏处，让他自己挑选。打开库门，只见神光滟滟，悟空定睛看去，原来是根镇压天河底、长二十丈、米斗般粗细的神针铁柱。那柱子的两头各有一个金箍，箍上刻着一行字："如意金箍棒，重一万三千五百斤"。悟空伸手摸着那根铁柱，不胜惋惜地说："这般的粗长，若是能细短一些，不知该有多妙哩。"

说也奇怪，悟空一开口，那铁柱立刻短了几丈，细了一些。再咕哝几句，又细短了几分，等他握在手里，却只剩下六尺长短，碗口般粗细。原来这是一件随人心意伸缩自如的宝器，叫一声

48

"长！"可以上撑三十三重天，下抵十八层地狱；喊一声"小！"可以直缩成绣花针，藏入耳朵里。

那孙悟空将金箍棒握在手里，跳出库藏，耍开浑身解数，在水晶宫里舞弄一圈，吓得老龙王牙齿捉对厮儿打颤，众虾兵蟹卒魂飞魄散。耍完毕之后，又对龙王打躬作揖说："嘻，多谢芳邻厚意，这根棒子十分管用，只是老孙身上少了副披挂，索性再讨一件吧！"

龙王摇头："我这里可没有什么披挂，请大仙到别处借。"

孙悟空笑说："一客不烦二主，走三家不如坐一家，若没有披挂，也可以，那我就一直待在这儿。"说罢，当场把一根金箍棒耍得呼呼作响。

龙王慌了，立即命手下敲起金钟铁鼓，将南海龙王、北海龙王、西海龙王三个兄弟召到宫外商量，说明殿里正待着一个讨不到披挂不走的无赖。南海龙王一听大怒："我兄弟们各点起兵将，把那厮拿住，不就得了！"

老龙王直摇手说："不行，不行，不要说拿住，只消被他手里的那根神针铁柱磕着了就死，挨一下破皮，擦一下断筋，千万惹不得！"

西海龙王沉吟了一会儿说："我们且不要跟那厮动干戈，先凑副披挂给他，打发他出门，再启奏玉皇大帝发落不迟。"

众龙王听说有理，当下凑出一双藕丝步云鞋、一副锁子黄金甲、一顶凤翅紫金冠，再一齐踏入水晶宫，呈递给孙悟空穿上。

孙悟空将三样金光耀眼的披挂穿戴妥当，喊一声"打扰！"耍动如意棒，一路打出水晶宫，拨开水道，返回水帘洞去了。

且说猴王自从获得了如意金箍棒，如虎添翼一般，逐日在水帘洞口卖弄神通，不然就安排筵席，与众部下痛饮一番。有一天，猴王喝得酩酊大醉，酒嗝儿上涌，竟在松荫底下呼呼地睡着了。恍惚中，忽然迎面跑来了两名小卒，不容分说，套上绳索，就把他的魂儿押着，踉踉跄跄直带到一座城门底下。那城门上挂着一块铁牌，刻着"幽冥界"三个大字。猴王一瞧，兀自打了个冷噤，酒醒了大半，不免自言自语："幽冥界不是阎罗王住的地方吗？我怎么会到这里来？"

两名押他的小卒大喝："少啰唆，你今日阳寿该终，我俩是奉命勾你来的。"

猴王一听，登时恼怒起来："我老孙已经超出三界，与天齐寿，不再受人管辖。阎罗王算老几？敢派人来勾我！"

那两名不知死活的勾魂小卒，只管拉拉扯扯，硬要把他拖入城门。惹得猴王发起脾气，从耳朵里掣出宝贝，晃一晃，变成碗口般粗细，才轻轻一下，可怜！两名鬼卒竟成了两堆肉酱！猴王一不做二不休，抢动铁棒，打入城中，唬得牛头、马面四处躲避，一位眼明脚快的鬼卒，急忙奔上森罗殿启奏："大王，不好了，外面有一个毛脸雷公，打进来啦！"

慌得阎罗王急整衣冠，排下迎接班驾，远远地拱手说："请问大仙尊姓大名？"猴王怒气未消："我是花果山水帘洞的大王孙悟空，你既然不认得我，为什么还派人去勾我来？"

"请孙大仙息怒！"阎罗王不吃眼前亏，立即转换口吻说，"想天底下同名同姓的不少，必是小卒勾错了。"

"还敢强辩！"猴王睁大眼珠，提起金箍棒，使劲地往地板下一捣，震得一座森罗殿无风自动，喝声："快把生死簿递上来让老孙瞧瞧！"

阎王不敢怠慢，连忙命判官取来文簿，双手呈上，让猴王亲自过目。

猴王也老实不客气，抓过生死簿，逐页翻到猴子的部门，只见簿上这样记载："孙悟空，天产石猴，寿命三百四十二岁。"他一看，便从桌案上抢来一支蘸墨的毛笔，把自己的名字一笔勾销；又将其他猴子，凡有姓名的，不问认不认识，也一概涂掉。然后把簿子摔下说："啊哈，今番不用你们管了！"说着，抡动金箍棒，一路打出幽冥界。就在出了城门不远处，脚下忽儿绊了一跤，跌了个四脚朝天——方才猛地怵醒过来，原来却是南柯一梦。

四、官拜弼马温号称齐天大圣

孙悟空在水晶宫里夺得了如意金箍棒，又把幽冥界生死簿里的名字勾销了之后，水帘洞便声威远播，吓得所有花果山的七十二洞妖王，个个前去顶礼膜拜，朝贡不绝。却说另一方面，那龙王和阎王早分别拟好奏章，将孙悟空强索武器、披挂，以及打死鬼卒、勾销生死簿等种种劣迹，飞书传报天庭。

"这还得了？"玉皇大帝捧着奏章大怒，"托塔天王，你去替朕把妖猴捉来！""不可！"班中闪出太白金星，上前启奏说，"此妖猴原是三百年前天产的石猴，不知什么时候被他修炼成仙，具有降龙伏虎的本事，若派天兵天将前去捉拿，免不了一场争战。依臣之见，不如降一道招安圣旨，把他召来天界，随便授他一个小官职，也好拘束他；若他还作怪，判他个擅离职守之罪，再擒拿不迟。"

玉帝听了觉得有理，马上吩咐太白金星到下界花果山走一趟。当圣旨从水帘洞口，一层层传至洞天深处，进入孙悟空的耳里，他自然大喜过望，立即命令众猴替他打点好行李铺盖，用金箍棒挑着，随同太白金星，腾云前往天界履职。两仙通过南天门，来到灵霄殿外，不等宣诏，孙悟空早直溜到御座前，朝玉帝拱拱手。只听金星立在殿下，恭谨地启奏说："臣领圣旨，已宣妖仙报到。"

玉帝问："哪个是妖仙？"孙悟空拱拱手说："老孙便是！"

惊得众文武百仙起了一阵骚动，说："这个野猴，不跪拜叩见也罢了，还敢顶一句'老孙便是！'这回死定了！"

玉帝看了又好气又好笑，传旨说："那孙悟空，本是下界妖仙，初变为人身，不懂天庭礼节，且赦他无罪。"众仙一听，齐声欢呼"谢恩！"却只有孙悟空一人叉开双腿，朝上唱个大喏，算是回礼——看得文仙、武仙个个摇头不已。

玉帝又询问众仙，天庭现有哪个空缺？只见武曲星闪出来启奏："依臣所知，天庭里的各宫各殿都无空缺，只御马监少了一个管事。"

"也好，赐孙悟空做'弼马温'。"玉帝传旨完毕，众仙挤眉弄眼，暗示孙悟空赶快叩头谢恩，孙悟空也只是朝前唱个大喏。接着在木德星君的引导下，来到御马监，孙悟空立即聚集监丞、典簿、力士等一干人员，查看文簿，点明马数。在众人殷勤照料下，半月有余，将天庭的一千匹天马，养得又肥又壮。

有一天闲暇，众监丞安排酒席，来款待孙悟空，一则与他接风，二则与他贺喜。正在欢饮之间，猴王忽儿停住酒杯问："我这个弼马温是几品官衔？"众人回话："不入品呀！"猴王奇怪："怎么说叫作不入品？"

众人说："咳！不入品，也叫不入流。这样的官儿，在天庭算最低最小，顶多是我们这批养马夫的头儿罢了。若养得马肥，只得一声'好'；若让马稍微饿了、病了、瘦了，动辄拿去问罪呢！"

猴王听了，不觉心头火起，咬牙大怒："这般藐视老孙！老孙在那花果山称王称祖，怎么哄我来替他养马，做下贱的工作？不干了！"哗啦一声，一脚把酒桌踢翻，从耳中掣出金箍棒，使出手段，一路打出御马监，直打到南天门。看守天门的众天丁，知他受了仙职，乃是个弼马温，不敢阻挡，让他打出天门去了。

且说孙悟空打出了南天门，驾起筋斗云，刹那间回到花果山，看见水帘洞口众猴正在操练，便厉声高叫："小的们，老孙回来了！"

众猴见猴王回来，忙前来叩头："恭喜大王衣锦还乡！"

孙悟空摇手说："唉，不要说，不要说，真的活活羞煞人！那玉帝不会用人，他见老孙这般瘦矮，随便封我个什么'弼马温'。原来是个未入流的养马夫，要不是同僚提醒，知是这般卑贱，恐怕还要被他哄呢！"

一猴打抱不平说："那玉帝这样没有眼光！不知大王的神通广大，可怜落得与他养马；不如咱们自立门户，号称'齐天大圣'，给他点颜色瞧瞧！"

孙悟空大喜，忙叫手下准备一面旗子，绣上"齐天大圣"四个大字，竖在洞口，并交代众猴，以后只许称他为齐天大圣，不准再称呼大王。

另说天界这一方面，自从走了孙悟空，慌得众监官一起赶到灵霄殿外报告："万岁，新任的弼马温孙悟空，因嫌官小，昨日反离天宫去了。"正说间，又见看守南天门的天将前来启奏，说是弼马温不知何故，已溜出天门去了。玉帝听了，即刻派托塔李天王与哪吒三太子，率领天兵，前往下界捉拿妖猴。这批奉令的天兵天将，出了南天门，一霎时来到花果山水帘洞外，吓得那些正在洞口练武的小猴，奔入洞里报告："大圣爷爷，不好了，天界派兵来算账了！"

孙悟空听了，连忙戴上紫金冠，束上黄金甲，穿上步云鞋，手执金箍棒，领众出门，摆开阵势，喝声问："你们是哪路的泼毛神，敢来我洞口耀武扬威？"

早有哪吒太子跳上前："你这只擅离职守的猢猴！我们奉玉帝圣旨来收伏你，快束手就擒，若嘴里敢迸出个不字，叫你顷刻粉身碎骨！"

孙悟空一看是哪吒太子，倒觉得好笑："哦，原来是李天王的小哥儿，瞧你的乳牙还没退，胎毛还没干，就敢说出这般大话？你快回去对玉帝说，他不会用贤！老孙有无穷的本事，为什么只做个区区养马夫？你看看我洞口旌旗上写的是什么字号，若依这个字号升官，我就不动刀兵；若不依，隔些日子就打上灵霄殿，叫他龙椅坐不稳哩！"

哪吒太子迎风睁眼观看，果然看见洞口边立了一根竹竿，竿子顶上悬挂了一面"齐天大圣"的旗子，不觉冷笑说："你这只不知天高地厚的妖猴！有多大的本领？就敢自称齐天大圣？看我拿你！”大喝一声，变作三头六臂，手执斩妖剑、砍妖刀、缚妖索、降妖杵、绣球儿、火轮儿六般兵器，抢手劈面就打。孙悟空看了，着实心惊说："这小哥儿倒也会弄些手段，且看我神通！”好个齐天大圣，喝声"变！”也变作三头六臂，把金箍棒一晃，也变出三根，六只手轮番耍动，架住来势。

就这样一来一往，各逞神威，斗了三十回合，仍分不出胜负。那孙悟空眼捷手快，一个箭步快攻，趁对方忙于招架的当儿，暗中拔下一根毫毛，叫声"变！”，变作他的模样，僵持住哪吒；他的真身却一纵，跳到哪吒背后，猛不防一棒打去。哪吒正在酣斗之际，忽听脑后有棒头响声，急忙躲闪，哎哟一声，左肩早挨了一下，只好负痛逃走。

李天王立在半空中，把哪吒败阵的经过看得一清二楚，知道以他们父子俩的法力，无法擒住孙悟空，于是赶紧鸣金收兵，直接回天庭缴令。当消息传到灵霄殿，玉帝紧急升堂，与众仙商讨对策。这时，太白金星又从班部里闪出来，启奏说："那妖猴出言不逊，只想讨个'齐天大圣'的封号。陛下不如再降一道招安圣旨，召他来天界做个空头衔、有官无禄的齐天大圣，以便收拢他的邪心，不就可以免掉一场干戈？”

玉帝准了太白金星的奏言，即刻派他再去下界花果山走一趟，宣召孙悟空到天庭，受封"齐天大圣"。

五、偷吃蟠桃仙酒金丹身陷天罗地网

孙悟空自从做了"齐天大圣"，也不知官衔品从，也不去计较俸禄高低，只知日食三餐，夜宿一榻，自由自在，今天东游攀交众神，明天西荡拜会群仙，云来雾去，好不逍遥快活。到了某一天，玉帝依据底下人的反映，唯恐他在天界闲荡，无意中惹出事端，便派他去管理蟠桃园。

那座蟠桃园里有瑶池王母亲手栽种的三千六百棵桃树：前排一千二百棵所生的桃子，三千年一熟，人吃了可以成仙；中排一千二百棵所长的桃子，六千年 熟，人吃了可以长生不老；后排一千二百棵所结的桃子，九千年一熟，人吃了可以与天地齐寿。孙悟空接了这个好差使，再也不出外应酬，整日带着手下，四处巡守。

有一天，孙大圣抬头瞥见枝头上的桃子熟了大半，想起当年在烂桃山大吃大啃的情景，忍不住口水直流，先命部下到园外巡逻，他自己脱了衣冠，自个儿爬上大树，拣那红透的桃子，囫囵吃个一顿饱。从此之后，三番两次设法偷桃，痛快地享用。

隔了一些时候，瑶池王母惯例要办"蟠桃胜会"，便吩咐身边的七名仙婢，挽着花篮，前去蟠桃园摘桃。众仙婢来到园门口，找了半天，找不着齐天大圣的踪影，只好直接踏入园子里。先在前排摘了两篮，又在中排摘了三篮，再转到后排去，不觉大吃一惊，只见那一千二百棵桃树，棵棵花果稀疏，仅有几个毛蒂青皮的，还悬在枝头上荡呀荡的。好不容易望见南枝上有一颗半红半白的桃子，众仙婢一涌上前，七手八脚地扯下枝头，将桃子摘下。摘毕，松手一放，那枝儿带劲地往上甩动。啪一声响，惊醒了变作二寸长小人儿、躲在这棵树的密叶里酣睡的孙大圣。他急睁眼，现出本相，跳下树来，耳朵内擎出金箍棒，大喝："何方妖怪？竟敢大胆偷摘我的桃子！"

　　吓得众仙婢一齐跪下："大圣息怒，小的们是王母娘娘身边伺候的七名女婢，今日被派来摘桃回去做'蟠桃胜会'的！"

　　"蟠桃大会请了老孙吗？""奴婢不知道，我们只晓得请了一些佛老、菩萨、圣僧、罗汉等众仙。唯独不知齐天大圣是否列入名单中。""什么？"大圣焦躁起来，使了个定身法，定住七仙婢，然后一个筋斗跳出蟠桃园，直奔瑶池。冷不防撞见迎面而来的赤脚大仙："大仙哪里去？""去参加蟠桃胜会啊！""哦，原来大仙还不知道，凡是要参加大会的，都在南天门先集合哩！""喔，那我也先去南天门好了！"赤脚大仙匆匆离去。

　　孙大圣却摇身一变，变作赤脚大仙的模样，大摇大摆地直奔瑶池。不一会儿，来到宴客的会场，放眼看去，桌上的山珍海味早摆得琳琅满目，却还不见半个宾客。大圣一边数一边瞧，忽然嗅到一阵酒香，急转头看去，见右边走廊有几个造酒的仙官，正在那儿压榨酒糟，一旁摆的是已酿好的芳香美酒。他忍不住嘴馋，弄个神通，把毫毛拔下数根，丢入口中嚼碎，喷出去，叫声"变！"，变作几只瞌睡虫，爬到众仙官脸上。不一会儿，那些仙官，个个手软头低，嘴闭眼合地睡了。大圣变回本相，喜孜孜地伸手从筵桌上一样样抓来大吃一顿，再对着酒瓮，放怀痛饮一番。吃了半晌，不觉有些醺醺然，方才摸出瑶池，一脚高一脚低地望来时路归去。

却不想醉眼蒙眬，把路认错了，竟误撞到兜率天宫——那兜率天宫位于三十三天之上，乃是太上老君的住处——大圣摇摇摆摆地闯入里面，见丹房内有五个葫芦，葫芦里装的都是已经炼好的九转金丹。他一见，心中大喜，仰起脖子，一口气将丹丸如吃炒豆似的吃个精光，直条条地躺在地上睡着了。忽儿酒醒，暗自寻思："糟了！这场祸比天还大，若惊动玉帝，性命一定难保，还是三十六计走为上策，回下界躲避一阵再说。"他偷偷地溜出兜率天宫，从西天门，使个隐身法，直接逃回花果山去了。

且说孙悟空逃回水帘洞以后，天庭已查出偷摘仙桃、扰乱蟠桃会场、吃光九转金丹，都是他干的好事。玉帝大怒，立刻差遣四大天王，会同李天王、哪吒太子及二十八宿、九曜星官，率领十万天兵，布下十八架天罗地网，前往花果山擒拿妖猴。

首先由九曜星官担任先锋，到水帘洞前叫战。这时，孙大圣正与七十二洞妖王饮酒作乐，听到小猴通报，全然不予理睬。不一刻，又一批小猴撞进来嚷话，说是那九个凶神已把洞门打破，快杀进来了。大圣大怒，叫一声："开路！"掣出铁棒，丢开架势，打出洞外，将九曜星官杀得筋疲力软，一个个倒拖兵器，败阵而走。

李天王接获败讯，再调四大天王与二十八宿出去应战。那孙大圣全然不惧，愈战愈勇，直混战到日落，眼看天色将黑，忍不住焦躁起来，拔了一把毫毛，变出千百个大圣，个个抡棒猛打，打得众天兵天将抱头鼠窜。

大圣得胜，收了毫毛，洋洋得意，叫手下紧闭洞门防守，饱食一顿，酣睡一觉，等明天再战。李天王见己方的兵将，到底无法胜过孙大圣，只好嘱咐负责天罗地网之兵，严加看守，把整座花果山围困住，等他奏明玉帝再说。

当出师不利的消息传到灵霄殿，玉帝正感头痛时，刚好南海观音菩萨因赴蟠桃会，仍逗留在天庭，便合掌启奏："请陛下宽心，可急调显圣二郎真君，叫他率领梅山六兄弟，前往助战，可望一举擒住妖猴。"

驻扎在灌江口的二郎真君得到了圣旨，不敢怠慢，即刻唤来梅山六兄弟及本部神兵，前往花果山，助擒妖猴。等会合了李天王，听取了战况督报，二郎神笑着说："各位只要用天罗地网把四周围罩住，并请李天王立在空中，用照妖镜照住妖猴，让我和他斗个变化。"率领手下，奔到水帘洞外叫战。

大圣接获通报，忙整披挂，掣出金箍棒迎战。二郎神抖擞精神，摇身一变，变成一个身高万丈的巨无霸，手执三尖两刃刀，往大圣的脑袋就砍。大圣也使神通，变得与二郎神一样高大，抡起金箍棒就打。在一旁助威的梅山六兄弟，乘机放出鹰犬，将那批排列在洞口摇旗呐喊的小妖小猴，追逐得个个喊爹叫娘不迭。一听手下奔蹿逃命的声音，大圣不觉心慌，急忙收了法相，倒拖铁棒，抽身便走。可是二郎神穷追不舍，大圣逃到洞口，又撞着梅山六兄弟挡住去路，被他们喊一声："泼猴，哪里走！"

　　大圣心头一慌，迅速把金箍棒捏成一支绣花针儿，塞入耳朵里，摇身一变，变作一只麻雀，飞上树梢。那六兄弟前前后后找不着妖猴的踪影，以为被他溜了。二郎神赶到，急睁额头中间那法眼观看，见大圣变了麻雀钉在树枝上，也收了法相，撇下神刀，摇身变作只苍鹰，抖开翅膀，飞过去扑抓。大圣见了，嗖的变作一只大鹚，冲天飞去。二郎神见了，急抖羽毛，摇身变作一只大海鹤，冲上云霄来啄。大圣心觉不妙，将身按下云头，钻入涧中，变作一尾鱼儿。二郎神赶到涧边，不见鸟的踪影，便知大圣的把戏，也摇身变作一只专门捕鱼的水老鸭，探头就衔。这叫大圣如何不着急，急转头，打个水花，蹿出水面，变作一条小水蛇，游上岸边，钻入草丛中。二郎神听见水响，又见一条小水蛇躲入草中，认得是大圣，又急转身，变成一只灰鹤，伸长铁钳子般的尖嘴，扑上去啄那条水蛇。水蛇跳一跳，又变作一只花鸨，急走入泥田里。二郎神知花鸨是鸟类中最淫贱的鸟，便不去追赶，现出本相，拿起弹弓，喊一声"中"！一弹把花鸨鸟打个倒栽葱。

大圣趁这个机会，滚下山崖，伏在山脚下，又变成一座土地庙，张着嘴巴当作庙门，牙齿当作门扇，舌头变作一尊土地公，眼睛变作窗户，只有尾巴不好收拾，竖在后面，变作一根旗杆。二郎神赶到，不见被打倒的花鸨鸟，却见一座土地庙，仔细一看，不觉笑出声来："哪有土地庙把旗杆竖在庙后的？必是这猢狲耍的花样了！看我先捣窗户，后踢门扇再说！"

大圣听得心惊："窗户是我的眼睛，门扇是我的牙齿，若被捣瞎了眼、踢断了牙，岂不糟了？"托的一个虎跳，又窜入空中，消失不见。二郎神急纵云朵，追上天空，遇见李天王正擎着照妖镜，连忙趋前问说有无拿住妖猴？李天王便将照妖镜四下里照一照，却呵呵笑说："真君，快去！那妖猴使了个隐身法，正往你那灌江口的窝捣乱去了。"

原来孙大圣一个筋斗，纵到灌江口，摇身变作二郎神的模样，大摇大摆地登上二郎庙里的宝座。不一会儿，真君赶到，举起三尖两刃刀，劈脸便砍。大圣侧身躲过，也扯出金箍棒就打。这样你一刀、我一棍，可怜把一座二郎庙打成个稀烂庙。两个闹闹嚷嚷，打出庙门，一逃一追，又打回花果山，仍分不出胜负。

那玉帝同观音菩萨、太上老君，正在灵霄殿内等候真君的消息，等了许久，仍不见回报，只好起驾一同到南天门外观战。只见众天丁布紧十八架罗网，阴阴沉沉，罩住四方，李天王擎着照妖镜，真君与大圣就在中间苦斗。菩萨合掌说："那妖猴法力广大、二郎神虽然已将他困住，一时之间恐怕还不能擒住。我现在把手里的净瓶抛下去，给那猴头来个措手不及！"

老君在一旁笑说："你这净瓶是个瓷器，打着了便好；若打不着他的头，万一撞着他的铁棒，岂不被打碎？我看还是用我的金刚琢打他，比较安稳些。"从左胳膊取下一个金晃晃的圈子，往下界滴溜溜地掷下去。

那金刚琢是太上老君随身的宝贝，降魔伏虎，好不厉害！猴王只顾苦战，哪里料到天空中会落下来这般兵器？脑袋上被敲了一下，立脚不稳，摔了一跤，刚爬起来，又被二郎神的天狗赶上，往腿肚上咬一口，又摔了一跤。梅山六兄弟趁机一拥而上，将他紧紧按住，用绑妖索捆翻在地，再穿上勾刀琵琶骨，防止他变化脱逃。

六、踢翻八卦炉却逃不出如来佛的手掌心

天兵天将凯旋回天，玉帝见孙悟空的罪状重大，传旨押到斩妖台处死。但是不论刀砍，或是斧劈、火烧、雷殛，样样都不能伤他分毫。太上老君急忙启奏说："这妖猴已吃了蟠桃、金丹，喝了仙酒，炼成金刚不坏之身，短时间内不能伤他；不如把他放入我的八卦炉中，以文武火煅炼，炼出我的金丹来，他自然化为灰烬。"

玉帝大喜，便叫人把孙悟空解下斩妖台，由太上老君押回兜率天宫，关入八卦炉里熬炼。大圣他一点也不怕文武火，倒是风势搅起烟来，把一双眼睛给熏红了，弄出个"火眼金睛"的病症出来。

光阴荏苒，不觉过了七七四十九天，老君屈指一算，知道火候已到，便叫人开炉取丹。那孙悟空见炉门缝一开，揉着双眼出来，一脚把八卦炉踢翻，转身就走。慌得那批扇火看炉的道童，急忙伸手来抓。猴王发起脾气，闷哼一声，好似疯狂的独角兽，将他们一个个冲倒。老君赶上抓一把，也被甩了个四脚朝天。又从耳中掏出金箍棒，风吼般地一路乱打，从兜率天宫，直打到灵

霄殿外，打得众天王抱头鼠窜、九曜星官关门闭户，幸有三十六名雷神舍命混战，才挡住他的攻势，在凌霄殿外杀成一团。

吓得玉帝战战兢兢，急忙派人赶到西方，请如来佛前来降服。如来佛接到玉帝的请求，顷刻来到灵霄殿外，只见风雾滚滚，杀声震耳，忙叫大家住手。那大圣正战得酣热，怒冲冲地问："你是何方人物？竟敢来干涉老孙！"

如来佛笑说："我是西方佛教教主释迦牟尼佛，听说你屡次大闹天宫，到底为了什么？"

孙悟空高声回答："老孙从小修炼成道，不但有七十二种变化的手段，又有一筋斗十万八千里的神通。常言说得好：'皇帝轮流做。'那玉帝理当搬离天宫，空出宝座，也好让老孙坐坐看。"

如来佛微微一笑："既然你自认本领大，又志在宝座，那么现在我就与你打个赌，若你一筋斗能跳出我的手掌，算你赢，自然请玉帝到西方居住，把天宫让给你，若不能跳出手掌，你就安分一点，再回去下界修炼。"

大圣听了，觉得十分可笑，心想："这佛祖好呆，我老孙一筋斗云十万八千里，他那手掌有多大？哪有跳不出的道理！"忙问："真的吗？不能赖皮哟！"佛祖说："绝不打诳语！"

"好！"孙悟空收了棒子，抖擞神威，将身子一跳，立在佛祖的手掌心，发一声喊，一个筋斗云，疾如流星般地一路西去。不多时，他睁眼看见前头有五根肉色的柱子，撑着一股青气，挡住去路，不觉暗自欢喜："嘻，这想必是天尽头了，这番回去，灵霄殿铁定让给老孙坐了！"

正待转身回去，忽自言自语："且慢！等我留下记号，当作凭证，那如来佛才没话讲。"拔下一根毫毛，吹口仙气，叫声"变！"，变作一支饱蘸浓墨的毛笔，在中间那根柱子上写下一行大字："齐天大圣到此一游。"写完，收了毫毛，见四下里无人，又在第一根柱子下，撩起裤裆，稀稀拉拉地撒了一泡猴尿。拍拍手，翻转筋斗云，回到灵霄殿外，仍站在如来佛的掌上，高声说："我老孙已到了天路尽头，还留下记号，你快去叫玉帝让出天宫给我！"

如来佛骂说："呸，你这只尿急猴精！你先低头看看我的手掌！"

大圣急睁火眼金睛，只见如来佛的手掌中指上写着"齐天大圣到此一游"一行小字，大拇指的根处还遗留些猴尿的臊气，不免吃了一惊说："有这种怪事？我绝不相信，让我再去走一趟看看！"纵身又要跳出去。

说时迟，那时快，只见如来佛覆掌一罩，将他推出西天门外，压在五行山底下。又从袖中取出一张"唵嘛呢叭咪吽"的金字压帖，贴在山顶上。再叫来一个土地，住在五行山的山脚下监押。吩咐道："当他饿的时候，给他铁丸子吃；渴的时候，给他铜汁喝。等他罪孽满期之后，自然会有人前来搭救他出去。"

七、观音菩萨奉如来旨意寻找取经人

日月如梭子般快速，自从孙悟空被如来佛压在五行山底下，一转眼，已过了五百个年头。这一天，佛祖在西天竺灵山大雷音寺里，聚集众菩萨说话："我这里有一部专讲大乘佛法的《三藏真经》，本想直接派人送去东土，但恐怕那方众生粗眼，以为来得容易，反生出轻视之心。因此要从各位之中，挑一位懂法力的，去东土寻找一个信徒，叫他跋涉千山万水，逢遍千灾百难，才来到我这里求取真经，以便永传东土，劝化众生。不知谁肯替我走一趟？"

只见一位菩萨走近莲台，应声说："弟子不才，愿意到东土找一个取经的人来。"

如来佛低眼看去，见是观音菩萨，不觉大喜，急忙递给他三件宝贝：一件锦襕（lán）袈裟、一支九环锡杖及一个紧箍儿，并且嘱咐说："让取经人穿上这件袈裟，手拿这支锡杖，一路上若是遇到灾厄，便可逢凶化吉。那个紧箍儿，有一段咒语，如果路上撞见神通广大的妖魔，愿做取经人的徒弟，唯恐日后不听使唤，可趁机让他戴上；这箍儿一经戴上，见肉生根，咒语再一念，不怕他不服帖听话。"

观音菩萨领了这三样宝贝，即刻唤惠岸跟随，一同往东土走一趟。师徒二人半腾云半走路，无非为了留意取经的路径。不久，来到流沙河界。忽听河中泼剌一声响亮，从波浪里钻出一个红发黑脸、脖子上挂着一串九颗骷髅的妖魔。那妖魔手执一根宝杖，跳上岸边，往两人身上就打。惠岸急忙掣出浑铁棒架住，吆喝一声，拨开对方的攻势，回身一棒。那怪也用杖挡住，两人一来一往，战了数十回合，仍然不分胜负。那妖魔大骂："你是哪里来的和尚？敢来与我对敌！"

惠岸止住铁棒回答："我是托塔李天王的第二太子，木叉惠岸行者。"

那妖魔奇怪说："我记得你跟随南海观音在紫竹林中修行，为什么跑到这里来？"

惠岸指指站在岸上的观音菩萨说："那不是吗？"妖魔定睛一看，慌地跪下来叩头。原来这妖魔乃是灵霄殿下侍奉銮舆的卷帘大将，只因在蟠桃会上，失手打碎了一只琉璃盏，被贬到下界来受罪，耐不住肚子饿，三两天就出来吃人。只听菩萨呵斥："你在天上犯罪，既然被贬下来，仍不知悔改，反而吃人度日，正所谓罪上加罪！你知罪吗？"

那妖魔叩头不已，一心只想皈依佛门。菩萨点了点头，方才替他摩顶受戒，指沙为姓，起个法名叫沙悟净；又叫他在此地等候东土来的取经人经过，好一路护送，将功折罪。

菩萨和惠岸驾云飞过流沙河，转到福陵山界，远远看见恶气弥漫，忽一阵狂风，闪出了个猪脸模样的妖怪。那妖怪不分青红皂白，举起手里的九齿钉耙，就往菩萨身上打下去，当的一声，早被惠岸的浑铁棒架开。两个人就在山脚下一迎一挡，杀得日月无光。正杀得气喘吁吁，菩萨在半空中抛下一朵莲花，将钉耙隔开。妖怪见了，便问："你是哪里的和尚？敢弄什么'眼前花'哄我？"

惠岸高声回答："你这肉眼凡胎的泼物！我是南海观音的徒弟，那是我师父抛下来的莲花，你当然不认得！"

妖怪一听是观音菩萨，赶紧撇下钉耙，纳头便拜。原来这妖怪本是天河里的天蓬元帅，因酒后调戏嫦娥，被贬下尘凡，不料走错路，竟投在一只母猪的胎里，才变成这般嘴脸。成精之后，就居住在这山上的云栈洞里，靠吃人度日。菩萨见他有悔悟之心，便提起取经之事，说："我领了佛旨，上东土寻找取经人。你若是愿意做他的徒弟，一路护送上西天取经，将功补罪，就可以恢复你的原职。"

菩萨见妖怪点头答应，方才与他摩顶受戒，指猪为姓，法名叫猪悟能，叫他断绝荤腥，在此等候取经人的到来。

师徒二人又继续往东走，忽听呻吟声，抬头望去，见半空中吊着一条小龙。原来这只小龙是西海龙王的儿子，因纵火烧了殿上的明珠，被父亲告了忤逆之罪，玉帝把他吊在这里，等候处决。

菩萨动了慈悲之心，于是亲自走一趟灵霄殿，请求玉帝饶了孽龙一命，以便赐给取经人当作脚力。玉帝准了之后，惠岸将回音告诉了孽龙。菩萨见孽龙叩头谢救命之恩，便把他送入深涧，只等取经人的来到，变作白马，一起上西天，也算一场功劳。

师徒再往东行，不多时，忽见金光万道，瑞气千条。两人已来到五行山的地界，那如来佛的压帖还贴在山顶上。菩萨掐指一算，知妖猴五百年的罪孽也该满期了，于是带着惠岸来到山脚下，喊一声："孙悟空，你还认得我吗？"

那大圣被五行山压住身躯，只能将脑袋伸出来呼吸，忽听有人叫他的名字，急忙睁开火眼金睛，磕着头说："我怎会不认得？你是南海观音菩萨，快救我一救！我在此度日如年，快憋死我了！"

菩萨摇头说："你这厮罪孽深重，若放你出来，本性难改，又要去为非作歹，不如不放你出来的好。"

大圣一急："我已知错，知错，知错，再也不敢了！"

菩萨看他悔悟的表情，方才点头说："好吧，你若愿意皈依佛门，我现在正要到东土找一个取经的人，将来他会经过这里。到时候，你再恳求他放你，收你做徒弟，一同往西天取经。"

师徒二人离开五行山，辗转来到东土大唐帝国，变作两个癞和尚，游入长安城。这时，刚好唐太宗传旨玄奘法师，聚集一千二百名和尚，正在城内化生寺，做超度亡魂七七四十九天的"水陆大会"。观音菩萨心下一算，知道这位玄奘法师，乃是如来佛身边的金蝉长老转世的，便打定了主意。师徒俩从一条小路，趸到东华门，故意冲撞了宰相的车驾。果然引起宰相的注意，他见两名衣衫褴褛的和尚，手捧着一件灿烂发光的袈裟及一支稀奇的锡杖，沿着城门口叫卖，忍不住好奇地问："喂！卖袈裟、锡杖的和尚，价钱要多少？"

菩萨应声："袈裟要五千两银子，锡杖要二千两。"

价格一说出来，倒惹起宰相的跟班们一阵哄笑。宰相诧异地问："要这样高价吗？它有什么好处？"

菩萨微笑着说："价钱的高低是另外一回事儿，若是遇上德行崇高的法师，像玄奘大师那样，我们想和他结个善缘，情愿白白送他。"

宰相正要开口再问，转眼间，那两个癞和尚已消失不见，袈裟及锡杖都扔在一个跟班的手上。宰相便将这件怪事奏明太宗知道。太宗见了袈裟与锡杖，心下大喜，即刻传旨赐给玄奘。

到了水陆大会的第七天，玄奘披着那件锦襕袈裟，登上讲坛，演说佛祖的义理。太宗也率领宰相及文武百官，在场观礼。忽然听众当中有个癞和尚站起来，大声对玄奘叫嚷："法师所讲的都是一些小乘道理，却不会讲大乘佛法！"

玄奘法师一听大乘佛法，慌忙步下讲坛，对菩萨化身的癞和尚合掌说："请老师父指示大乘佛法的义理。"

这一骚扰，早有人报知太宗知道。宰相一看是前些日子那两个送袈裟的癞和尚，便向太宗奏明。太宗正要发怒，一听宰相的话，才和颜悦色地询问："你是从哪里来的和尚？你的大乘佛法又怎样讲解？"

菩萨合掌回礼，却不搭腔，直接走上讲坛说："在西天竺大雷音寺我佛如来处，有一部专讲大乘佛法的《三藏真经》，只要派一个志心坚固的求经人，跋涉十万八千里，便可得到。"说罢，领着惠岸，踩踏祥云，飞上九霄天空，现出手托杨柳净瓶，救苦救难南海观世音菩萨的宝相。

这突然来的变化，慌得太宗、宰相、文武百官，以及玄奘、众和尚，个个伏地叩拜。等祥光冉冉地隐退之后，玄奘便向太宗请示，愿意发大宏愿，去西天求取真经。太宗听了，放心不下地说："法师要亲自走这一趟，固然可喜可贺！可是路途遥远，更多妖魔阻挡，只怕有去无回，葬送了性命！"

无奈玄奘已立下誓愿，不取得《三藏真经》，绝不罢休。太宗见他一心一意，至死不悔，感动之下，便和他结拜为兄弟，赐"唐三藏"的名号，派他跋涉到西天竺一趟。玄奘谢恩之后，忙于整理行李，领取通关宝印及取经文牒。

临行的那一天，太宗早已选派两名随从，供三藏使唤，钦赐白马一匹及紫金钵一只，当作他远行的脚力和沿途化缘之用，又命文武百官排下銮驾，亲自送出长安城门。

八、三藏取经路过五行山救出孙悟空

唐三藏辞别了太宗，跨上白马，一行三人，逐渐远离了长安城，向西方的路径前进。一路上，天晚投宿，天亮赶路，不知不觉来到大唐的边境地区。早有镇边的总兵以及本处的僧道，迎入城里安歇。

隔日一大清早，三人又继续赶路。那时正是秋深季节，一夜的霜气仍未消退。大概走了十几里路，眼前被一座山岭挡住去路。三藏只好叫二名随从在前面拨开草丛，找出崎岖的路径。就在进也难，退也难，又恐迷路的当儿，忽然脚下一个踩空，咕咚一声，三人连马匹应声坠入一个陷阱里面。吓得三藏心慌意乱、随从胆战心惊、白马嘶号不已。这时候，忽听上头有人喊："把他们抓上来！"

一阵狂风过处，闪出五六十个妖怪，将三藏、两名随从及马匹一一揪出陷阱，用绳索捆了，抓去见他们的魔王。那魔王生得青面獠牙，吓得三藏魂飞魄散、二随从骨软筋麻。只听魔王喝令众妖刷洗锅灶，准备吃人肉大餐。二随从到底是凡人，一听人肉大餐，啊的一声，吓得昏死过去。

那魔王已好久没尝过人肉的味道，今日抓到了三个人，大喜之下，却不想一次全部吃光，下令先将昏死的那两人，放下锅里煮熟；将口里只管默念佛号的那个和尚，暂时押入土牢，等改天再吃。

三藏隔着土牢，仍听得见众妖怪咀嚼人肉及啃噬骨头的声音，吓得他六神无主。这样昏昏沉沉，不知过了多久，忽然在他眼前出现一个老头子。那老头子用手一指，三藏身上的绳索立刻自动解开，再吹一口仙气，三藏才完全清醒过来。眨眨眼睛，才发觉自己一个人置身在深山之中，马匹和包袱、锡杖都在身边，不曾失落，倒是二名随从不知去向。再仔细向四周观望，发现地下留了一张字条："我乃是西天太白金星，特地前来救你一难。"他慌忙跪下，向西方叩头拜谢。

拜完站起来，看天色不早了，三藏只好独自一人策动马儿，往崇山峻岭行去。大约走了半个时辰，仍不见半点人烟，一则饥火中烧，二则路径坎坷，正在进退两难之际，忽听爆地一吼，竟从树后蹿出两只咆哮的猛虎，吓得那匹凡马脚软腿弯，伏倒地面，打也打不起来，牵也牵不动。三藏自个儿料定，这回必死无疑了。就在他绝望之际，又从树后跳出一个手执钢叉、腰悬弓箭的猎人，他大喊一声："畜生哪里走！"将那两只猛虎惊得夹着尾巴就逃。

原来这人姓刘名伯钦，绰号叫镇山太保，是双叉岭一带有名的猎户，野兽见他，无不怕他三分。他见三藏一个人孤零零地骑马赶路，问明原因，知道是太宗派往西天求经的法师，连忙以礼接待，迎入山坡后的刘家安歇。

隔天，在镇山太保及众家僮的护送下，三藏骑着马匹，离开双叉岭，蜿蜒来到险峻的两界山。那两界山是大唐国与鞑靼国的地界，东边属大唐管辖，西边属鞑靼管辖。由于太保是大唐人氏，不愿跨越地界，只想告辞回去。三藏一听不再送他了，立即滚鞍下马，扯住太保，央求他无论如何再送他一程，直到平地为止。但是太保执意不肯侵犯边界，直搞得三藏望去路心乱如麻。就在宾主难分难舍的时候，忽听山脚下有人发出如雷般的叫喊声："师父快来救我啊！"

众家僮奇怪说："听这叫喊声，莫非是那只被压在山脚下已有五百年之久的老猴？"

太保忽然记起来说："不错，就是那只老猴！记得这座山旧名叫五行山，到了大唐王西征时才改名为两界山。我还听老一辈人传说，在王莽篡汉之时，有一天突然从天空中降下这座山，山脚下就一直压着一只神猴，只要让他吃些铁丸、铜汁，就不会饿死，想不到竟能活到现在。"

众人叫三藏不用怕，一起来到山脚下。果然有一颗猴头露出来，开口说话："师父，您怎么到现在才来？这下子来得好，快救我出去，我可以保护您上西天取经。"

三藏见那猴头上长满了青苔藓块，又有泥土杂草，只有一双眼睛能转动，一张嘴巴能开合，样子十分狼狈，不觉动了慈悲之心说："你既然能猜出我要往西天取经，也算是只灵猴。我且问你，你为什么被压在这里受罪五百年？"

猴头便将五百年前大闹天宫及被如来佛压在此地的往事叙述一遍。听得那太保和众家僮,个个咬指吐舌不已。猴头接下去把前几天蒙观音菩萨点化,要他护送东土来的取经人,前往西天竺走一趟的大概,也说一遍。三藏一听菩萨来过,满心欢喜地说:"你既然听从菩萨的教诲,愿入我佛门,做我的徒弟,实在是太好了。可是我手边并没有半支斧头或凿子,怎能救你出来?"

猴头急忙说:"师父若要救我,不用斧头凿子,只要去这山顶上,将如来佛的金字压帖揭下来,我自然能出来。"

三藏在太保及众家僮的搀扶下,好不容易才攀上山顶,果然看到一块四方形大石,石上贴着一张隐隐发光的金字帖。三藏不敢鲁莽,朝金字压帖拜了几拜,口诵佛号,再伸手轻轻揭下。那压帖说也奇怪,被突然刮起的一阵轻风吹得无影无踪。一行众人,又回到山脚下猴头那里。猴头知压帖已揭下,大叫:"好,好,老孙要出来了!师父,您快走,往东走得越远越好!""噢,好,好!快走!"三藏和众人急忙向东快跑,跑了十几里,忽听一阵山崩地裂的大响,震得众人掩耳闭目,趴在地上不敢乱动,睁开眼,已见那猴王跳到三藏的马前,赤条条地跪下说:"师父,我出来了!"

三藏见他诚心,高兴地说:"徒弟啊!我替你取个法名,也好呼唤。"

猴王叩头说:"多谢师父好意,我已有一个法名,叫作孙悟空。"

三藏将孙悟空搀起来说:"这个法名取得好,不过看你这个模样,就像小头陀一般,我再替你取个诨名,叫孙行者好不好!"

悟空连忙点头："好，好，孙悟空又叫作孙行者了。"

刘太保见三藏已有了孙行者的保护，便带领众家僮，向三藏告辞，回双叉岭去了。孙行者即请师父上马，他在前面引路，向西平安通过两界山。忽然一阵风响，从石堆后跳出一只猛虎，大吼一声，直向唐僧冲来，吓得三藏坐在马上直打哆嗦，几乎摔下马来。孙行者却欢喜地说："师父不用怕，它是送衣服来给老孙的。"

说着，从耳朵里拔出一支针儿，晃一晃，竟变成一根碗口般粗细的铁棒，他迈开脚步，吆喝一声："畜生，往哪里逃！"说也奇怪，那只猛虎竟听话一般地伏在地下，动也不敢动一下，任凭孙行者当头一棒，打得脑袋开花。吓得三藏只是惊魂未定地念着佛号。孙悟空笑说："师父稍等一下，等我脱下它的衣服，穿了好走路。"

三藏惊讶地问："它哪里有什么衣服？"

"这不是！"悟空从身上拔下一根毫毛，吹口仙气，叫声"变！"，变作一把牛耳尖刀，将老虎皮剖下，裁作两条虎皮裙，收起一条，另一条围在腰间，又从路旁揪来一根葛藤，将腰束紧，说："师父，咱们走吧！到了前头人家，借些针线，再缝它一缝。"

三藏见徒弟有这般降龙伏虎的手段，不禁大喜，放心策马前进。师徒二人向西走着，不觉间太阳西坠，就地找了一处人家投宿，募化来一些干粮充饥。就这样，天黑投宿，天明走路，边走边聊着话，不知不觉又逢初冬时候。

这一天，师徒二人正顶着寒风赶路，忽听一声呼哨，从树林后窜出六个强盗，个个手执刀枪，向他们包围过来，其中一个头儿喝声："和尚哪里走！快留下马匹行李，饶你们性命，放你们过去。"

这个突然来的恐吓，把三藏吓得跌下马来。行者连忙上前把师父扶起坐定，才转身对六个强盗说："各位既然是干这一行的，想必你们打劫去的珠宝一定不少，现在快拿出，我与你们作七份均分，才饶了你们的狗命！"

六个强盗听说，呆愣了一下，大骂："小贼秃，敢拿你大爷开玩笑？"抡动刀枪，一涌上前，照行者的脑袋，乒乒乓乓地乱砍。悟空动也不动，让他们砍了七八十下，直砍得大家虎口酸麻，止手说："这，这，这个和尚的头壳好硬！"

孙悟空笑嘻嘻地说："我看你们也打得手酸了，该轮到老孙取出针儿来耍耍。"

其中一个强盗大骂说："原来这个和尚以前是操针灸的郎中，我们又没有什么病症，何必他来动针？"

孙悟空不理他，从耳朵掏出一支绣花针儿，迎风晃了晃，却是一条粗硬的铁棒，握在手中，跳上前去，把六个正要逃命的强盗，挨个打死。

唐僧看见，吓得魂飞魄散，又不敢骂，只是默念佛号，一路嘟哝着说孙悟空这样心狠手辣，全无出家人半点慈悲之心，上天有好生之德，杀生是佛家大戒，等等。那猴子见三藏尽管唠唠叨叨讲个不停，按不住心头的火说："哟，你既然这也说我不配作和尚，那也说我没资格上西天，好吧！西天我不去了，和尚也不做了，我要回花果山称王称爷去了，免得受你这个秃驴的闲气！"使起性子，将身一纵，早消失得无影无踪。

三藏急抬头，连个影子儿也没瞧见，叹息一声，呆呆站了好久，才收拾行李，一只手拉着锡杖，一只手抓住缰绳，依旧孤孤单单地往西走去。行不多时，迎面来了一个老太婆，手里捧着一件锦衣和一顶花帽。三藏见她年老，忙拉开马闪在一边，要让她先行通过。可是那老太婆走到他面前，也不通过，却止住脚步说："长老啊，你可有徒弟？若有徒弟，我就把这衣帽送给他穿戴。"

唐僧摇摇头，将好不容易收了一个徒弟，又让他溜掉一事说了一遍，眼泪不觉掉了下来。老太婆却笑说："长老不用担心，我猜你的徒弟马上就会回来，你现在就把这件锦衣和花帽暂时收下，等你的徒弟回来，趁机会让他穿戴，包管他以后再也不敢要赖。"说毕，又教了三藏一段"紧箍咒"。

三藏依言熟念了几遍，完全牢记在心里，正要合掌道谢，那老太婆早化作一道金光，飞上九霄云外。唐僧知是观音菩萨下凡，急忙叩头跪拜，礼毕，才收了衣帽，藏入包袱里面。

却说那孙悟空，撇下师父，翻一个筋斗，跳入东海，分开水路，在龙王的水晶宫里喝了一杯茶。这时，气恼已消，忽觉不忍心，又即刻告别龙王，跳出东海，一个筋斗云，回到师父那里，看见唐僧坐在路边闷不吭声。唐僧抬头见是孙悟空回来，记起菩萨临走前的嘱咐，便叫他去包袱里拿干粮及拿钵子去舀些水来。

孙悟空走过去打开马背上的包袱，见有几个烧饼，拿出来递给师父吃了。再把包袱翻过来找钵子，忽然，眼睛一亮，发现一件光闪闪的锦衣和一顶嵌金的花帽。唐僧见悟空把锦衣抖开来左瞧右瞧，又把花帽戴在头上试试，便合掌说："这些衣帽是我小时候穿戴的。徒弟啊！你若是喜欢，就拿去吧！"

行者听师父要把衣帽送他，大喜过望，立刻把锦衣穿上，花帽戴上，正好十分合身。那唐僧也不吃烧饼，口里只管默默地念着"紧箍咒"。才一念动，行者就双手抱住自己的脑袋，直喊："头痛！头痛！"那师父嘴不停地又念了几遍，直把他痛得直翻筋斗，竖蜻蜓，在地下打滚，把锦衣扯破，又把那顶嵌金的花帽抓得稀烂。三藏怕他扯断金箍圈，便住口不念。

说也奇怪，不念时，他的头就不疼。行者伸手在自己头上摸摸，有一圈金线般的箍儿，紧紧地勒在上面，取不下，揪不断，好似生了根一样。他从耳里掏出针儿，翘入箍里，往外乱撬。三藏恐被他撬断，口中又念起来，疼得孙行者脸涨脖子粗，满地打滚。三藏见了不忍心，便住了口，他的头也就不疼了。

唐僧看看他："你从今以后肯听我的话了吧？"

孙悟空大怒："好泼秃！老孙好意回来看你，竟敢拿这个圈子来害我！"忽把那支针儿晃了晃，碗口粗细，往唐僧头上敲下来，慌得长老口中又念了两三遍。猴子一疼，丢下铁棒，地下打滚，直喊："师父，别念！别念！徒弟以后永远听话就是！"

到了这无可奈何的时候，孙悟空才死心塌地追随在唐僧的后面，一步挨一步地往西天迈进。

九、蛇盘山鹰愁涧玉龙误吞白马

走了数日，已是腊月冬残，北风漫天呼呼地吼，吹得师徒两人缩着脖子赶路。这一天，迤逦来到蛇盘山鹰愁涧的地界，忽听嗖的一声响亮，从涧中钻出一条龙来，探爪就直抓马上的三藏。孙悟空何等的眼明手快，不等龙爪伸到，急把师父抱下马，回头便走。那条龙见扑了个空，张开嘴巴，一口吞下整匹白马，依旧潜回涧里。

孙悟空先把师父安置在一块高地上，转身就要去牵马。到了现场，哪有什么马匹，地下只留下那担行李。悟空一个筋斗，跳到半空中，用手搭起凉篷，睁开火眼金睛，四下里观看，就是看不见白马的踪迹。再仔细张望了一会儿，方才按落云头，向三藏报告说："师父，我们的马恐怕已被那条泼龙吃了！"

唐僧一听白马被龙吃掉，忍不住垂泪："天哪！若是没有马当脚力，从这里到西天，千山万水，要走到什么时候？"

悟空见三藏抽抽咽咽地哭起来，禁不住焦躁，发声喊："师父，不要这样脓包呀！您坐着，等老孙去找那泼怪，叫他还给我们马匹！"抽出金箍棒，一个筋斗跳到涧边，对水面高叫："泼泥鳅！快还我马来！"

那条吞了白马的龙，正伏在涧底慢慢儿消化，忽听水面上有人叫骂，按不住怒火，纵出水面，出爪就抓。悟空见他出来，抢起金箍棒就打，才两三下，就把那条龙打得筋疲力软。龙见他棍子厉害，打一个转身，又钻回水底，任由猴头叫骂，再也不敢出来。猴王哪里肯罢休，跳开脚步，追到涧边，使出翻江搅海的神通，把一条碧澄澄的涧水，搅得泥浊不堪。搞得那龙坐卧不安，咬着牙，跳出来继续应战；但战不到三个回合，实在无法抵挡，将身一晃，变作一条水蛇，溜入草丛里去。

猴王握着铁棒，赶上前去拨草寻蛇，哪有踪迹？他一急，念了一声"唵！"，唤出蛇盘山的土地询问："那条水蛇溜去哪里了？"慌得土地跪下禀告："大圣不需发怒！这条鹰愁涧有千万个孔窍相通，就不知他溜入哪一孔、哪一窍。若要擒拿，只消请观音菩萨来，他自然顺服了。"

悟空听罢，跳回去禀告师父，说要动身去请菩萨。三藏却一把拉住他说："徒弟啊，你这一去，把我撇在这里，若万一那龙又蹿出来，叫我怎么办？"

行者听师父这么一说，一时间失了主意。就在这个当儿，半空中冉冉地出现一团祥光，正是观音菩萨的圣驾。慌得唐三藏急忙下拜叩头，菩萨便吩咐身边的惠岸到涧边喊了三声："玉龙三太子！"那玉龙一听是惠岸的声音，知是菩萨驾到，急忙从石孔中钻出来，跳出波浪，变作人形，纳头便拜："弟子前些时候蒙菩萨解救，在此久等，却一直没有取经人的消息。"

菩萨出声："喏，取经人不就在你的眼前？你还吃掉他的坐骑呢！那坐骑是匹凡马，不能够跋涉千山万水，正需要你这样一匹龙马才行。"把杨柳枝沾了甘露，往玉龙的身上一拂，喝声"变！"，变作一匹原来毛色的白马。

菩萨正要回南海，被行者扯住不放："我不去了！这条路遥远崎岖，又要保这个凡僧取经，一趟折磨下来，老孙必然没命，我不去了！我不去了！"菩萨说："好吧，你不用怕，我赠你三根毫毛，许你叫天天应，叫地地灵！"摘下三片杨柳叶儿，放在行者的脑后，喝声"变！"，即刻变作三根救命的毫毛。

三藏见菩萨显化，立即撮土焚香，往南礼拜；等菩萨走了看不见，才叫行者收拾好行李，牵动龙马，来到涧边。放眼只见涧水渺渺茫茫，怎样渡得过去？正感到心慌，忽见上流源头处转出一个渔翁，撑出一只木筏。行者连忙招手："喂，老翁，我师父要去西方取经，烦你渡我们过去。"

渔翁听到叫声，忙把木筏靠拢来。悟空请三藏踏下木筏，他拉着马在一旁扶持。那老翁撑开筏子，如风似箭地渡过了鹰愁涧，到达西岸。三藏登上岸后，叫悟空解开包袱，取出几两银子，送与老翁，当作渡船费。那老翁摇手说不要钱，撑开筏子，急忙往中流荡去。三藏有点过意不去，只管合掌称谢。悟空却在一旁笑说："师父，算了，你不认识他。他是此涧的水神，不曾迎接我老孙，老孙还要打他几棍子哩！如今能够免一顿打，他还敢要钱？"

十、高老庄云栈洞猪八戒出丑

离开蛇盘山，师徒两人往西蜿蜒前进，日落月升，约莫过了个把月，又逢初春，眼前到处一片桃红柳绿，花香蝶语，好一个踏青的季节。三藏坐在龙马上，左右浏览春景，不觉天色晚了，望见远处有一座山庄，便策动马蹄，来到村庄的门口。这时候，从村里迎面奔来一个行色匆匆的家僮。孙悟空顺手一把扯住他，问说："小哥，这里是什么地方？"

家僮只管挣扎，口里直嚷："倒霉！倒霉！受了老爷的气，又要受这光头的气！"

悟空对他咧着嘴笑："你有本事挣开我的手，我便放你走，否则就老实说，这里是什么地方？"

那家僮左扭右扭，哪里挣得开悟空那把铁钳似的手掌，只好回答说："这里是乌斯藏国界的高老庄，因为全庄的人家大半姓高，所以叫高老庄。好了，你放开我吧！"

悟空并不放手，又问："看你急急忙忙的，要去哪里办事？说出来我才放你。"

那人无奈，只好和盘托出："我是高太公的家僮。我那太公有个小女儿，年方二十岁，不幸三年前被一个妖精霸占去。我太公不高兴，要那妖精退婚。那妖精蛮不讲理，不但不肯退，反而把太公的小女儿关在后宅将近半年了，再也不放她出来与家人见面。太公便给我几两银子，叫我出去暗中寻访法师，来捉拿那妖精。前前后后一共请了三四个，但都是一些脓包的和尚或饭桶的道士，反被妖精吓跑。我刚刚才被太公骂了一顿，说我不会办事，叫我另外去请一位高明的法师。好了，放开我吧！"

悟空放了手，笑说："算你运气找对人了！我们是大唐皇帝派往西天求经的圣僧，最擅长降妖捉怪了。不要说一个妖怪，就是一箩筐的妖怪，我吆喝一声，无不手到擒来。"

家僮刚刚被他捏得手疼，想必有一些来历，便转身领他们到高太公家的门口，自个儿进去通报。那太公一听有两个远来的和尚，能擒得住妖怪，急忙整了衣服，出门迎接。一眼看见孙悟空的嘴脸，唬得倒抽一口气，将家僮骂了一顿："你这小厮，要吓死我不成？家里已有一个猪头蠢脸的妖怪打发不掉，你又去引来一个雷公嘴脸的妖怪来害我？"

家僮正要辩白，悟空插嘴说："老头子，真亏你吃了这般大的年纪，还在以貌取人！我老孙丑自丑，本事却十分厉害哩！"

高太公看到三藏长得相貌堂堂，方才放了心，将两个和尚请入客厅奉茶，又把妖精的大概说了一遍："他初被招赘来时，模样儿倒也看得过去，耕田、耙地、播种、割稻，样样都会做，不失

85

为一个好的庄稼汉。但来了不久，模样就逐渐变了，变成一个长嘴大耳扇的呆子，脑后又有一溜鬃毛，身体粗糙怕人，食肠又大，一顿要吃三五斗米饭，就是早餐，也要百十个烧饼才够。又会呼风，云来雾去，飞沙走石，唬得我一家和左邻右舍都不得安宁。如今又把小女儿关在后宅，更不知是死是活，所以要请个手段高明的法师来降伏他。"

"好，简单，一句话，"悟空胸有成竹地说，"我把那猪精擒来就是！"

"是什么样的兵器？要多少人做帮手？"高太公不放心地问说，"好让我吩咐下去。"

悟空故意不搭腔，慢吞吞地从耳内取出一支绣花针儿，捻在手里，迎风晃了几晃，吆喝一声，忽然变成一根碗口般粗细的金箍铁棒！把高家的人唬了个大跳。悟空抓起铁棒，扯着高太公说："你引我去后宅，看看猪精的住处，以便先救出你的女儿。"

高太公立即引他到后宅门口，只见门板被一把铜汁灌铸成的锁扣住。悟空见了便说："你快去拿钥匙来！"

高老头应声："这？若是我有钥匙，那还用请你来？"

悟空嬉笑说："呀，呀，你这老头儿，年纪一大，就不懂开玩笑。我拿一句话哄你，你就当真哩。"提起铁棒一捣，将铜锁捣了个稀烂，推开门板，见里面竟是一片黑洞洞的。

高太公见门开了，急忙撞进去把女儿拉出来。可怜好一个如花似玉的女子，竟被糟蹋成面黄肌瘦，半丝儿血色也没有。那女

86

子见了她爹，放声就哭。行者一听，不免烦躁，喝声说："好啦，老头儿！快把令爱带到前边客厅去哭，并陪我师父聊天，免得在这里碍事。只让老孙一人在这里等那妖精，他若不来，便一切罢了，他若来了，定与你斩草除根！"

行者见高老头拉着女儿欢喜去了，便弄个神通，摇身一变，变得像那女子一般模样，扭着腰儿，独自坐在床上，静等那猪精出现。等不多久，果然刮起一阵狂风，真的有飞沙走石之势。那阵狂风过后，从半空中跳下一个妖精，确实生得丑陋：竹筒嘴、蒲扇耳、老鼠眼、黑炭脸、刚鬣毛，跟猪的嘴脸并没有两样。行者不去迎他，且睡在床上假装生病，口里只管哼哼哎哎娇喘个不停，哄得那妖精摸上床来安慰说："小姐，哪个地方病了？或是怪我来迟了？"

行者故意揉着眼睛说："都要怪你！今日被爹隔着墙骂了一顿哩！说我好人家的女婿不会嫁，偏偏嫁了个没来路的怪物，破坏了他的门风，失了他的面子！"

猪精唔的一声回答："怎说我是没来路的？我家住福陵山云栈洞，以相貌为姓，所以姓猪，官名叫猪刚鬣。我不但有名有姓，而且有籍贯住址，怎么说我没来路？"

行者把耳朵一听，心下暗喜："这泼怪却也老实，不用动刑，就供得明明白白。既有了地址姓氏，不怕拿不到他！"

那猪怪就要伸手来搂着亲嘴。行者使个拿法，将他拽下床说："我爹又要请法师来抓你哩。"

猪怪爬起来，也不恼怒，扶着床边笑说："小姐，睡吧！不要理睬你爹的话！我老猪有三十六种天罡变化，万夫不能抵挡的九齿钉耙，怕什么法师、和尚、道士？就算你老爹能把九天荡魔祖师请来，也不敢对我怎么样！"

行者又添上一句："据爹说已请到一个五百年前大闹天宫姓孙的齐天大圣，要来抓你哩。"

"什么！那猴头来了？糟了！那我们两口子今生今世不能再做夫妻了。"转身就要开门走掉。

行者早一把扯住他，将自己脸上抹了一抹，现出原形，喝声说："猪刚鬣，慢点走！你睁眼瞧瞧我是谁？"

猪刚鬣转过眼来，看见孙行者龇牙咧嘴、火眼金睛、凸额毛脸，活像雷公一般，知是齐天大圣，惊得他魂飞魄散，哗啦一声，挣破了衣服，化阵狂风，脱身就逃。孙行者急跳上前，掣出金箍棒，望风打了一下。那怪闪得快，化作万道火光，溜回他的本山去了。行者随后追赶，一边叫骂："往哪里逃？你若飞上天，我就赶到兜率天宫！你若钻入地，我就追到枉死城！"

那猪怪只顾慌张逃命，逃到一座高山，便将红光聚敛，撞入洞里，把洞门紧紧关闭。孙行者追到洞口，一顿铁棒，将石块凿成的门板打得粉碎，又骂说："你这个吃糠的呆货，快乖乖出来受缚，否则别怪老孙不客气！"

妖精正躲在洞底吁吁地喘气，听见门户被打碎的声音，又听见被骂是吃糠的呆货，恼怒难忍，拖出九齿钉耙，跑出洞外，指着行者的鼻尖骂："我老猪以前也是堂堂一名天蓬元帅，因为酒醉调戏嫦娥，才被贬下凡界，不料投错母猪的胎，才变成这副丑样子。你这个石迸的泼猢狲！造反的弼马温！出身比我低，罪孽比我重呢！还敢在这里叫嚣？且吃老猪一耙！"

孙悟空抡起铁棒，就与猪怪展开一场厮打。打了几回合，行者忽然住了手，笑说："看你只会往老孙头上猛筑个不休，好吧！老孙就把脑袋搁在地下，让你筑一下看看。"

猪精听说，果真高举钉耙，看准脑袋，使尽平生力气砸下去。只听一声金属般的大响，耙齿迸出了几点火花，定睛看去，更不曾伤得他一块头皮，却震得自己手麻筋软，只说了声："好硬的头！"

行者跳起来拍拍身上的灰尘，笑说："要不要再筑几下？"

这猪精一时也寒了脸，正待脱身，忽然记起了一件事："你这猴子，我且问你。我记得你大闹天宫时，家住在花果山水帘洞，难道是我老丈人去那里请你来的？"

孙悟空说："你丈人也不曾去请我，是因老孙改邪归正，在五行山下被观音菩萨点化，要老孙保护一个来自东土的圣僧，前往西天取经。今日路过高老庄投宿，因高老头提起，我们当然义不容辞，替他捉你这个猪呆！"

猪精一听，立刻丢下钉耙，唱个大喏说："那取经人在哪里？有劳老哥引见。"接下去，便将观音菩萨对他的嘱咐也说了一遍。

行者听得半信半疑："你别想哄我！以为老孙是好哄的？我哪里不知道你是为了暂时脱身！如果你真心的话，现在就对天发誓，我才带你去见我师父。"

猪精见他不信，扑地跪下，望天空叩头如捣蒜一般，发誓说："阿弥陀佛！我老猪若不是真心真意，就会被五雷劈死！"

行者见他发了誓，又说："我还是不相信！若是真的话，你就点了把火，将你的洞穴烧掉，我方才相信。"

那猪果真的就捡来芦苇荆棘，点起火，把好一座云栈洞烧得像个破瓦窑一般。烧干净后，才拱手说："现在可以带我去见你师父了吧？"

悟空仍不放心："你那把九齿钉耙递给我拿，我怕你一时发起猪癫，将我师父一把打死，那我岂不上了你的当？"

猪呆听说有理，果然把钉耙递给行者。行者看看这呆子脑满肠肥，颇有些蛮力，若一时反抗起来，伤了师父怎么办？想着，从自身拔下一根毫毛，吹口仙气，叫声"变！"，变作一条麻绳，走上前，把那呆子的手反绑到背后，然后揪着他蒲叶般的耳朵，纵上云朵，回到高老庄。

那呆子见了三藏，慌忙双膝跪下，背着手叩头说："师父，弟子失迎，早知师父您要住在我丈人家，我老早就该来拜接，也不至于生出这许多波折，直到现在才见到师父。"说着，又把菩萨劝化的前后说了一遍。

三藏听了大喜，忙叫悟空松了他的绳绑，亲手扶他起来说："你既然诚心要皈依佛门，做我的第二徒弟，那我就替你取个法名，以便早晚好叫唤。"

呆子连忙说："师父，先前菩萨已替我摩顶受戒，取了法名，叫作猪悟能。"

三藏点点头，知他食量惊人，刻意要他注意断绝腥荤，于是又替他取了个别名，叫作"八戒"。那呆子听了欢欢喜喜地说："谨遵师命！从此以后，我猪悟能又叫猪八戒。"

高太公见猪八戒去邪归正，自是十分喜悦，立刻命令家僮去安排斋宴、打扫房间，好让他们师徒三人吃饱了过夜。到了隔天清早临走前，只见八戒摇摇摆摆地对高太公唱个大喏说："丈人啊，您要好好照顾我那老婆！只怕我们中途取经不成时，我还会回来还俗，照旧做您的女婿咧！"

却被孙悟空喝了一声："呆子，你在胡诌什么！"

八戒说："哥啊，这不是胡诌！只恐取经途中有了一些儿差错——岂不是误了做和尚，又误了娶老婆，两头都耽误了吗？"

只听三藏骑在马背上说："徒弟们，废话少说，赶快上路要紧。"

十一、流沙河里跳出一个沙悟净

师徒一行三人离开了高老庄，一路餐风饮露，来到了一处平原，忽听得波涛汹涌的声音，举目望去，只见一条波澜澎湃的大河挡住去路。三藏坐在马上说："徒弟啊，你们看那前边的水势湍急，又不见半艘渡船，叫我们从哪里过去？"

行者托地耸身一跳，跳到半空中，搭起手篷，看得他心惊，倏地跳下地面禀告说："师父啊，这条河一望无际，至少有八百里宽。若是老孙，只消腰儿扭一扭，就跳过去了；若是师父，那就万分难渡了。"

那长老听得心下直凉了半截，兜回马头，四下里张望，却瞥见岸上立了一块石碑，碑上刻着"流沙河"三个字。师徒三人正要拢过去看碑文，忽听哗啦啦的一声响，急转眼睛，但见波浪中钻出一个胸前悬挂九颗骷髅、手执宝杖的妖精。那妖精一跳上岸，就直抢唐僧，慌得行者把师父抱下马，回身就走。八戒一看事出紧急，丢下行李担，掣出钉耙，往妖精身上便筑。一个舞动钉耙，一个挥动宝杖，各逞英雄，在流沙河岸展开一场生死决斗。行者在一旁摩拳擦掌观看，看得手痒，也抽出铁棒，一声呼哨，往妖精头上一棒打下去。妖精慌忙架住，心知不敌，急转身，钻入流沙河里。八戒见逃了妖精，更加抖擞神威，吆喝般地嚷："泼妖怪哪里逃？逃的是龟孙子！"口里光喊着，脚下却不曾追上去。

行者在一旁看了好笑："呆子，怎不跟着追入河里？"

八戒回答："老猪当年总督天河，掌管八万名水兵，倒是学会了一些水性——最是怕这妖怪在水里有他的亲眷老小，七窝八代的冲着我包围过来，岂不等于叫老猪自投罗网？哥啊，由你去擒他就是了。"

行者笑说："呆子，你去水中和他交战，许败不许胜，把他引到岸上，等老孙一棒打他个措手不及。这一笔功劳，就记在你的身上。"

八戒听了觉得有理，便脱了衣服，跳入河里，手舞钉耙，使出当年的手段，分开水路前进。且说那水怪败了阵，方才喘定，忽听到水响，见是八戒执了钉耙推水，便举杖喊说："又是你这个粗糙的家伙！这次别怪我手下不留情，是你自动送上门的。看我把你打昏了剁成块块，好拿来下酒！"

八戒闻声大怒："你这泼怪，别把我看走了眼！我老猪还掐得出水珠儿来哩！你怎敢说我粗糙？不要走！吃你老祖宗这一耙！"举起钉耙就筑。这水怪也不是泛泛之辈，举起宝杖，架开攻势，顺势就劈了过去。这样你一耙、我一杖，各逞本领，从水底杀到水面，直杀得天昏地暗。

在岸上的另一边，悟空护住唐僧，眼巴巴地望着两个在水上争斗，看得手痒痒的，只是不好动手。忽见猪八戒虚晃一耙，假装败阵，回头跳上岸就走。那水怪见八戒乱了手脚，紧追不舍也赶到岸边。孙悟空再也忍耐不住，撇下师父，掣出金箍棒，跳到河边，望妖精劈头就打。妖精闪身躲过一棒，不敢迎战，嗖的又潜入河底，气得八戒乱跳："你这个败事的弼马温！彻底的急猴子！你再慢些动手，等我哄他到岸上高处，你再堵住河边，断了他归路，两头夹杀，岂不就此擒住了？唉！你看！他这一溜回去，不知什么时候才敢再露面呢！"

行者却笑说："呆子，打架就要干净利落！你不知老孙有个饿鹰叼鸡的手段，本想纵个筋斗，跳在半空，刷的俯冲下来，抓住那妖怪，要不是你诈败不像，引动那厮疑心，他才逃脱了哩。"

八戒见行者说得有理，只好又跳入水中，去与那厮打斗。那水怪见又是八戒，指着便骂："你这个猪头！哄我老沙上岸，叫一个帮手助打，有种在水里就不要溜！"

八戒笑说："难道老猪怕你？我手上的这把九齿钉耙，只要轻轻地刮了你一下，保证你身上九个孔子一齐流血，叫你没处贴膏药。纵然不死，也要让你得了个破伤风咧！"

话不投机，两个又各显神通，斗了二三十回合。那水怪见分不出高下，索性跳开圈子说："我老沙肚子饿了，改天再奉陪！"说完话，拖起宝杖就要走。

背后的八戒倒笑出声："怪咧，你还有名号来路不成？否则怎口口声声自称老沙？"

水怪回转头说："我本来是玉帝身边的卷帘大将，因失手跌碎了一只琉璃盏，才被贬到这条流沙河里受罪。前些日子，幸蒙观音菩萨开导，赐了个法名叫沙悟净，叫我在此等候一个东土来的取经人，护送他一同上西天，以便将功补罪。"

八戒一听，喜不自胜，说："快跪下孤拐腿来，朝老猪磕一百下头——我是你的二师兄——算是见面礼！"

听得那自称老沙的水怪，当真唬了一跳说："难道那个骑白马的和尚，就是东土来的取经人？"

八戒点头之后，便运用孙悟空降伏他的同样手法，揪着沙悟净的耳朵，分开水道，跳出波浪，来到岸上唐僧的面前邀功："师父，今日才显出我老猪的手段！不但活擒了水怪，而且劝服他改邪归正，要拜您为师呢！"

行者觑着眼，插嘴笑说："恐怕是观音菩萨的功劳呷！"原来孙行者已知擒拿水怪不易，趁八戒下水索战的当儿，叫来六丁六甲护住唐僧，他一个筋斗，纵到南海普陀山，打听水怪的来历，随后菩萨吩咐惠岸跟他走一趟流沙河。那水怪被八戒揪到岸上，慌忙叩拜了三藏，又叩谢惠岸，并遥拜南海。惠岸见沙悟净礼拜完毕，便从袖中取出一颗菩萨交代的红葫芦儿说："悟净，你把胸前的那串骷髅拿下来，把这只红葫芦圈在中间，做成一条法船，让唐僧渡河过去。"

沙悟净不敢怠慢，取下脖子上挂的九颗骷髅，把红葫芦放在中央，请师父上船。三藏登上法船，果然十分平稳，飘然地渡过流沙河，登上西岸。惠岸见顺利渡过，便收回葫芦，转踏祥云，径回南海去了。

十二、松柏林内菩萨考验取经人

过了流沙河，师徒四人一步步往西方迈进。这一天傍晚，来到一座松柏林，忽然里面传出一声狗吠，原来是一户富贵人家，正当大伙儿探头张望，只见门板咿呀一声打开，走出一个中年妇人来。妇人抬眼瞧见了他们，慌得退回门内，把门半掩着问："你们是什么人？擅自在我寡妇人家门口徘徊！"

唐僧连忙合掌说："贫僧是东上大唐国来的，奉旨往西天求经，路过贵地，眼看天色黑了，特地来向女施主借宿一夜。"

妇人听了，点着头把唐僧四人让入门里。喝茶的当儿，妇人一反刚才的严肃，笑吟吟地谈起来："我家姓莫，这里周围百里以内的田地，都属于我家的。不但有上千头的牛羊骡马，又有吃不尽的米谷，穿不完的绫罗绸缎。可惜丈夫早逝，只留下我跟三个女儿：大女儿叫真真，二女儿叫爱爱，三女儿叫怜怜，如今长得亭亭玉立，却仍还待字闺中。本想嫁她们出去，可是莫家偌大的祖业，叫谁来管理？刚好四位降临，想来个招赘成婚，不知道各位的意思怎样？"

听得三藏装聋作哑，好似雷惊的孩子，雨淋的蛤蟆，只是呆呆挣挣。那八戒听了，却心痒难搔，坐在椅子上，屁股好像被针戳到一般，左扭右扭地忍耐不住，便暗中扯了唐僧一把，低声说："师父，这个娘子告诉您的话，您怎么假装没听见？总要回答人家呀！"三藏喝声："你这个孽畜！我们是出家人，难道见了富贵、美色就动了心？快给我住嘴！"

八戒虽然被唐僧喝了一声，嘴里仍叨叨絮絮个不停。悟空笑说："呆子，你若还想干那种事儿，你就留在这里算了！"

八戒嚷说："哥啊，不要栽人！大家从长计议嘛！"

妇人见他们推辞不肯，扑地把茶壶茶杯一股脑儿都抢了回去，转入屏风，把角门砰的一声拽上。师徒四人被撇在外面，大眼看小眼，再没有人出来招呼。八戒不免埋怨唐僧说："师父这样不会办事！说话也要留些活脚儿，只消含糊答应，哄她些斋饭吃，等明日我们再趁早走路。如今茶饭没了着落，灯火黑漆也没人掌管。即使我们熬得了这一夜，想那头白马明日又要驮人，又要赶路，再不能让它饿坏。你们坐着，等老猪出去放马吃草。"八戒说着，踏出门口，急得解下缰绳，牵着马就走。

孙悟空也不出声，诡谲地一笑，摇身变作一只红蜻蜓，嘤的一声飞出门，赶上八戒。那呆子只管拉着马，有草处却不叫马吃，竟一直绕到后花园去。刚好那妇人带了三个女儿，正在这里欣赏菊花和落日。她们看见八戒出现，三个女儿急躲入屋子里面。八戒这惊鸿一瞥，竟失魂了老半天，还不晓得妇人喊出声："小长老要去哪儿呢？"被这一喊，八戒方才从梦里醒来，丢了缰绳，慌忙上前作揖说："娘！我是来放马的。"妇人嗲声嗲气地笑着说："你师父也实在不懂风情，在我家当了女婿，不是比走西方那条坎坷路好多了吗？"

八戒回答："他们是奉了唐王的圣旨，不敢违抗——而我虽有意思，只恐娘嫌我嘴巴长耳朵大。"

那妇人眼波一转说："既然小长老有意思，我就去问问小女儿她们看看。"说完话，款腰一摆地掩上后门。

孙悟空把这一切看得明明白白，展开双翅，先八戒一步飞回前面客厅，现出原形，一五一十向唐僧报告了一遍。三藏听了，似信不信。不一会儿，八戒将马拴好进来。悟空喝声就问："呆子，牵马出去，怎不让马吃草？"

八戒蓦地心惊，知走漏了消息，努着长嘴，半晌说不出话。忽听呀的一声，角门打开，那妇人撑着一对红纱灯，领了三个花容月貌的女儿，笑吟吟地走出来，对唐僧四人施礼。三藏只管合掌念佛号，悟空瞅着眼睛不理不睬，沙僧索性背转身体。只有那八戒，看得目不转睛，嘴涎四流，扭捏了一阵，悄声说："有劳仙子下降，请姐姐们暂时回避。"那三个女子，一直笑嘻嘻地转入屏风。留下妇人出声说："四位长老，留意好了配我的小女吗？"

沙僧说："我们已商议定了，要那个姓猪的招赘门下。"

八戒急嚷："兄弟，不要裁我，还得从长计议！"

悟空笑说："呆子，你还计议些什么？你刚才在后花园遛马，连娘都叫出声了，还要再计议？师父做个男亲家，这妇人做个女亲家，老孙做个证婚人，沙僧做个现成的媒人，也不用选日子、看八字，今晚就可以成亲了。"

八戒口里虽一个劲地推辞，心头却也七八分肯了。悟空用手揪着他耳朵，他也不十分反抗，直被扯入里面，交给那妇人。妇人见状，咯咯地乱笑，一方面吩咐仆人去准备斋饭，让其余三个长老吃饱，安排去客房安歇；另一方面领着八戒进入里面，不知经过多少道绊脚门槛，又是转弯抹角，直搞得八戒一路磕磕撞撞，才到了内堂房间。妇人出声："女婿，今日事出匆促，也不曾动用花烛拜堂，你就对我这个丈母娘八拜算数吧！"

八戒说："娘说得对！您就请上坐，受女婿八拜，一则当作拜堂，二则当作谢亲，两头都省事。"八戒果然笔直地拜了八拜，又启禀说："娘，您要把哪个姐姐配给我呢？"

妇人满脸堆笑说："正是我的左右为难处！我若把大女儿配给你，恐二女儿、三女儿不服气；同样情形，若把二女儿或三女儿配给你，又恐大女儿吵闹，所以迟迟还未决定。"

八戒咧嘴说："娘，既然怕她们相争，干脆全都配给我算了，省得吵闹不公平。"妇人摇头说："岂有此理！你一人就占了我三个女儿不成？"八戒笑笑："娘，哪个男人没有三妻四妾的？再多几个，您的女婿也都笑纳了。我老猪小时候也曾经学过夜里熬战之法，保证服侍得她们个个欢喜。"妇人笑说："不好，不好，这样吧！我这里有一条大手帕，你把眼睛蒙住，我叫三个女儿从你面前通过，让你伸手抓，抓住哪个，就把哪个配给你。"

八戒欢喜地接过手帕，将自己眼睛蒙住，只听得一阵叮当响的环佩声，又嗅到一股幽兰般的香味，他便伸手望人影乱抓，左扑也落空，右扑也落空，不是抱住柱子，就是撞到砖壁，两头跑晕了，跌跌撞撞，嘴也肿了，头皮青一块紫一块的，最后筋疲力尽地趴在地上直喘。

妇人替八戒揭了手帕，嗤嗤乱笑说："女婿呀，是我那些女儿乖滑，彼此谦让，不肯配你。"

只听八戒喘着气儿说："娘啊，既然她们不肯配我，您就配了我吧！"

妇人吃了一惊："好女婿呀！这般没大没小的，连丈母娘也都要了！这样吧，我那三个女儿的女红不错，各结了一件嵌珠子的汁衫儿，你若是穿哪件合适，那她就配给你吧！"转入房去，先取出一件，递给八戒。那呆子脱下自己的衣服，取过衫儿，就套在身上——忽然扑地跌了一跤，竟被几条麻绳紧紧地捆住——登时把他疼得杀猪似的叫。

且说三藏、悟空、沙僧三人一觉醒来，东方已发了鱼肚白，睁开眼睛一看，哪有什么姓莫的大户人家？四周围都只是些松树柏树，只见阳光穿透叶尖上的露珠，射到他们睡觉的草地上。沙僧说："吓！我们遇着鬼了。"

忽听一声"救命！"细听之下，原来是猪八戒的喊声。大伙儿循着声音，抬头看见树梢上吊着那呆子。只见他赤条条挣扎地喊："师父啊，快救我下来，下次再也不敢乱来了！"

悟空笑说："呆子，滋味怎样？老孙老早就知道那妇人是观音菩萨化身的，故意不告诉你哩。"

三藏连忙吩咐沙僧去解下八戒，合掌说："悟能虽然比较愚痴，倒也有些臂力，挑得动行李，这一趟西方求经，少了他也不行，料他以后再不敢胡思乱想了。"

十三、五庄观的一场人参果纠纷

师徒四人出了松柏林，仍旧望着西方赶路。约莫又走了三四个月，忽见一座气势磅礴的高山挡住去路。唐僧勒住马头说："徒弟啊，前面这座山高耸入云，恐有妖魔作祟，必须小心应付。"三个徒弟不敢疏忽，护在师父的周围，迈开脚步，往山中前进。

走不多远，拐过一片树林，一座巍峨的宫观，豁然呈现在众人的眼前。到了门口，三藏离鞍下马，见门右立了一块石碑，碑上刻着"万寿山福地，五庄观洞天"十个字。那字写得仙风道骨般潇洒，众人正赞赏不绝，忽听大门咿呀一声打开，从里面迎出两个道童："这位长老，莫非就是从东土派往西天取经的三藏法师？"

唐僧闻声，立即合掌回道："贫僧就是，二位仙童怎么知道我的名号？"

其中一个道童回话："我师父叫镇元子，是这里五庄观的主人。他因为有事外出，临走之前，知道您会经过此地，特别嘱咐我们两个代为接待。"说着，一人一手把三藏迎进去，却把其他三人撇在外面。

悟空见状，忍不住喝了一声："你这个臊道童！还有你们那个泼师父！怎么只接待唐僧一人，就不接待我老孙及二位师弟了？"八戒和沙僧听说，也一齐鼓噪起来，把道童及镇元大仙痛骂一顿。

三藏转身将三个徒弟喝住："不准胡闹！他师父既然不在，我们怎好打扰人家？悟空你去山门前草坡放马，悟净你去看守行李，悟能你去解开包袱，取出些米粮，借他锅灶，做顿饭吃。临走前我们再送几文钱贴补他木柴，不就得了？快去干各人的事！"

那两个道童听唐僧这样说，暗暗夸赞说："好一个识大体的三藏法师！怪不得师父命令我们要好好接待，摘两枚人参果请他，并交代要提防他的手下窥伺，万不可惊动他们。"

原来这人参果不是凡物，就是寻遍天下，也只有五庄观才长得出这种异宝，本名叫"草还丹"，又名"人参果"。必须等三千年才开一次花，又等三千年才结一次果，再等三千年才能成熟。成熟的人参果，就像出生未满三日的婴儿一样，有四肢五官。人若是有缘分，把人参果嗅了一嗅，就能活上三百六十岁，吃了一个，就可以活到四万七千岁。

那两个道童把三藏迎入前殿，从道房里端出一杯香茶来，向三藏说："师父临走前曾经交代，要我们去摘两枚人参果，来给您解解渴，就请圣僧在这儿稍候一下。"说完才回到房中，一个拿了金凿子，一个捧了丹盘，又将丝帕垫着盘底，一同到后园子，敲了两枚下来，再绕回前殿，双手恭敬地奉上。唐僧肉眼一看，唬得战战兢兢说："善哉！善哉！贫僧连酸辣汤都不敢嗅一下，哪敢吃婴儿的肉解渴？"

一童笑说："圣僧，您认错了，这的确是树上结的果子，吃一口不要紧。"

唐僧一个劲儿地摇手："胡说！胡说！想他父母怀胎十个月，不知受了多少苦楚，好不容易才生下来，怎么可以把他拿来当果子吃？"

两道童见三藏千推万阻，只好拿着盘子，转回道房。那人参果不能久放，一放久便僵了走味。二人回到房里，只好一人一个，坐在床边，只管咔嚓咔嚓地啃起来，中间还夹了一些说话。

天下事就有这样凑巧！这间道房的隔壁就是厨房。八戒正在架柴烧饭，刚才听见说取什么金凿子，他耳朵早竖了起来，这回又听见唐僧不认得人参，合该他们享用……那啃啃的响声，直惹得八戒口水忍不住汨汨地流，心想："无论如何也要偷个来尝尝味道，可是自家身体笨重，怎爬得上树枝？只有等猴子来，与他商量，才有希望。"呆子　阵胡思乱想，在锅灶前更无心烧饭，却不时地往厨房门外伸头探脑。不多时，见行者把马牵回来，拴在槐树下，正待往前殿走去找师父，那呆子急忙用手乱招，压低了声音乱喊："嘿！师兄，这里来！这里来！"

悟空见八戒招手，果然转来厨房，笑说："呆子，你嚷什么？想是饭不够吃？先让师父吃饱，我们再到前边大户人家化缘去。"八戒压低嗓子说："你快来，不是饭少！这观里有人参果可吃，你晓得吗？"悟空眼睛一亮说："只听说过人参果乃是草还丹，吃了极能延年益寿，这里果真有？"

八戒便将刚才无意间偷听到的话略说一遍，又说："那两个童子实在赖皮！师父既然不吃，便该让给我们吃，他俩却瞒着我们，躲在道房里，一人一个，咽啄咽啄地吃掉，听得我老猪口水损失掉好几斗。哥啊，你是一等一的爬树高手，后园子里一定还有一些，你就去偷摘几个来，让我止止馋！"

悟空笑说："这个容易，老孙一去，摘它个一箩筐回来。"急转身，就要往外走，却被八戒一把扯住："哥呵，我听隔壁讲，要拿什么金凿子去敲呢！必须干得妥当，不可走漏一点风声才好。"

大圣听说，使了一个隐身法，闪进去道房看。原来那个童子吃完果子后，便到前殿去和唐僧说话。大圣见四下里无人，一眼瞥见窗户上挂着一条赤金棒，暗想：此物就叫作金凿子吧？他伸手取下来，跳出道房，绕到后边，果然发现一棵顶天立地的大树。他就倚在树下，往上眺望，见向南的枝叶里，露出一个人参果，形状真的就像婴儿一般。那猴子是个天生爬树偷桃的专家，只见他抱着树干，骨碌碌地爬上树枝，拿出金凿子敲了一下，那果子扑地落下去。他随即跳下地面寻找，却寂然不见，四下的草丛里更不见踪迹，不觉喃喃自语说："怪事！怪事！难道它有脚会走路？即使会走路，也不可能立刻走出这块方圆之地。我知道了！想是被园子的土地发觉，不许老孙偷他的果子，被他收回去了。"

悟空想着，念动真诀，叫一声"唵！"，将管园子的土地公拘来面前质问："你难道不知道老孙是盖天下有名的贼头？当年偷蟠桃、盗御酒、窃金丹，也不曾有人敢跟我分吃，怎么今日偷了镇元子一个果子，你就抽头分去了？"

唬得土地急忙叩头分辩说："大圣错怪小神了！这人参果有遇金而落、遇土而入的特性，刚才被大圣敲落地面，它便立即钻入土里去了。"

孙悟空听说有理，喝走土地公，自个儿又爬上树。这回他学聪明了，一只手拿金凿子，一只手将衣襟扯开做个兜儿，分别敲了三枚，跳下树就直奔厨房。八戒见了，有些儿等不及："哥啊，到手了没有？"悟空将衣兜展示了一下，笑说："这不是吗？我一共偷了三个，不要瞒沙僧，你快去叫他一声。"

沙僧来到后，三人每人拿一个去享用。那八戒一则肠子粗嘴巴大，二则刚才听了童子的咀嚼声，馋虫早已蠢动，当下抢了一枚略大些的人参果，仰起脖了，咕噜一声就囫囵吞下肚里去。这时，他转过脸来，见悟空、沙僧才啃着皮而已，竟翻白着眼，向两人耍赖："你两个吃的是什么？"

沙僧莫名其妙："这不是人参果吗？"

八戒连忙凑上前："是人参果！可是不知有什么味道？"

悟空早看出呆子的用意，笑说："沙师弟，不要理他！他已经吃过了，小心上他的当。"

八戒透着哀求的口吻说："哥啊，谁叫老猪天生的嘴巴大，不像你们能够细嚼慢咽，丝丝地尝出一些滋味来。我也不知有核无核，就一口吞了下去。哥啊，做人要做彻底，既已诱动我肚里的馋虫，再去弄几个来，好让老猪慢慢地吃它一吃。"

孙悟空立刻拉下脸来："呆子，你好不知足哩！这种东西，不比米饭馒头，遇着了尽量填个饱。据说一万年总共才结三十个而已，我们已经吃了它一个，算是天大的福气了，也该满足！"说罢，欠起身来，把那支赤金棒，找个窗缝，丢入道房，再也不理睬八戒的纠缠。

那呆子只管絮絮叨叨地嘟哝，不料却被两个道童听去了一句话："人参果吃不过瘾，哥啊，再去偷一个来吃吃吧！"童子知出了纰漏，急回头看，又见金凿子弃在地下，慌得两人直奔入后园子，倚在那棵人参果树底下，望上查数，颠倒来颠倒去地数，只剩二十二个。其中一童屈指算说："果子原来三十个，师父开园时已吃了两个，还剩二十八个；刚才敲下两个给三藏吃，还有二十六个；如今只剩二十二个，等于少了四个！不用说，定是被那伙丑八怪偷去！我们现在就去找三藏要！"

两个童子出了园门，直接奔到前殿，指着三藏鼻尖，秃前秃后、贼头贼脑，不绝于口地乱骂。唐僧听不过去，皱起眉头说："仙童啊，你们在闹什么？有话就慢慢讲！"

一童气愤地说："你还装耳聋？唆使徒弟去偷摘人参果，你还想推得一干二净？"

唐僧合掌说："阿弥陀佛，小兄弟不要生气，怎断定是我唆使的？且断定是我徒弟偷的？纵使已经摘了吃掉，你们不要嚷，我拿钱赔你们就是。"

一童说："赔？告诉你，就是有钱也无处买！"

三藏只好说："既然赔不起，俗话说'人非圣贤，孰能无过'，叫偷吃的人赔你个不是，也就算了——到底是不是他们偷的，也还没有确定！"

一童抢白说："怎么不是他们？他们躲在厨房分不均，还在吵嚷呢！"

三藏无奈，便高声呼唤三个徒弟。三人知道走了风声，边走边约定不要承认。到了前殿，八戒故意装蒜说："师父，饭快熟了，叫我们有什么事？"

三藏说："徒弟啊，不是问饭。他们这观里有什么人参果的，恰似婴儿的模样，你们之中是哪一个偷了吃掉？"

八戒挺着肚子说："我老实，不晓得，也没有看见。"那呆子话一说出，行者就扑哧一声，忍不住笑出声。

道童便指着孙行者："笑的就是他！笑的就是贼！"

孙行者喝声："我老孙天生就是这个笑脸，你家丢了东西，难道就不准我笑？"

唐僧庄重地说："徒弟啊，我们出家人不要说谎，不要昧了良心！果真吃了，就赔个失礼吧！何苦这般抵赖？"行者见师父话说得有理，便老实说："师父，不关我的事，是八戒在厨房偷听到那两个道童正在吃什么人参果，他也想吃一个尝尝滋味，怂恿老孙去敲了三个，我兄弟们各吃一个。如今吃也吃了，随他拿我们怎么办吧！"

一童扯直嗓子说："偷了四个，还谎说三个呢！"

八戒一听，忍不住嚷嚷："哥啊，既然偷了四个，怎只拿出三个来分？定是你暗地里藏了一个！"

二道童问得是实情，愈加谩骂不堪。那行者一听入耳里，恨得火眼圆睁，牙关咬得嘎嘎响，把条金箍棒几乎捏出汗来，忍了又忍，暗想："这童子这样可恶，老孙打从出生到现在，还不曾受过这种窝囊气！若打杀了这两个泼童，又恐师父念起紧箍咒——等我送他一个'绝后计'，让大家都吃不成！"想着，把脑后的毫毛拔下一根，吹口仙气，叫声"变！"，变作一个假行者，陪沙僧、八戒站在那里，忍受道童的辱骂。他的真身却一纵，跳到后园子的人参果树下，掣出金箍棒，往树干上乒乒乓乓乱打一气，再使个移山倒海的神力，把树整棵推倒，然后再潜回前殿，真身与假身合一。

大概骂也骂够了，一童说："这些和尚真能忍受得住气呢！任凭我们像骂鸡一般，骂了老半天，全没个回音——或许他们不曾偷四个也说不定，那树高叶密，万一数错了，岂不诬赖了他们？我们再去数一遍看看。"两人又绕到后园子，只见树倒根出，叶落枝断，现场一片凌乱。吓得两人魂飞魄散，手酥脚软，跌倒在地，心中只管叫苦："完了！完了！断了我五庄观的丹头，绝了我仙家的根苗！师父回来，看我们怎么交代？"

一童说："师兄，不要嚷出声！我俩暂时整理好衣冠，不要惊吓了那几个秃驴。这里没有别人，定是那个毛脸雷公嘴干的好事！我们若是现在去向他问罪，那厮毕竟会抵赖，争执起来，免不了一场斗殴。你想我们两个，怎么敌得过他们四个？不如我们且装作不知，先去哄他们一哄，说果子不少，是我们算错了，转向他们赔个不是，然后趁他们吃饭的时候，你站在门右，我站在门左，出其不意把门关上，再落个锁，不放他们走。等师父回家，再任凭师父处置。不这样，不足以减轻我们的罪！"

两童商量好，勉强打起精神，装作欢喜的样子，回到前殿，对唐僧鞠躬说："师父赦罪！人参果并无短少，只因为树高叶子浓密，算不仔细，刚才语言粗鲁，冲撞之处，还请师父原谅！"

在一旁的八戒趁机接下去说："你看！你看！你们这两个童儿，年幼无知，不把事情弄清楚，就来胡乱冤枉我们！老猪向来老实，怎会做出这种事来。"孙悟空心底下明白，口里不言，知是童子说谎，其中必有蹊跷。

三藏终于松了口气说："既然事情弄清楚了，徒弟们，早点吃饭，早些离开这个是非之地。"就在师徒四人，每人手里拿碗，口里扒饭的当儿，两道童扑的一声响，把前殿的门从门外关上，再扣下了一副铜锁，又出声痛骂："你们这些馋鬼！偷嘴的秃贼！偷吃了果子不算，还把我们的仙树推倒。这一回，看你们插翅也难飞离这儿！"

唐僧一听，知是行者捣的鬼，不觉埋怨起来："你这个猴头，三番两次闯祸！偷吃人家的果子，被骂几句，也就罢了，还狠心把人家的仙树推倒。如今被锁在这儿，看怎么脱身？"

行者只顾嬉笑说："师父，区区一把铜锁是难不倒我老孙的！等天黑，我们再脱身不迟。"

三藏一有隐忧，哪有胃口再吃饭？便把碗筷丢下，自个儿打坐去了。那八戒吃得正上瘾，将锅里的米饭一捞吃得精光，还嘟囔嚷不够吃，又要去架柴升火，再煮一锅。行者将他的耳朵揪住，低声说："呆子，天已黑了，我们要趁机溜走，你要留在这里顶罪？"

八戒努了努嘴："前后门都落了锁，你怎么溜得出去？"

"看老孙的手段！"行者说着，把金箍棒捻在手中，使一个解锁法，往门上一指，只听得铿锵一声，门扇果然自动打开。八戒笑说："叫锁匠来，也不见得这般利落！"

"这小小的一个门儿，有什么稀罕！就是南天门，指一指也就开了。"行者口里说着，脚下不敢怠慢，忙请师父上马，八戒挑行李担，沙僧拢着马头，一行四人，连夜往西急急奔去。

一夜马不停蹄，赶到天亮，大约已远离五庄观一百二十里了。师徒四人随便找一处树林坐下，一夜没睡，个个疲惫。那长老下马打坐，沙僧倚着行李担打盹，八戒枕着石头鼾鼾地睡着，却只有行者一人，仍有精神荡着树枝玩耍。约莫到了中午，忽从树后转出一个行脚的老道，来到唐僧面前，拱手说："长老一路东来，可曾经过万寿山五庄观？"行者在树枝上，早听出老道话中有话，不等唐僧回答，连忙岔开话说："我们是从大路来的，不曾经过叫什么五庄观的！"

"泼猴！你想瞒谁？"那老道指着行者大骂，"我就是五庄观里的镇元大仙，你推倒我的人参果树，连夜逃到这里，还不招认？趁早还我的树来！"

行者恼羞成怒，掣出铁棒，往老道背后就打。老道侧身闪过，踏起云光，立在半空中，现出本相，将袖口一甩，使一个"袖里乾坤"的手法，刷的一声，把四僧一马吸入袖里。八戒猛地惊醒，睁眼一看，黑咕隆咚的，误以为自己睡过头，师父、行者、沙僧三人撇下他先走一步，不觉放声大哭起来。忽听悟空的声音："呆子，发什么梦呓？我们被镇元子笼在袖子里哩。"八戒揉揉眼睛，甚觉不好意思，忸怩了一会儿，才咧嘴说："既然被他笼在袖子里，看老猪一顿钉耙，筑他个窟洞，大家好从这儿溜走。"舞动手中的家伙，猛力一筑——却像筑在一层厚棉被上，哪里筑得动？

却说大仙转踏祥云，径落五庄观，立刻叫徒弟拿绳子来，接着由他伸手入袖里，像抓傀儡一般，把唐僧众人一一抓出来，分别绑在前殿的四根柱子上，又吩咐徒弟捧出那条龙皮做的七星鞭，要从三藏先打起。行者一听，暗想："我那老和尚不耐打，若是一顿毒鞭打昏了或打死了，岂不是我造的孽？"忍不住开口说话："大仙错了，偷果子的是我，吃果子的是我，推倒树的也是我，怎么不先从我打起？"

镇元子一听，笑说："这泼猴倒敢作敢当！也罢，从他先打起！依照人参果的数目，给我打三十鞭。"

拿鞭的道童，刷的一声，就往行者的腿部打去。孙行者唯恐仙家的法器厉害，不敢掉以轻心，便把腰扭一扭，变作两条熟铁腿，让他一共打了三十下。随后，镇元子又命令："其次打三藏管教不严之罪，也一样三十鞭。"

悟空又出声："大仙又错了，偷果子时，我师父不知道；吃果子时，我师父没看到；推倒树时，我师父不在场；我师父纵然有管教不严之罪，我这个做大徒弟的，理当替他代打。"

镇元子笑说："这泼猴，虽然狡猾，却倒也有些孝心！好吧，再打他三十鞭，好替我的人参果树出气。"

又打了三十鞭，悟空低下头看，两腿被打得通体发亮，暗叫一声："好险！"这时天色已晚，镇元子便叫手下把龙皮鞭浸在水里，等明天再拷打。

到了夜深人静，悟空说声"变"，将身子变小，钻出绳索，再解开其他三人的绑，找到马匹，拿了行李，师徒四人静悄悄地摸出了大门。临走前，悟空叫八戒去拔了四棵柳树根，分别绑在四根柱子上，再念动咒语，咬破舌尖，把血喷在树上，刹那间，四棵柳树根各变成唐僧、八戒、悟空、沙僧的模样，依旧被绑在柱子上。

这一切手脚，做得神不知鬼不觉，一行四人，仍然急匆匆地摸黑上路，笔直地朝西奔去。到了天亮，唐僧禁不住两夜没睡，坐在马鞍上一摇一晃地打盹，八戒则是呵欠连天，沙僧也是一脚高一脚低地走路，只有行者依然神采奕奕地蹦跳。

在五庄观上，那镇元大仙天亮起床，吃了早斋，呼唤手下，到前殿集合，继续拷问。四人都不说话，大仙吩咐仙童拿龙皮鞭打唐僧，乒乓一阵打，唐僧吭也不吭，大仙奇怪，上前用手一摸，叫："啊呀，不好！"唐僧变成柳树根了；再打悟空、八戒、沙僧，也同样都变成柳树根。大仙看了，忍不住呵呵冷笑："好一个滑溜的泼猴！"纵起祥云，不一会儿就赶上唐僧四人，按落云头便骂："泼猕猴，往哪儿逃！还我的人参果树来！"

孙悟空见镇元子又赶来，急忙对八戒、沙僧使个眼色，各拖出兵器，一拥上前，把大仙围在空中，一阵乱打乱筑。镇元子取出麈尾，左遮右拂，抵挡不住，忽然猛喝一声，袍袖一展，嗖的仍将四僧一马全部笼去，捉回五庄观。

这一次，大仙吩咐手下拿出十四匹布和一大桶生熟漆，把唐僧师徒四人分别缠裹及涂漆，只留头脸露出外面。行者笑说："好，好，正好大殓。"八戒也忍不住笑说："大仙，上头包扎倒不要紧，千万拜托在下面留个孔儿，不要把我老猪的尿儿屎儿给阻塞住了。"

镇元子不理他们，又叫手下准备来一口大锅。行者又笑说："呆子，抬出大锅来，想是要煮饭给我们吃哩。"八戒眼睛一亮："想是可怜我们，要让我们做个饱死鬼。"

大仙又交代架起干柴，扇起烈火，将油注入锅里，等火候到了，才命令手下："把那泼猕猴丢下油锅，炸他一炸，好替我们的人参果树报仇。"

行者听大仙这样说，心下暗喜："正合老孙的意思！这些年来忙于求经赶路，一向不曾洗澡，皮肤不免有些瘙痒，就趁此机会，洗他个痛快。"顷刻间，油锅已经滚烫。大圣本想洗它一洗，可是又怕仙法厉害，自己弄巧成拙，当真被炸焦了，岂不成了冤死鬼？想着，四下里张望，瞥见门口的左侧有座石狮子，计上心头，便把元神一纵，跳到门口，咬破舌尖，朝石狮子喷了一口，叫声"变！"，变作他本身的模样，再使个偷天换日的手法，让假身裹着漆布，真身却一纵，跳到屋檐上，倒勾着身子观看。

只见四个奉令的仙童，过来抬假行者，竟然抬不动；八个来抬，也抬不动；又加四个，依然抬不动；最后一共劳动了二十个仙童，吆喝一声才扛起来，往油锅里一扔——只听砰的一声，溅起来的滚油点滴，把来不及躲闪的小道童脸上烫出了几个燎浆大泡，又听烧火的小童喊说："不好了，锅漏了！"喊声未了，一锅的滚油流得满地都是，锅底打破了一个大窟窿，原来是一座石狮子搁在锅里面。

镇元子见状，不觉大怒："这个泼猴，实在可恶！溜走便罢了，怎么又捣毁了我的锅灶？好吧！另换新的锅灶，去把唐僧拿来炸一炸，替我的人参果树报仇。"

行者躲在屋檐上听得明明白白，心里暗惊："这下子糟了！师父若到了油锅里，一滚就死，二滚就焦，到三五滚，早已变成稀烂的和尚了！看样子还得老孙去救他一救。"想定，一个筋斗，跳下殿前，拱手说："大仙别忙，还是由老孙亲自来下油锅吧！"

大仙咬牙切齿地骂："你这泼猴！怎么弄手段，捣了我的灶？"行者笑说："你遇着我就该倒灶！干我什么鸟事？老孙本想承受你的一些油汤油水，不巧大小便急了，若在锅里拉撒起来，恐怕污了你的热油，不好调菜吃。如今大小便通干净了，正好下锅，炸起来才香酥脆哩。"

镇元子一把扯住行者，冷笑说："我早听说你诡计多端，不能奈你何！你尽可以卖弄你的神通，但是你到底不能脱得了我的手掌。即使你逃到西天，见了你那佛祖，他也少不了还我的人参果树！"行者笑说："你这个老头，好小家子气！若要树活，有什么困难！早说出这句话，不就可以省去这一场纠纷？"

大仙依然冷笑："你若有本事将树医活，我不但送你们师徒一程，而且与你八拜为交，结为兄弟。"行者笑说："话就这么说定了，老孙保证还你一棵活跳跳的人参果树就是了！现在你就松了我师父他们的绑，我这一趟去，你们可要好好款待我师父，每天三顿饭，六次茶，不得缺一，袈裟脏了，替他浆洗，等我回来，若是看到我师父脸儿黄了、手脚瘦了，当心老孙将你的五庄观踩为平地。"

镇元子说："好，一言为定！"

"那老孙去了！"

孙悟空纵起筋斗云，快如闪电，疾如流星，转瞬间来到南海普陀山上。菩萨早料到他的来意，故意责骂说："你这泼猴，不知高低！镇元子乃是地仙之祖，我也要让他三分，你怎么这样冲动？发起脾气就打伤了他的仙树！"

大圣正待分辩，菩萨接下去说："幸亏我这只净瓶里的甘露水，善能医治一切仙树灵苗。当年，太上老君与我打赌，他把我的杨柳枝拔去，放入八卦炉里炙得焦干，再送来还我；我拿了插回瓶中，经过一天一夜，立刻又恢复从前青绿的样子。"

行者大喜过望："既然烘焦的尚能医活，那推倒的，有啥困难？劳烦菩萨走一趟吧！"两人驾起祥云，往五庄观方向飞去。

镇元大仙和三藏师徒们，见孙悟空请来观音菩萨，慌忙出来迎接。彼此寒暄过后，众人便陪菩萨到后园子，眼看那棵人参果树，根也断了，枝也枯了，叶也落了，可怜整棵扑倒在尘埃里。菩萨即刻吩咐悟空伸出左手，她用杨柳枝蘸着净瓶中的甘露水，在他手掌心上画了一道起死回生的符，然后再叫他把手伸入树根底下。不一会儿，突然从根下涌出一股清泉。菩萨忙请大仙拿来玉瓢，把清泉舀起来；再叫八戒、沙僧将树扛起来扶正，填上土壤；最后用杨柳枝，将玉瓢内的清泉，洒向人参果树。不一刻钟，那棵仙树果然又恢复从前绿意盎然的样子，树上不多不少挂着二十三个人参果。

那先前负责接待唐僧的两个道童，仔细数了一下，惊讶地说："怪了，前日不见果子时，颠倒地数只算出二十二个，如今怎么又多出了一个？"

行者笑说："这叫作日久见人心，前日老孙只偷了三个，那一个落下地就钻入土里。八戒直嚷，以为我暗藏了一个，以致走了风声，纠缠到现在，才见水落石出。"

镇元大仙见人参果树恢复了原状，笑得合不拢嘴来，急令道童拿来金凿子，把人参果敲下十来个，请菩萨坐首席，唐僧师徒坐右席，五庄观的人坐左席，来个热热闹闹的"人参果会"。那三藏到现在方知是果子，吃了一个；八戒忍不住嘴馋，口里啃一个，口袋里却暗藏一个，留待晚上吃；其余诸人各吃一个。这个聚会，快快活活，直吃到日落黄昏，方才各自散去。

菩萨早驾祥光，径回南海去了。唐僧师徒又在五庄观上留宿了一夜，等到天亮，这才告辞大仙，继续上路。

十四、莲花洞开金角银角的玩笑

　　过了万寿山，师徒四人一路上晓行夜宿，饥餐渴饮，说不尽的辛苦。除了投宿与化斋外，又必须避开热闹的地区走路，以免冲撞了人家。原来前一阵子路过一处小镇，那镇上人们见从东方突然来了四个和尚，忍不住好奇，纷纷围上去观看。八戒见被阻住去路，恼羞之下，把蒲扇耳摆了几摆，竹筒嘴伸了一伸，吓得那些人东倒西歪，喊爹叫娘的逃命。为避免再发生类似这种情形，三藏便叮咛八戒，若遇到人家，就把长嘴揣在怀里，把耳朵贴紧腮帮，装作斯文模样。

　　且说这一天，大伙儿专捡一条偏僻的路径走，竟兜到一座高山。八戒所挑的行李重，不免埋怨脚下崎岖难走。忽听一阵窸窣声，从树林里走出一个樵夫。八戒见了人来，立即把长嘴揣入怀里，耳扇贴紧，瞅眼望着对方。那樵夫将八戒打量了一下，摇头说："不像，不像，不像猪八戒的模样！"

　　行者见樵夫话中有话，跳上前拦住去路说："老哥，不知有什么指示？"樵夫又把行者打量了一番，若有所悟地说："像，像，像孙悟空的模样！"

这前后两句话，倒把唐僧师徒四人推入五里雾中，个个面面相觑。行者最是猴急，掣出金箍棒，往地下一捣，震得整座山都摇摇乱动，喝声问："老头儿！你怎么知道我们的名号？快招来！"在一旁的八戒，也趁机火上添油，把耳扇摆开，长嘴伸直，默默地傻笑。

唬得樵夫战战兢兢跪在地上说："各位有所不知，这座山住了两个魔王，随身携带有五件宝贝，神通极为广大。他们早已放出风声，要吃唐僧的肉，最近又将唐僧师徒四人画图绘影，叫小妖拿去山前山后张贴。我是前天从那边山脚下经过时看见的，如今无意间把你们指认出来。冒犯之处，原谅！原谅！"不等把话说完，樵夫猛磕头不已。

三藏见状，觉得过意不去，连忙跨下马鞍，将他扶起来。那樵夫见对方不追究，飞也似的滚下山去了。这时候，行者笑说："原来只是两个小妖精霸占了这座山，不值得大惊小怪！"行者嘴上说得轻松，心下到底不免有一丝着急，暗自寻思："那两个妖精的手段不知怎样？且先怂恿呆子出头，去和妖精厮打一场。若是打赢了，就算他一功；若打输了被抓去，等我再去解救不迟，也好显出老孙的本领。只怕呆子懒惰，不肯出头厮打，师父又有些护短，且让老孙勾他一勾。"

大圣想定，故意把金箍棒丢下，伸手把眼睛揉了几揉，挤出些泪水来，迎着三藏面前，直唉声叹气。八戒看见，慌了手脚，急忙叫住沙僧："老沙，马绳不用牵了，快来分行李。"

沙僧莫名其妙："二哥，怎么回事？"

八戒说："分了吧！你往流沙河再去做水怪，我老猪要回高老庄探望妻子。再把白马卖了，买口棺材给师父送老，大家散伙！"

唐僧在马上听见，喝声："这个呆货！正走着路，胡说些什么？"八戒回答："是我老猪在胡说！您没看见，连那弼马温也哭起来了。他是个钻天入地、斧砍火烧、挨龙鞭、下油锅，样样都不怕的硬汉；如今戴了顶愁帽，泪眼汪汪的，一定是他已知道这山里的妖怪十分凶狠。像我们这样软弱的人，怎能过得去？不如趁早散伙算了！"

"你暂时不要胡说，让我问你师兄，看他怎样说话。"三藏说着，把行者叫到面前，"悟空，你有什么话要当面说，自个儿哭丧着脸，岂不存心要吓唬我们？"

行者继续揉搓眼睛说："师父，打从一路取经以来，我哪件事敢不尽心尽力？如今到了这地界，只恐妖魔厉害，我一个人势孤力单，如何应付得了？因此不免烦恼起来。"唐僧点头说："你说得也是！兵书上说'寡不敌众'，我这里除了你，还有八戒、沙僧，任凭你调度指挥，做你的帮手。"

悟空见这一场扭捏，果然奏了效，逗出唐僧这几句话来，心下暗喜，只是仍假装心情沉重："师父，若要通过这几座山，必须八戒听我的话做两件事。他若不听话，不能做我的帮手，那要过去就难了。"八戒一听，急嚷："哥啊，不去就散伙，不要强拉我下水吧！"

悟空也不管八戒嘟囔，开口直说："第一件是看师父，第二件是去巡山。"

八戒说："哟，看师父是坐，巡山是走，总不至于叫我坐一会儿又走，走一会儿又坐，两头怎忙得过来？"

行者笑说："呆子，我并没有叫你两件事一齐干呀！你只要选一件就可以。"

这时，八戒才转忧为喜说："这还差不多！只是不知看师父要怎样？巡山要怎样？"

悟空笑说："看师父嘛，师父要拉屎、撒尿，你得伺候；师父要走路，你得搀扶；师父要吃斋，你得去化缘。若是让师父饿了、瘦了，你就该打。"

八戒一听，慌了："这个难！难！难！何候屎尿走路还不太要紧，要叫我去乡下化缘，则难上加难了！这条西方路上，万一人家不认识我是取经的和尚，误以为是从山里闯出来的一头半壮不壮的肥猪，呐喊起来，一时扁担、扫帚、棒棍、绳索齐下，把我老猪围困翻倒，拿去宰了，腌着过年，岂不跟遭了瘟一样！"

悟空带着命令的口吻说："那么去巡山吧！去打听打听这座山叫什么山？洞叫什么洞？洞里大妖、小妖一共有多少个？我们也好商量对策。"

"这个容易！"那呆子束了束肥腰，挺着钉耙，雄赳赳地朝深山里走去。

悟空见八戒去远了，忍不住捧腹大笑。冷不防被三藏骂了一句："你这泼猴，从不念及师兄弟手足之情！此次捉弄他去巡什么山，你却躲在这里笑他！"

行者依然笑说："不是笑他，我这笑中有笑！您看猪八戒这一去，绝不是去巡山，他哪敢见妖怪？必定跑到一个隐蔽处，睡上一大会儿，再捏个谎，来哄我们哩。"

三藏说："你怎么知道他会这样？"

悟空说："我最了解那呆子了！若不信，等我跟踪在他的背后，一则帮他降妖，二则看他是否有诚心拜佛。"

唐僧半信半疑说："好，你跟去看看，但记住不要捉弄他！"

悟空应了诺，跳上山坡，摇身一变，变作一只蟭蟟虫儿，嘤的一翅飞去，赶上八戒，钉在他耳朵后的鬃根底下。那呆子只管向前走路，哪里料到身上多了只小虫子？约莫走了七八里路，把钉耙撇下，转过头来，望着唐僧方向，指手画脚地骂："你这个软耳朵的秃和尚，捉弄人的弼马温，唯唯诺诺的沙悟净！你们都在那里自在快活，却叫我老猪来探什么鸟路，巡什么鸟山！哈！哈！哈！管他什么大妖小妖多少个？我先睡上一觉，再回去含含糊糊地说一共有九个，可怜不耐打，被老猪的九齿钉耙，一齿对一个，全都给打死了。"呆子一口气骂下来，转过头，四下里找寻草窝，只见山凹处有一块红草坡，他一头钻进去，用钉耙耙出个地铺，咕噜一声就躺下，又把腰杆伸了一伸，嚷说："快活！快活！就是那弼马温，也不见得有我这般逍遥！"

悟空钉在八戒的耳根后，句句听得清楚，忍不住飞到空中，摇身变作一只红嘴尖的啄木鸟，刷的一翅飞下来。那呆子只管蒙头倒睡，睡得正醋，哪里会料到是啄木鸟的尖嘴，只觉得嘴唇被什么东西扎了一下，唬得爬起来，口里乱嚷："有妖怪！有妖怪！把我戳了一枪去了，嘴上疼得发麻呀！"

呆子伸手摸摸，只渗出血丝来，又嚷说："哎呀，我又没什么喜事，怎么嘴上挂了红？"

抬头一看，见是只啄木鸟，还停在半空中抖着翅儿，不觉咬牙骂说："这个小畜生！弼马温欺负我也罢了，连你也来欺负我！"语气一转："噢，我晓得了，它一定是把我的长嘴当作一段黑朽枯烂的木头，以为木头里有蛀虫吃，便朝我啄了一下。那么我就把嘴揣在怀里睡吧！"

孙悟空听八戒一阵絮絮叨叨，接着再度睡倒，又刷的一声俯冲下来，朝他的耳根后啄了一下。呆子慌得爬起来，口里嚷着："好狠，好狠，又叮了我一下！想这里一定是它的巢，唯恐被我霸占了。也罢，也罢，不睡了！"

悟空见八戒扛着钉耙，钻出红草坡，往深山走去，又立刻摇身一变，变作一只蟭蟟虫儿，钉在他耳根后。那呆子走了三四里路，发现山腰有三块桌面大的青石头，便放下钉耙，对石头唱个大喏。原来他把石头当作三藏、沙僧、悟空三人，朝他们念台词一般演习哩。只听呆子说："我这一回去，见了师父，若问起有几个妖怪，就说有九个妖怪；他问什么山，我就说是石头山；他问

什么洞，就说是石头洞；若万一再问起什么门，我就说是钉钉的
铁叶门。"

八戒编好了谎话，拖着耙，绕回本路。行者在他的耳朵后，
听得一清二楚，见他往回走，先腾起双翅，早一步飞回去；现出
原身，见了师父，便把八戒钻入草丛里睡觉，被啄木鸟叮醒，朝
石头唱喏，又编造九个妖怪及什么石头山、石头洞、钉钉的铁叶
门等经过，从头至尾说了一遍。三藏总不大相信，说："八戒会编
谎话，我倒不信！"不多久，那呆子走了回来，又怕临时忘了台
词，低着头，嘴里反复地念着，忽被行者喝了一声："呆子！念什
么经哩？"

呆子被吓了一跳："我到地头了？"

三藏安慰他说："悟能，辛苦了。"

呆子精神抖擞地说："正是！走路的人和爬山的人，天底下第
一辛苦啊。"

长老问："有妖怪吗？"

八戒嚷说："有妖怪！有妖怪！一堆妖怪咧！"

长老又问："妖怪一共有几个？"

行者忍不住插嘴："是不是有九个？"

八戒一听，登时吓得矮了二寸说："爷爷呀！你怎么知道？"

大圣跳上前，一把揪住他："我再问你，什么山？什么洞？什
么门？"

呆子慌了，结结巴巴地说："石头山，石头洞，钉钉的铁叶门。"

大圣骂说："你这个吃糠的呆货！这是什么地界，你还贪睡，被啄木鸟叮得疼不疼？快伸腿过来，挨打五棍，当作教训！"

八戒慌忙跪倒："爷啊，下次不敢了！你那支哭丧棒重，擦一下皮破，碰一下筋伤，若打五下，只有死猪一条了！"

三藏在一旁见了不忍心："悟空，你就饶他一次吧！"

行者冷笑说："哼，呆子，快向师父磕头！你再去巡山，若再偷懒误事，加倍打十棍！"

八戒见逃过了哭丧棒，磕了头，握起钉耙，直奔大路。可是疑心生暗鬼，以为悟空又变化成虫儿鸟儿跟住他；只见他一步一回头，看见一只白颈老鸦，对他当头喳喳地连叫几声，也以为是悟空变化来跟踪的。其实，这一趟孙悟空并没有跟他去，只是他自己在胡乱猜疑。

却说这座山，叫作平顶山；山中有一洞，名叫莲花洞；洞里住了两个魔头，一个叫金角大王，一个叫银角大王。这一天，银角奉了金角的吩咐，带着唐僧师徒连马五口的图形，点动三十名小妖，出来巡山，也是猪八戒的晦气临头，竟面对面撞个正着。呆子心头一慌，急忙把长嘴揣入怀里，耳扇贴紧，把钉耙藏在背后，两眼眨呀眨的，闪在路边，装作恭顺的样子。

忽其中有一名小妖，指着八戒喊说："大王，这个和尚像图画中猪八戒的模样！"

银角仔细把图形跟呆子对照一下，喝令说："和尚！把嘴伸出来！"

八戒故意喘着嗓子说："胎里带来的病，伸不出来。"

银角便命令手下，拿钩子要钩八戒的长嘴。那呆子慌得把嘴伸出来说："本爷爷正是猪八戒，你们要把我怎样？"说着，举起钉耙，虚晃一招，转身就要溜。可惜慢了一步，早被银角大王手中的七星剑拦住去路。八戒知道溜不掉，发起狠来，拼命向前。银角见他口里吆吆喝喝，嘴涎四喷，不免有一丝害怕，便回头招呼众小妖，一齐动手。八戒一看众小妖围上来，慌了手脚，倒拖钉耙，回头就跑。不想路面凹凸不平，不曾看得仔细，忽然绊了一脚，跌了个踉跄。挣扎起来正要再跑，又被一个小妖赶上扳住了脚跟，扑的又趴了个狗吃屎。最后被二三十个小妖，七手八脚地按住，有的抓鬃毛，有的揪耳朵，有的扯脚蹄，有的拉尾巴，拖拖推推地捉回莲花洞去。

银角到了洞口就喊："大哥，捉来一个了。"

金角立即迎出洞口看："老弟，抓错了，这个和尚没用。"

八戒一听忙忙接口说："是啊！我粗笨，是个没用的和尚，放了我吧！"

银角拱手说："哥哥，不要放他！虽然没用，也是和唐僧一伙的。把他浸在后边水池中，浸退了毛，用盐腌着晒干，等阴天好下酒。"

八戒听了，乱嚷："天哪！撞着了一个卖腌腊肉的妖怪！"

大魔头命令小妖把猪八戒抬进去，他却和二魔头商量捉唐僧的计策。二魔头忽心生一计说："对付唐僧必须用软的，不可来硬的，又必须提防他身边的孙悟空，听说他手段十分厉害。咱们必须这般这般……"

金角点头之后，银角不带半名小妖，独自跳出洞口，跳到山路边，摇身变作一个跌断腿的老道，口里有气无力地喊："救命啊！救命啊！"

且说三藏一行三人，见八戒巡山还没有回来，一则去寻找他，二则慢慢赶路。正行走间，忽听救命声，拐过弯路，见一个老道，蹲在路边，脚下血淋淋的。唐僧看了大惊失色："道长，你是哪里来的？脚为什么受伤？"

银角哎呀哎哟地说："师父啊，我是这座山西边一座宫观里的道士，刚才带着一个徒弟经过前面那里，不料从树后闯出一头斑斓老虎，把我的徒弟叼走，贫道没命地逃，却在乱石坡这一带把腿跌断了，再也动弹不得！求求师父发个慈悲，救我一命，顺路送我回观里，这辈子定感激不尽。"

长老心软，便把马匹让出来，要给老道骑。那老道知哀求说："师父的好意不敢忘记，只是我的腿胯跌伤，不能骑马。"

三藏回头叫沙僧说："悟净，把行李搁到马背上，你背他一背。"

银角见是沙僧要来背他，又急忙说："师父啊，我刚才被猛虎吓怕了，见这位晦气脸的兄弟，愈加害怕，不敢让他背。"

唐僧见老道既然这样说了，便叫行者背他。行者连声答应："我背！我背！"

银角一眼就认定了孙行者，顺从地让他背，再不出声。行者一边背，一边冷笑说："你这个泼魔，也不打听打听老孙是何方的人物！你这些鬼话，只能瞒得唐僧，能瞒得了我吗？想吃唐僧肉，就干脆说一声，何必兜这么一大圈子？老孙可没那个耐性与你磨叽哩。"

走了大约三五里路，唐僧的马快，早绕到另个山坡去了。孙行者到底是只猴子，一双天生弯曲的罗圈腿，本来走路就必须连跑带跳的，方赶得上马蹄；这下子，身上背了一个比他重三四倍的家伙，自然举步艰难，哪能跑快？眼看落后师父一大截路，心中不免埋怨："师父这般大年纪了，还是不会体谅人家！这么遥远的路途，空着肩膀赶路也嫌累，何况又背了一个妖怪！不要说妖怪，就是一个大好人，吃到这么大年纪了，死了也不会遗憾——不如就此摔死他，背他干什么？"

孙悟空想着，正盘算要摔。那妖怪早已猜出他的心意，即刻使一个移山倒海的手法，念动咒语，把一座须弥山遣在空中，劈开来压行者。大圣慌得把头偏一边，正好压在左肩上，不觉笑说："我的儿呀，你使什么重身法来压老孙？这个倒也不怕，只是一肩重一肩轻，不平衡，难走路哩。"

银角见一座山不够，又遣来一座峨眉山。孙行者见头上又落下来一座山，忙把头偏一边，让它压在右肩上。只见他挑着两座大山，反而精神抖擞，流星赶月一般地追他师父。银角一看，吓得浑身凉了半截，一不做、二不休，又调来一座泰山，往行者的头上罩下去。这时，孙行者才筋疲力尽，被压在三座大山的底下。

银角大王见压住了孙悟空,立刻现出原形,驾起一阵狂风,赶上唐僧。从云端里伸下两只巨手,抓住三藏、沙僧,再使个摄法,把马匹、行李一同抓回莲花洞。到了洞口,高叫说:"哥哥,这些和尚都拿来了!"

金角连忙迎出洞口,定睛一看,摇手说:"贤弟啊,又抓错了!要是孙悟空没有抓到,一切努力都白费力气!"

银角笑说:"哥啊,亏那猢狲被你捧上天,其实也没有多大本领!早被我遣了三座大山,压在底下,只有干喘气的份儿呢!"

金角一听,方才眉开眼笑地将银角迎入洞里,吩咐小妖,去把猪八戒捞出水池,连三藏、沙僧一起吊起来,又拿出"紫金红葫芦"和"羊脂玉净瓶",吩咐两个小妖说:"你俩拿着这两件宝贝,跑到高山顶上,把底儿朝天,口儿朝地,叫一声'孙行者',他若应了声,就已装入里面,再贴上'太上老君急急如律令'的封条,只要一时三刻,他就化为脓水了。"

那孙行者被压在二座大山底下,忽想起师父必然也凶多吉少,一时悲从中来,忍不住呜咽出声,早惊动那些一路上暗中保护唐僧的六丁六甲以及三座山的山神。那六丁六甲对山神说:"你们可知道山底下压的是什么人?他就是五百年前大闹天宫的齐天大圣孙悟空!你们怎把山借给妖魔压他?这回你们准是死定了!"

一番话,吓得山神个个心惊肉跳,慌忙跑到孙行者的面前磕头请罪。行者挥挥手,叫他们快把山遣开,免得挨揍,并答应赦他们不知之罪。那三个山神一齐念动真言咒语,把山归回本位。

只见行者一个滚地跳起来，抖抖身上的灰尘，从耳里掣出金箍棒，对山神喝声："都伸出腿来，每人先打两下，让老孙解解闷！"

众山神一齐磕头说："大圣不是答应赦小的们不知之罪？怎么现在又变卦了！"

行者笑说："你们不怕老孙，却怕妖魔啊！都给我滚开，老孙要去找妖魔算账！"行者说着，回头见山凹处有一道霞光，朝这里移来，便问山神："那放光的是什么东西？"

众山神齐声回答："是妖魔的宝贝所放出的光！想是派小妖要来捉大圣。"

孙行者喝退山神，摇身一变，变作一个老道士，闪在路边，把金箍棒横在路的中央，静等两个小妖来到。不一会儿，见那两小妖提着袖口，只顾奔跑，不曾提防，忽绊了个脚，扑的一跌，爬起来，才看见老道打扮的行者，口里便嚷："咦！你这老道是谁？从哪里来的？"

行者笑说："我是蓬莱山来的老神仙，路过此地，要找一个仙童，你们哪个肯跟我去？"两妖一听对方是神仙，要找一个仙童，无不争先恐后要去。行者反问："你们两位又是从哪儿来的？要往哪儿去？"

一妖答说是从莲花洞来的，另一妖答说奉命捉拿孙行者。大圣明知究竟，却不动声色地说："是那个跟随唐僧往西天取经的孙行者吗？"大圣见两妖点头，又接下去说："说起那只泼猴，我还认得他，他生性傲慢，曾经骂我一顿，我现在就跟你们一起去抓他，助你们一臂之力。"

小妖笑说："不需老神仙帮忙，我们的银角大王已经遣了三座大山，把他压在底下，我们只要拿宝贝去装他就行了。"

行者问："什么宝贝？怎样装他？"

一妖吐露说："我拿的是红葫芦，我兄弟拿的是玉净瓶，两件宝贝的功用是一样的。我只要把葫芦口朝地，叫声孙行者，他若应了声，立刻就被装入里面，再贴上一张'太上老君急急如律令'的封条，只消一时三刻，他就化为脓水了。"

悟空一听，心底下暗暗吃惊，却不露声色地说："两位可否把宝贝，借我过目一下？"

那小妖不疑有他，果然从袖中摸出两件宝贝，双手递给老神仙看。大圣拿在手中，本想抢着就跑，可是一想，岂不成了白日抢夺？砸了齐天大圣的名声！想着，又把宝贝递还给小妖，故意装作不屑的口吻说："你们的宝贝虽然可以装人，却比不上我这个可以装天的宝贝稀罕哩！"不等说完，暗中拔下一根毫毛，在手指间捻了一捻，叫声"变！"，变出个特大号的紫金葫芦，从腰后摸出来给小妖看。

两个小妖吃了一惊："当真可以装天？"

孙行者笑说："天若是招惹我生气，一月之间我就装它个七八次。"

俩小妖私底下商量："哥啊，我们拿装人的宝贝跟他换吧？""他装天的宝贝，怎肯跟我们交换？""若他不肯，再贴这个玉净瓶给他吧！""但我们总要亲眼看一次他装天呀！"

大圣听见，点头表示可以装一次天给他们看看。只见孙大圣低头念动口诀，叫动六丁六甲，立刻去替他奏明玉帝，说要借天装一下。玉帝知道大圣告急，忙传令叫哪吒太子拿着一面黑旗到南天门，适时去把日月星辰遮住，以便助孙悟空一臂之力。一切准备妥当，六丁六甲急以传音入密的手法，通知孙悟空知道。

那两个小妖眼巴巴地看老神仙嘴里只管喃喃念念，就是不动手装天，正等得不耐烦，忽听神仙吆喝一声"俺把你哄！"把那颗大葫芦往天空一抛，哪吒太子即刻把那面黑旗唰啦啦地展开，把日月星辰都遮住了。霎时间，下界呈现一片黑暗，真的叫人伸手不见五指。果然把俩小妖唬作一团："怪事！怪事！刚才明明才中午时刻，怎一下子就变黑夜了？"

大圣把假葫芦接回手里，得意地说："日月星辰都装在这里面了，天色怎么不黑？"

小妖一听，忙请老神仙快把天放了，他们情愿交换宝贝。大圣见他们心服口服，又迅速念动咒语，通知哪吒太子把黑旗卷起。不一会儿，果然重现光亮世界，哄得小妖叫嚷："太妙了！太妙了！这样好的宝贝若不交换，一定是傻瓜。"说完话，立刻拿出红葫芦与玉净瓶，交给老神仙。孙行者接过手，也把那颗特大号紫金红葫芦递给他们。

那两个小妖以为占了一次便宜，四只手捧着一颗假葫芦，左瞧右看，兴高采烈地抚摸，忽儿回头，不见了老神仙，一妖埋怨说："哥啊，神仙也会说谎？他说换了宝贝，就要从我俩之中挑一个去当仙童，怎么不告而别？莫非年纪一把，忽然给忘了？"

另一妖却只专心在装天的把戏上，一手抢过假葫芦，口里也学孙行者念了一段"俺把你哄"的咒语，真的把葫芦往天空一抛，不料竟扑的落下来。一妖见不灵，也抢过来试了一试，那葫芦依旧坠下地。这时，两个小妖方才慌了，乱嚷："一定是孙行者假变成老神仙，把我们的宝贝骗去了！""怎么可能？孙行者不是被三座大山压住了吗？"

就在俩小妖你猜我嚷时，孙行者在半空中听得明明白白，忍住笑声，索性再把身体一抖，收回那根变成假葫芦的毫毛。这一来，弄得两妖四手皆空，一个说你拿去，一个说我没拿，推来推去，又在地下草丛中乱摸乱找，最后才恍然大悟是上了孙悟空的当，跌足顿脚也没用，只好硬着头皮，径回莲花洞缴令。

孙行者站在半空中，见俩小妖气急败坏地奔回去，又摇身变作一只苍蝇，哼哼地飞去跟在后面。看见两个魔头，正坐在洞里庆祝喝酒。俩小妖上前跪下，只是一直地磕头，等魔头再三逼问，方才把孙行者假冒成老神仙骗去宝贝的经过说一遍。老魔听说，暴躁地跳起来："可恶！可恶！那猴头竟敢骗去我们的如意宝贝！"

二魔头说："哥啊，既然被骗去两样宝贝，也就算了！幸好我们还有三样：七星剑和芭蕉扇在我们身边，晃金绳放在压龙山压龙洞老母亲那边，如今我们快派人去请老母亲来吃唐僧肉，顺便带晃金绳来捉孙行者。"

135

孙悟空听得明白，抖开翅膀，哼的一声飞出洞口，赶在俩小妖的背后，落地一变，变作另一个小妖的模样，追上前，哄说是大王派他来督促他们的。俩小妖也不疑有诈，一起赶路。当快到达压龙洞时，悟空冷不防掣出金箍棒，将两个小妖打成肉饼，然后从身上拔下一根毫毛，跟他自己变作俩小妖的模样，到了洞口，扯声便喊："我俩是平顶山莲花洞派来的，要请老奶奶去吃唐僧肉，顺便带晃金绳捉拿孙行者哩。"

那老妈子一听，不疑有他，立刻叫人备轿。行者两人便在轿前引路，默默地走了五六里路。来到一处山崖，行者忍不住掣出金箍棒，将老妈子连同两名轿夫一棒打死，搜出晃金绳，自己却摇身变作老妈子的模样，坐在轿子里，又拔出三根毫毛，递补两名轿夫及一名小妖；一行五人，吆吆喝喝地回到莲花洞口。金角银角听见，即刻迎了出来，接到洞里的首位坐下，双双叩头请安。

且说猪八戒被吊在屋梁上看了，忍不住哈哈笑了一声。沙僧莫名其妙："二哥，你还会被吊出笑声来？"

八戒笑得像发了猪癫一般说："那老妈子我还以为是谁，原来是弼马温变的！他背着我们，我吊得高，所以看得清楚他那条猴尾巴呢！"

孙悟空端坐在宝座上，也侧耳听到那呆子的笑声，故意对魔头说："我的儿呀！这次专程来吃唐僧的肉，我先不吃，倒是听说过有个叫猪八戒的，他的耳朵又嫩又脆，正好可割下让我下酒哩。"

八戒一听，慌了就嚷："天杀的！遭瘟的！你要割我的耳朵，我喊出来不好听！"

两个魔头听猪八戒这一嚷，立刻起了戒心，忽听洞口撞进来几个巡山的小妖："大王，不好了！孙行者打死了老奶奶，他却假扮成老奶奶来哄您呢！"

魔头应声跳起来，哪容分说，掣出七星剑就砍。孙行者见走了风声，化作一道红光，奔向洞口。银角大王仗着宝剑，追出洞外。孙悟空也抡起金箍棒迎敌，双双大战了二三十回合，仍分不出胜负。

悟空忽地一想："我已骗得他的三件宝贝，何不拿出来用用？免得跟这厮苦斗！"

想着，从腰间抽出那条晃金绳，喊一声"中！"，往那魔王的头上扣去。想不到弄巧成拙，那银角却懂得"紧绳咒"和"松绳咒"，他见晃金绳掷过来，扣住自身，连忙念松绳咒，将晃金绳拿在手里，再念段紧绳咒，反向那猴头身上抛去。大圣见自身被晃金绳捆住，紧急使个"瘦身法"脱身，可是哪里脱得了身？

银角大王不觉哈哈大笑，将孙行者扯住，搜出身上的红葫芦和玉净瓶，直带回莲花洞，把他绑在柱子上。那吊在梁上的猪八戒，见弼马温也被捉来，笑嘻嘻地说："哥哥呀，耳朵吃不成了！"

孙行者不理睬八戒的讥笑，见四下里无人监视，弄个神通，挣脱绳子，再拔下一根毫毛，变作假行者，拴在柱子上，他自己却摇身变作一个小妖，立在那两个正在猜拳吃酒的魔头旁边。只听八戒又在梁上乱喊："不好了，拴的是假货！"

老魔停下酒杯问："那猪八戒在吆喝些什么？"

行者变的小妖连忙禀告："大王，是猪八戒要怂恿孙行者变化逃走，孙行者不肯，两个正在那里争吵呢。"

二魔也停住酒杯："还说猪八戒老实！原来这般不老实，该打二十记嘴棍！"

行者就去地下拿了一根棍子，上前要打。八戒笑说："你打轻一点，若重了些儿，我就发喊起来，看你溜得了？"

悟空低声骂说："呆子！老孙变化，也只为了你们！你却要扯我的后腿？可是话说回来，这一洞里的妖精都认不得我，怪啊，怎么偏偏你认得？"

八戒努着嘴笑说："哥啊，你虽变了嘴脸，还不曾变得两块红屁股呢！"

行者一听，默不吭声地溜到后面厨房，在锅底摸了一把，将屁股抹黑，再回到前头。八戒见了，又忍不住笑说："这个猴子去后面混了一会儿，倒弄出个黑屁股来。"

孙悟空不理猪八戒，自个儿挨近魔王身边说："大王，你看那悟空，被拴在柱上，仍一劲地左挣右扯，恐怕弄坏了我们那条晃金绳，得换上一条粗麻绳才好。"

老魔听说有理，便把腰间的狮蛮带解下来，交给小妖。行者接了带子，上前把假行者拴住，换下晃金绳，暗中塞入自己袖内，又拔一根毫毛，吹口仙气，变出一条假的晃金绳，双手呈给魔头。

那魔头只管贪酒，也不曾仔细看，就收了下来。孙行者得了宝贝，捉个空隙，溜出洞外，现出原形，挺着金箍棒，厉声高叫："泼魔，我是孙行者的弟弟者行孙，快出来受死！"

老魔接获小妖通报，大惊："拿住孙行者，怎么又有个者行孙？"

二魔放下酒杯说："哥哥，难道怕他不成？宝贝都在我们手里，等我拿葫芦去把他装回来。"说着，整顿披挂，拿了红葫芦，走出洞外，但见来人长得跟孙行者一般的模样，只是屁股黑黑的，喝声便问："既然来人是者行孙，你敢应我一声吗？"银角大王把话说完，将葫芦朝地，叫一声："者行孙！"

孙悟空想："孙行者是我的真名，者行孙是假名，大概不会被装进去吧？"想着，挺起胸膛，当真应了一声。说也意外，他应了一声，嗖的便被吸入葫芦里。银角大王连忙贴上封条，带回洞中。原来这宝贝不管名字真假，只要对方应个声音，就会被装入里面。那大圣到了葫芦里面，黑漆漆的一片，用头往上一顶，哪里顶得动？不免着急起来。忽听葫芦外老魔的声音："放着不要动它，等一会儿摇得出声响，再揭开封条看看。"

行者暗想："我这样一个硬邦邦的身子，怎可能摇得出脓水的声响？也好，等我撒泡尿哄哄他们。"忽又一想："不行，不行，尿液虽然摇得声响，却可惜污了我这条虎皮裙！不如等他摇时，我在口里聚集些唾液，稀里哗啦地漱着，哄他揭开。"行者做好了准备，老魔就是迟迟不摇。

那两个魔头只顾痛快喝酒，一霎时把什么都忘了。忽听葫芦

139

里传出者行孙的声音："天呀！我的孤拐腿化了！"魔王且不去摇它，不一会儿又听："娘呀！连腰骨都化了！"老魔一听，呵呵笑说："化到腰际，差不多都化尽了！老弟，揭起封条看看。"

孙悟空听见，马上拔了一根毫毛，变作半截身子，搁在葫芦底下，真身却变只蟭蟟虫儿，钉在葫芦嘴边。当二魔王揭开封条，他早已飞出去，打个滚，又变成一个小妖，侍候在魔头旁边。只见银角扳着葫芦嘴，送给老魔看。那金角大王眯着眼，瞧了一下，见还剩半截身子，也认不出真假，慌忙叫说："兄弟，快盖上！他还没有完全化掉！"

银角听说，忙把封条贴上，然后顺手把葫芦交给身边的小妖收着，又继续喝他们的好酒。不想那小妖正是孙行者变的，他接过手，趁魔头忙于传杯不注意的当儿，把葫芦盖塞入自己袖里，拔根毫毛，变颗假葫芦，托在手上。托了一会儿，嫌累赘，又拔根毫毛，变出个小妖模样，让他托着假葫芦。孙悟空又趁大家忙于吃庆功宴，自个儿偷偷溜出洞口，现出原形，掣出金箍棒，高声骂战："泼魔，快滚出来！我是者行孙的弟弟，特地来替我的两位哥哥报仇！"

老魔听见小妖通报，大惊："哇，惹动他一窝孙了！晃金绳拴了孙行者，红葫芦装了者行孙，怎么又来个行者孙？"

二魔笑说："哥哥放心，葫芦可以装得下一千人，才装了者行孙，我再去装行者孙来凑双！"说着，拿起假葫芦，仍像前番雄赳赳、气昂昂地踏出洞口，瞥了一眼来人说："你叫行者孙吗？本爷爷刚才吃饱酒菜，肚里撑得很，不想陪阁下厮打，你若有种，敢应我一声吗？"

行者孙笑说："你叫我，我就应了你；我叫你，你也敢应吗？"

一语甫出，把银角大王唬了一跳："我叫你，是因为我有个装人的宝贝；你叫我，难道你也有个什么东西，可以装人？"

只见行者孙从腰间摸出一个葫芦儿，笑说："泼魔你看，这不是吗？"

银角大王见了，不胜诧异地说："怪怪，你的葫芦怎跟我的一模一样？就是同一根藤结的，也有个大小色斑的差异！"

行者孙笑说："这有什么好怪怪的？我这颗是雄的，你那颗却是雌的哩。"

魔王把葫芦拿起来晃了一晃："管你是雄的雌的、公的母的？只要能装得人，就是好宝贝。"

大圣笑说："那么我让你先装装看。"

魔王心下暗喜，急忙跳到半空中倒提葫芦口，叫了一声；"行者孙！"大圣一听，一口气连应了八九声，只是装不了。慌得魔头跳下地面，捶胸顿足说："天哪，时代变了！我这个宝贝竟也怕起老公来了！"

惹得孙大圣哈哈笑说："说话算话，轮到老孙叫你的魂哩。"说罢，急纵筋斗，跳到半空中，把葫芦口朝地，对准魔王，叫声："银角大王！"

那魔头正在惊疑之间，不觉应了一声；说也奇怪，倏地就被吸入里面。行者见装进去了，立刻贴上"太上老君急急如律令"的封条，然后再跳回地面，跳到洞口继续骂战："老泼魔，快滚出来，我已替你弟弟办好丧事哩！"

老魔一听小妖通报，唬得魂飞魄散，骨软筋麻，扑的跌倒在地，放声大哭；满洞群妖，也一齐痛哭流涕。哭了一个段落，又听小妖报告：行者孙打破洞门了。老魔跳起来，咬牙切齿地骂："这泼猴，也太可恶了！什么者行孙、行者孙，原来都是你孙行者一人捣的鬼！小的们，洞中还有几件宝贝？"

众妖应声："还有七星剑、芭蕉扇、玉净瓶三件宝贝。"

老魔焦躁起来："那瓶子也是用来装人的，已被孙行者识破窍门，没用放着！快把七星剑、芭蕉扇拿来！"不一会儿，穿好披挂，把芭蕉扇插在领子背后，把七星剑绰在手里，点动大小群妖，一起杀出洞口。

孙悟空见来势汹汹，立刻拔了一撮毫毛，丢入嘴里嚼碎，喷出去，变出千百个孙行者，个个手执金箍棒，上前迎敌。老魔急了，立即喝退众妖，拔出芭蕉扇，唰啦啦的一扇，扇出一道熊熊的火焰出来，又一连扇了七八下，烧得烈火腾空。大圣从来没见过这般猛烈的火，不免也胆战心惊，急把毫毛收回身上，只将一根变作假身，装作左闪右闪的样子。他的真身，却一个纵跳到老魔及众妖的背后，溜入洞里。只见一个放光的宝贝搁在桌上，却是那只玉净瓶，他也顺手捞了；然后去解开八戒、沙僧身上的绳子，各执武器，一起杀出洞口。

142

又是一场混战，杀得那些大妖、小妖，喊爹叫娘没命地逃。老魔见行者、八戒、沙僧冲入阵中，怕伤着自己的手下，便把芭蕉扇收起来，只仗着七星剑迎敌。行者见他们杀得激烈，一个筋斗，跳到半空中，从怀中掏出玉净瓶，掩在老魔的背后，叫一声："金角大王！"

那老魔以为是自家的小妖呼叫，急回头应了一声——不想，嗖地被吸入净瓶里。孙行者赶紧又贴上"太上老君急急如律令"的封条。众小妖见老魔也完了，哄的一声，四处逃散去了。不一刻钟，洞里洞外又恢复原来的平静。

行者、八戒、沙僧三人，见剿除了妖魔，连忙进入洞里解下唐僧。师徒们休息了一会儿，不敢逗留太久，收拾好行李担，牵出马匹，一行四人，又上路往西方前进。

行不多久，忽从路旁闪出一个瞎眼的老头，扯住三藏的马头说："和尚，哪里走？还我的宝贝来！"

孙行者睁开火眼金睛一看，知是太上老君，慌忙上前施礼："老官儿，还你什么宝贝？"

太上老君急忙升上空中："葫芦是我用来盛丹的，净瓶是盛水的，宝剑是炼魔的，扇子是扇火的，绳子是我用来勒紧袍子的。那两个孽畜，一个是我看金炉的童子，一个是我看银炉的童子。只因他俩偷了我的宝贝，私走下凡，我正派人追踪，却被你这猴头拿住！"

大圣跟着跳上天空，笑说："你这老官儿，也实在疏懒！竟放纵手下行凶，该判你个管束不严之罪哩。喏，宝贝拿去！"

老君收回五件宝贝，揭开葫芦与净瓶的封条，倒出两股仙气，用手一指，化为金、银二童子，带在左右，径回兜率天宫去了。

十五、火云洞红孩儿的三昧真火

　　师徒四人拜别了太上老君，又继续往西赶路。日月竞走，一晃眼，又是初秋的气候。这一天，遇见一座高山挡住去路。大家正惊疑地观望，忽见山洼里涌出一朵红云，直冲上九霄天空，结聚成一团火气。孙悟空见了大惊，急跳上前，把唐僧拦腰抱下马，叫一声："妖怪来了！"慌得八戒急掣钉耙，沙僧扯起宝杖，三人将师父围护在中间。

　　过了一会儿，等火气自动散了，悟空方才松了口气，依旧扶唐僧上马："想是路过的妖怪，不敢伤人，我们走吧！"八戒笑说："弼马温最会说话了，妖怪又有个什么路过的？"

　　行者不理睬那呆子的话，继续走自个儿的路。师徒四人走到一个山腰处，忽听路边有人喊救命，顺着声音，看见一个十七八岁少女，被绳子绑在树干上。那女子长得花容月貌一般，看得猪八戒不觉动了非分之想。那呆子也不认清对方是谁，立刻迎上前，跑了个猪癫风，将少女身上的绳子解下。三藏在马背上问说："女施主怎会被绑在这荒郊野外？"

那女子擦了擦眼圈，一副楚楚可怜的模样说："我姓红，住在这座山的西边。昨日晚间被一伙强盗绑架到这里，已经冻了一个晚上。多谢师父救命！"

行者睁起火眼金睛，认得这少女是个妖精，掣出金箍棒，劈头就打，唬得唐僧喝声制止："这猴头，人家是个落难女子，休得行凶！"

悟空见一棒被妖精闪过，又被师父数落了几句，发起狠来，往女子头上再一棒打下去。这妖精有一些手段，见行者的棍子打来，立刻使个"尸解法"，让真神预先走了，留下一个假尸体，被打死在地上。这一来，唬得唐僧战战兢兢，口中念说："这猴头凶性未改，屡劝不听，又无故伤人的性命！"

八戒见好一个漂亮女子，被行者打成肉酱，气愤不过，也在一旁添油加醋说："哥哥也实在狠心！一定是这几个月来，不曾耍棒子；如今趁这个机会试一试身手，不想棍重，把人家打死了！哥哥什么都不怕，最怕紧箍咒了！"

唐僧的耳根子软，果然听信八戒的撺唆，口里念起咒来，慌得行者喊叫："头痛！头痛！莫念！莫念！有话好说！"

三藏止住咒语说："有什么话好说？出家人慈悲为怀，你却鲁莽地行凶；打死了一个无辜的人，就是取到了经，又有什么用？你回去吧！"

行者跪着说："师父息怒，我下次不敢了！"

三藏见他有悔意，才放松口吻说："既然你认了罪，就饶你一次；若再犯同样过错，我就把咒语颠来倒去念个二十遍！"

行者勉强点头应诺，意兴阑珊地陪着大伙继续赶路。拐过一个山坡，忽听一阵哭声由远而近。唐僧策马过去，又见一个八九十岁的老太婆，一路声嘶力竭地哭来。八戒也不急着上前问明白，嘴里只管嚷说："糟了！刚才被师兄一棒打死的，定是她的女儿，这回她娘亲自找上门来了！"

行者喝声："呆子！那少女才十八岁，这老太婆起码有八十岁，哪有六十多岁还会生产？断然是个假的，等老孙仔细看看！"

说着，行者拽开步观看，见是个妖精，怕她欺近身把师父捞去，急忙掣出金箍棒，吆喝地虚张声势。不想那婆子公然不惧，哭哭啼啼地逼过来。行者心下暗想："若一棒打死她，惹师父生气，又念起紧箍儿咒；若不打死，又恐怕师父性命危险！就取一个折中办法，轻轻打她一下吧！"想定了之后，抡棒往老太婆的头上轻轻刮一下。

这妖精却十分滑头，见棍子来，抖擞一下身子，脱了元神，变出个假尸首弃在地下。唐僧一见血肉模糊，惊得跌下马来，更没有第二句话，只把紧箍儿咒颠倒念了二三十遍。可怜把齐天大圣的头，勒得像葫芦的腰一般，十分疼痛难忍，滚在地下哀求说："师父，不要念了，有什么话我都答应！"

三藏大骂："你不是我的徒弟，回去吧！"

行者也火了："回去便回去！可是有一件事必须当面解决……"八戒插嘴说："师父，他要和您分行李呢！他跟您做了这几年来的和尚，总不能空着手回去！"

行者喝声："你这个尖嘴的呆货！老孙岂是那种人？我意思是要师父念个松箍咒，把我头上的这圈金箍褪掉！"

唐僧听了大惊："当时观音菩萨只传授给我紧箍咒，却没有什么松箍咒。"

大圣立即哀求说："若无松箍咒，您还是带我走吧！"

长老这时气也平了："悟空你起来，我再饶你一次！"

大圣见没事了，喜得又侍候师父策马前进。走不多远，忽又听有人喊救命，唐僧策马上前，抬头望见松树梢上吊着一个赤条条的小孩，正一把眼泪一把鼻涕地哭啼。三藏看了不忍，忙叫八戒上去解救。八戒推说猴子第一会爬树。三藏便叫行者上去救他下来。行者明知也是妖精，无奈不敢违抗师父的命令，只好一个纵跳，将那孩儿救到地面。长老出声问他："小童哥，你是哪里人？怎会被吊在这里？"

那孩儿抹着眼泪说："我姓红，昨日和我娘被一群强盗劫持到这儿，剥光了衣服，冻了一夜。幸亏师父解救！"

八戒听了大惊："不好了，刚才被师兄打死的那个女子也姓红，这个小孩儿也姓红，定是母子两人了！"

行者喝声："好呆子！那女子才十七八岁，这童儿也有七八岁，难道女人十岁就能生产吗？这谎言不揭自破！"

那孩儿一听母亲已被打死，一时放声大哭，哭得死去活来。三藏连忙下马来哄他，只听他哭嚷着说："我娘死了，我要回家找我奶奶，来抓你们去官府治罪！"

八戒又一惊："完了，完了，我们不但打死了他的娘，又打死了他的奶奶，欺负他们一门孤孀，国法难容，天理也难容！"

那孩儿一听奶奶也惨死，越发号啕大哭，哭得鬼神也愁。三藏见事态严重，不敢存侥幸之心，急叫八戒背他，一同回山的西边他家去。八戒听要由他背，嘟着嘴，心不甘、情不愿，就趁师父不注意，努起长嘴，扇动耳朵，装出鬼脸，把那孩儿吓得满地乱爬，才出声说："回师父的话，这个童儿见老猪丑，不敢让老猪背！"

唐僧便叫行者背，行者呵呵笑说："好，好，由老孙来背！"

孙悟空把那孩儿扯上背脊，转头对他冷笑说："我师父是个慈悲好善的人，我若不背你，他就怪我！要我背，我就背。你这个泼怪，身体轻轻，就敢在老孙面前捣鬼！"

妖精细声说："我骨架小，小时候又失乳，所以身体才这般轻。"

行者笑说："不管你多轻多重，你若要尿尿，别忘了通知我一声！若是从我的脊梁上淋了下来，污了我的虎皮裙，到时别怪老孙不客气！"说着话，故意拉短脚步，跟前面唐僧三人越拉越远，心想捡个偏僻处，结果了妖精，而不让师父发觉。

那妖精早看出孙行者的诡计，已把元神预先脱出躯壳，就在行者摔下他的刹那，扯起喉咙尖叫："救命啊！杀人啊！"

八戒闻声急回头，瞥见行者把孩儿摔在石头上，吃惊地嚷："呀！师兄发起猴癫了不成？光天化日下，又把寡妇的唯一儿子摔死！"

三藏听八戒一嗟，愤慨难禁，立即把紧箍咒反复念了七八十遍，疼得行者倒竖蜻蜓般地打滚，口里只叫："师父呀，不要念，我知错了，任凭发落！"

唐僧止住咒语，骂说："猴头，你还有什么话说？你在这荒郊野外，就一连打死三人。倘若在人烟热闹之处，你拿了那支哭丧棒，疯狂起来，逢人乱打，闯出大祸，叫我怎样脱得了身？你回你的猴洞去吧！"

悟空跪着叩头说："师父错怪了，这小孩儿分明也是妖魔，您却不认得，反信那呆子的冷言冷语，屡次驱逐我。俗话说'事不过三'，我若仍赖着不走，反显我老孙没志气！走就走，只是你手下没有人了！"

唐僧发怒："这泼猴越来越狂了！照你说，只你是人，那悟能、悟净就不是人了？"

行者一听，止不住伤感："罢，罢，罢，我走！只是头上多了个金箍！"

三藏呕着气说："我再也不念了！"

行者听了应声说："这个难说！若师父落入妖魔手掌，不能脱身，八戒、沙僧又救不得您；到那时候，想起了我，忍不住又念诵起来，就是十万里路外，我的头也会疼！若是还要爬回来见您，倒不如现在不走！"

唐僧见他疯言疯语，越发恼怒，滚鞍下马，叫沙僧去包袱内取出纸笔，写了一张贬书，递给行者说："猴头！执此为凭，再不要你做徒弟了！"

孙行者接了贬书，说："师父，不用气愤，老孙会自己走路。可是想起这些年来，跟您一场，又蒙菩萨教诲，今日半途而废，您就请坐着，受徒弟一拜，我走了也安心。"唐僧背转身，不理睬他。行者拜了几次都落空，索性使个身外身法，从身上拔下三根毫毛，吹口仙气，变出三个孙悟空，连本身四个，四面围住师父下拜。三藏左右躲不开，只好接受他一拜。

行者跳起来，收回毫毛，临走前吩咐沙僧说："贤弟，你是个好人，却也要留心防着八戒。途中若一时有妖精拿住师父，你就说老孙是他的大徒弟。西方毛怪，一听说是老孙，大概不敢伤师父！"说毕，一个筋斗，纵回花果山去了。唐僧见行者走得无影无踪，便喝起八戒、沙僧，继续赶路。

且说躲在半空中的那个妖精，见他们师徒四人内讧，散了一个毛脸雷公嘴的，心下大喜，就暗地里弄了一阵旋风，吹得飞沙走石。唐僧见突然起了狂风，慌忙伏在马背上，不敢动弹；沙僧低头掩面，忙闪到山坳里；八戒把行李担丢下，伏在山崖下呻吟。等狂风一过，八戒和沙僧跳回路上，只听白马嘶号，马背上空空，唐僧早已不知去向，登时唬得两人面面相觑。

八戒掣出钉耙，望空乱筑，直筑得嘴涎四喷，气喘吁吁。沙僧看了，摇头说："二哥啊，你发猪癫了？妖精又不在这里，你在跟谁厮打？"

呆子摆摆手说："兄弟，你不要嚷！妖精一定还逗留在这儿附近，他见我有一支万夫不当之勇的九齿钉耙，就会吓出屎尿来，乖乖把师父送还给我们。"

沙僧见他呆得有趣，不觉扑哧一笑。八戒听见笑声，立即止住钉耙说："老弟，这有什么好笑的？若论我老猪这一顿钉耙，只除了那弼马温能招架之外，普天之下，有谁能挡得住？"

沙和尚听了，自个儿暗笑，便将计就计说："二哥说得对，咱们现在就去找那妖精算账！"说着，也扯出宝杖，趁八戒的勇气正上头，两人手中各执着兵器，驾起云朵，升到半空中，四下里观望。瞥见山的东南方有一团红云，逐渐地消失。两人立刻拨转云头，往那个地方追去。

不一会儿，按落云头，见山坳处挂着一条涧水，涧间有一座火云洞，洞口有一小群小妖，正在执枪弄棍，演练武艺。八戒跳上前，大喝一声："泼妖精，快还我师父来！若嘴里迸出个不字，本爷爷就掀翻了你的山场，踩平了你的洞府！"

小妖见突然来了两个凶神恶煞，慌得丢枪弃棍，奔进洞里通报："大王，不好了！外面有个长嘴大耳的和尚，带一个黑脸晦气色的和尚，在门口叫嚣，说是要讨回他们的师父！否则就掀翻了我们的山场，踩平了我们的洞府！"

妖魔冷笑说："小的们，把我那根丈八长的火尖枪拿来，我要亲自抓住他们，与唐僧一起凑来吃。"挺着枪，跳出洞口，吩咐众妖精摆开阵势，将八戒、沙僧两人包围在中央。那呆子一见对方人手多，顿时矮了半截；又听魔王命令众妖包围，登时吓出一身冷汗；当魔王挺着长枪，指着他鼻尖，喝声说要捉活的蒸吃，已把呆子吓得魂飞魄散，倒拖着钉耙，跳上云朵就逃。沙僧见情势不对，先逃了八戒，也纵起一阵狂风，跟着溜之大吉。魔王看了，忍不住哈哈大笑，也不去追赶，即刻交代手下，去刷锅洗灶，准备晚上蒸吃唐僧。

那八戒、沙僧两人没命地逃回来，歇在路边，愁眉相对，想不出个好办法去解救师父。呆子只好努努嘴说："沙老弟，我看算了，干脆就此散伙吧！你走你的流沙河，我走我的高老庄，还比较安稳自在呢！"

沙僧沉吟了半晌说："师兄啊，难道你忘了菩萨的嘱咐？若要救得师父，你只要去请一个人来。"

八戒睁眼说："谁？"

沙僧催促说："你还是趁早驾云走一趟花果山吧！请回大师兄，只有他才有降妖的手段。"

呆子直摇头："兄弟，另请一个吧？那猴子与我相处有些不和。他一定还怪我唆使师父念紧箍咒，其实我也只开开玩笑，不想那老和尚竟当真念起来，把他驱逐回去。我若去请他，措辞略为差错一些，他那根哭丧棒又重，挨它几下，叫我怎活得了？"

沙僧扯住八戒说："他绝不会打你，他是个有义气的猴王。你见了他，先不要提师父有难，只说师父想他哩，把他哄到此处。当他知道师父危险，断然会跑去与妖精厮打，保证救得了师父。"

八戒只好说："好吧，好吧，你既然这样说了，我若不去，不就显得我不热心？可是我先把话说在前头，我这一去，果然弼马温肯来，我就与他一路来了；他若不来，你不要等我，我也不回来了。"

那呆子胡诌罢，收拾了钉耙，跳上云朵，径往东海方向去了。一路上，正遇顺风，他撑起两只大耳朵，恰似帆篷一般，倏忽飘到了花果山的地界。按落云头后，四处乱闯，忽听一阵嘈杂的声音，循着方向，见一道瀑布挂在半山上，那山坳处正有千百只猴子分班排列，朝一只猴头膜拜，口呼："大圣爷爷万岁！"

猪八戒踌躇了一阵，就是不敢大摇大摆去见他，却往草崖边，溜呀溜的，溜入那群猴子，挤入中间，也跟着那些猴子磕头。孙悟空坐在高处的一块石头上，眼尖得很，看出异状，便喝声："那个在班部中乱拜的蛮人是哪里来的？抓上来！"喝声未了，早有一群小猴，七手八脚地将八戒拖到前面，按倒在地。

八戒低着头说："我不是蛮人，是熟人。"把长嘴往上一伸，"你看，起码认得出我这张嘴。"

行者忍不住笑说："猪八戒！"

那呆子听见一声叫，一骨碌跳起来说："正是，正是，我就是猪八戒！"心底寻思，"既然认得，就好说话了。"

行者笑说："呆子，你不跟唐僧取经去，却来这里干什么？想是你冒犯了师父，也被贬了？有什么贬书，拿来我看看哩。"

八戒回答："不曾冒犯，也没有什么贬书，只是师父想你。"

行者喝声："当真？"

八戒慌了："真的是想你！你一走了之后，师父在马上行进间叫了一声：'徒弟！'我不曾听见，沙僧又装耳聋，师父就想起你来，说我们不如你聪明伶俐，声叫声应，问一答十。又说当时赶你走，只是一时的气话，他现在好想念你呀！"

行者也不搭腔，只把话题岔开，领着八戒到水帘洞周围，到处浏览山景。八戒眼见日色已经中午了，恐怕误了救师父，只管催促："哥啊，君子不念旧恶，跟我早点儿回去吧？"

悟空却直截了当地回答说："你要回去，你自己回去。"

八戒惊呆了："哥哥，你不回去？"

孙悟空笑说："我回去干什么？在这里多逍遥自在，做什么和尚？我决定不去，你自个儿回去，叫唐僧不要再想我。"

那呆子听了，不敢苦逼，只恐他发起性子，抽出金箍棒打上两棍，岂不冤枉？无奈，只得喏喏地告辞，找路下山。行者见他去了，即刻派两个精灵的小猴，跟在八戒背后，偷听他说些什么。

果然那呆子下了山，不到三四里路，就回头指着行者，骂说："你这个泼猢狲，我好意来请你，你却不去，不去就拉倒！"走几步，又骂几声。

跟踪在背后的小猴听了，急忙跑回来报告："大圣爷爷，那猪八戒不老实，一边走路，一边回头来骂。"

行者大怒，立刻派众猴去将他拿来。那呆子只顾走路，忽见一窝的猴子涌上前来，心知不妙，拔腿就想跑，早被众猴掀翻在地，抓鬃扯毛，拉尾扳腿，吆吆喝喝地扛回洞口。大圣坐在石块上，开口便骂："你这个吃糠的呆货！你走便走了，怎么还回头骂我？"

八戒跪倒在地说："哥啊，我不曾骂你！若骂了你，就烂了舌头。我只说哥哥不去，我回去报告师父就算了，怎敢骂你？"

行者笑说："你还想瞒我？我把左耳往上一竖，听得见三十三重天上人的说话声；把右耳往下一扯，晓得十殿阎王在捣什么鬼。"

八戒翻白眼珠说："哥啊，我晓得了，你贼头鼠脑，一定又变化成什么虫子，跟踪在我的后面偷听。"

行者叫了一声："小的们，拿大棍来！"

慌得八戒忙磕头："哥啊，即使不看师父的面，也看海上菩萨的面，饶了我吧！"

行者听见说起菩萨，不觉有了三分转意，说："呆子，唐僧在哪里有难？你不老实说，却来哄我？"

八戒只好照实说："实不瞒哥呀，你走后不久，师父被火云洞里一个挺火尖枪的妖魔捉去，至今下落不明。"

大圣喝声："呆子，我临走之前，不是叮咛又叮咛，若有妖魔出现，就说老孙是他的大徒弟。"

那呆子暗想："请将不如激将，趁此机会激他一激。"想定了，努着嘴说："哥啊，不说起你还好，一说出你的大名，惹得那妖魔越加愤怒地骂：'管你什么鸟孙！他若敢来，我照样剥了他的皮，抽了他的筋，啃了他的骨，吃了他的心！看他猴子瘦，我也要把他剁成块油炸！'"

那猴王听了，气得抓耳挠腮，暴躁乱跳："是哪个妖魔敢这样骂我？想老孙五百年前大闹天宫，天神天仙见了我，谁敢不恭恭敬敬，口称大圣？这妖魔何方来历？敢在我背后骂我！看我把他捉来碎尸万段！"骂着，急跳下石块，抓起八戒的手，纵上筋斗云，顷刻来到唐僧落难的山头。

按下云头，会见了沙僧。孙悟空也无心嘘寒问暖，焦躁地擎出金箍棒，喝一声"变！"，变作三头六臂，耍起三根金箍棒，呼呼响地东打西捣。不一会儿，打出一个土地公来，跪在大圣面前叩头。行者厉声问："这火云洞里住的妖魔是什么来历？"

土地公慌忙禀告："若提起他，大圣或许也知道。他叫圣婴大王，是牛魔王的儿子，罗刹女养的，乳名叫红孩儿，曾在火焰山修行了三百年，炼成了'三昧真火'，却也神通广大，被他老子派来镇守这座六百里钻头号山。"

行者听了，满心欢喜，喝退土地公，现出本形，对八戒、沙僧两人笑说："不打不相识，原来这妖魔跟老孙有亲戚关系哩。"

八戒说："哥哥，这个节骨眼儿了，还在说笑？你在东胜神洲，他这里是西牛贺洲，两地距离千山万水般遥远，怎么跟你有亲呢？"

悟空笑说："我和牛魔王在五百年前曾经结拜过兄弟，既是牛魔王的儿子，若论起辈分来，我还是他的老叔哩。"

说完话，叫沙僧牵着白马，马上驮着行李，找条小路，往火云洞的方向走去。不一盏茶工夫，到了洞的附近，又吩咐沙僧把马匹行李弄到树林深处，等候他们的消息。他和八戒，各把武器藏在背后，直走到洞口叫战。

早有小妖慌忙撞入洞里通报。魔王听了，知是唐僧徒弟又来叫嚣，端起火尖枪，带动一班小妖，推出五辆小车子，出洞迎战。八戒看了好笑："哥啊，这个妖精必定怕了，推出车子，往外搬家呢。"

只见那批小妖，将车子各按金、木、水、火、土五个方位，摆好阵势。魔头挺着一把尖枪，对着行者、八戒两人耀武扬威。

悟空笑说："我的贤侄，不要再耍花样了。你今早在山路旁，变化成十七八岁姑娘、八九十岁老婆子以及八岁瘦怯怯的黄病小儿，这些哄了我师父，可哄不了我！趁早还了我师父，免得动起干戈，恐你令尊牛魔王知道，怪老孙以长欺幼哩。"

圣婴大王听得怒火中烧，咄的一声，举枪就刺。悟空见枪尖来得狠，一个侧身闪过，抢起铁棒，骂说："小畜生，你既不认老叔，我也不认你这小侄，看棍！"

两个你一棒、我一枪，才战了几回合，红孩儿虽不败阵，却只是手忙脚乱，难以招架。八戒在一旁看了，暗想："弼马温若丢个破绽，哄那妖怪撞进来，一铁棒打倒，不就没了我老猪的功劳？"想着，抖擞精神，举起钉耙就筑。

红孩儿见了心惊，急拖枪，跳出战团，回到洞门。行者和八戒赶到洞前，只见他一只手举着火尖枪，一只手捏紧拳头，往自个儿鼻梁上捶了两拳。八戒笑说："这厮倒会要赖！自己捶破鼻子，淌出血来，要诬赖我们行凶。"

红孩儿捶了两拳，念个咒语，忽从嘴里喷出火，鼻孔嘴巴一时浓烟四迸，那五辆车子也跟着喷出火焰，夹着呼啸声，喷向行者和八戒。呆子慌了："哥啊，那厮想把老猪烤熟，涂上香料，供他享用！快溜呀！"说声溜，早跳过涧水去了。

孙悟空公然不怕，捻着避火诀，撞入火中。红孩儿见他逼过来，更喷出几口浓烈的烟，直把悟空呛得眼睁不开，抽身跳开火圈，退回去找八戒、沙僧商量对策。

沙僧说："那厮既然放火，想水能克火，我们弄些水来不就得了？"

"对呀！"行者大喜，一个筋斗，立刻去请四海龙王。四海龙王见大圣亲自来借雨降妖，急忙率领水族，一齐来到火云洞上空。

那红孩儿见行者又来索战，连忙点起妖兵，推出五辆车子，依旧捏紧拳头，往自己的鼻子捶了两下，喷出一片火海出来。

逗留在半空中的龙王及水族，见妖魔放出了火，立刻降下一场倾盆大雨。谁知那龙王的雨势，只扑灭得了凡火，沾在那妖精的三昧真火上，反而像火上浇油，越浇越烧得厉害。

孙行者不知究竟，念起避火诀，钻入火中，抡起铁棒，横冲直撞地挥舞。红孩儿见他逼过来，将一口浓烟，噗地喷过去。行者猛一睁眼，刚好喷个正着，熏得那对火眼金睛止不住簌簌地流泪。原来大圣不怕火，只怕烟，他看红孩儿又喷一口浓烟过来，慌忙一个筋斗跳开火圈，带着一身烟火，刚好瞥见附近有条涧水，便扑通一声跳进去。他哪里知道忽地被冷水一逼，弄得火气攻心，可怜三魂去了二魂，七魄走了六魄，奄奄一息地浸在水里。

众龙王在半空中见孙大圣出了意外，立刻收住雨势，出声通知八戒与沙僧知道。那呆子半信半疑地跑到涧水边，见猴头脸色苍白，直挺挺地泡在水里，连忙唤来沙和尚，七手八脚地将他从水里捞到岸边。沙和尚伸手一摸，吓了一跳，浑身上下已经冰冷了，不觉满眼垂泪："大师兄啊，可怜你那千万年不死之躯，如今变作个中途短命人！"

八戒笑说："沙老弟，你哭什么？这猴子装死来吓我们咧！他有七十二种变化，就有七十二条命。来，你扯住他的脚，让我来捉弄他！"猪呆说着，盘膝坐定，把行者的头拽直，使一个按摩禅法，喝声"醒！"，只见孙悟空悠悠地睁开眼睛，叫了声："师父！"

呆子笑说："师父还在洞里呢！若不是老猪救你，你早到鬼门关报到了，还不赶快谢我？"

悟空跳起来，也不理呆子的疯言疯语，送走了四海龙王，就与沙僧商量搭救师父的办法。沙僧忽然想起请观音菩萨来一趟。悟空叹气说："我如今腰背酸疼，纵不起筋斗云，怎么去请菩萨？"

八戒听见，自告奋勇说："老猪去！"

悟空苦笑："好吧，你要去就去。若是见了菩萨，记住不要仰视，只可低头礼拜。等菩萨问起，你就将地名、姓名禀告清楚，他自会来降伏妖怪。"八戒听毕，即刻驾起云雾，向南去了。

却说那红孩儿得胜回到洞里，心想："孙悟空吃了暗亏逃生，即使不死，也要他半条老命；这一去，那伙人必然又会去请什么救兵来。"想着，开了洞门，跳到半空中观看，正好看见猪八戒腾云往南方飞去。他蓦地一想，知是要去请南海观音菩萨。这一带路径，他最熟悉不过了，便驾起红云，抄个近路，赶到八戒之前，摇身一变，变作一个假的观音菩萨。

　　八戒只顾低头赶路，忽然抬头望见菩萨，他哪里识得真假？停下来便拜："菩萨在上，弟子猪悟能叩头。"接着将唐僧在钻头号山遇难、悟空保住一命的经过叙述了一遍。

　　假菩萨微笑着说："那火云洞里的红孩儿，一向规规矩矩，从来不去伤人，一定是你们冒犯了他。既然如此，我现在带你去见他，替你说个人情，要他送还你们的师父。"

　　猪八戒听说，只是连连磕头，哪里敢把头抬起来？当菩萨起驾，便追随在一边，径赴火云洞。顷刻间到了洞口，假菩萨迈大步子就进入洞里。八戒仗着菩萨神威，也大摇大摆地踏进去。忽听一声呐喊，众妖一拥而上，早把他翻倒在地，装入一只如意皮袋里，高吊于一根梁柱上。

　　那呆子不知究竟，只一个劲儿大呼："捉错人了，菩萨救我……"

　　孙悟空和沙僧两人，见呆子去了那么久，还不回来，不免心生疑窦，以为不是走错了路头，便是出了意外。大圣等不住，强忍住浑身的酸疼，捏着铁棒，走到火云洞口，高叫："泼怪！"

妖王得到通报，知那猴头已无多大能耐，即刻传令小妖去替他拿来。众妖得令，刀枪棍棒都出了笼，发声喊，杀出洞口。行者看了心惊，不敢硬拼，转身就走，就在洞口的拐角处，把身体一蹲，变作一个包袱。

小妖见了，连忙拿进去报告："大王，孙行者怕了，只听我们发一声喊，慌得把包袱丢下逃命。"

妖王笑说："这个包袱，也值不了几个钱，不是和尚的破衫裤，就是些旧帽袜，倒可以拿来作抹布。"

小妖听说，不知是孙悟空变的，随手一丢，扔在洞里角落。行者见瞒过了耳目，再来个身外身法，拔出一根毫毛，吹口仙气，变作包袱一样；他的真身，却变作一只苍蝇，钉在洞壁上。忽听八戒猪瘟般哼呀哼哎的嚷声，从梁柱上吊着的一只皮袋里传出来，便知事情的大概了。

行者嘤的一翅，悄悄地飞出洞口，现出原形，找到沙僧，说明八戒原来是被红孩儿骗去洞里。这下子，去请观音菩萨，就非他亲自走一趟不可。幸好元气已恢复了许多，谈话间，只见他一个筋斗，不消半盏热茶时间，已望见普陀山。到了潮音洞，见到菩萨，便把唐僧落入魔掌以及猪八戒被假菩萨骗去洞里的经过，大略说了一遍。

菩萨一听，柳眉倒竖地骂："这妖怪，竟敢变成我的模样！"哼的一声，将手中的净瓶，往海中心扑的一扔，惊得孙悟空毛骨悚然，以为菩萨发了脾气。惊了半晌，只见海中央波翻浪滚，一只大龟驮着那只净瓶冒出海面。菩萨便命悟空去将净瓶拿上来。可是哪里想到，他费尽了吃奶的力气，竟好似蜻蜓撼石柱，不能摇动分毫。

菩萨微笑说："你这猴头，平常时只会自吹自擂神通广大，现在怎连个瓶子也拿不动？老实告诉你，刚才是个空瓶，如今却装了一海的水在里面，你当然拿不动。"

悟空听了，吐舌咬指不已。又见菩萨伸长右手，轻轻地提起净瓶，托在手掌上说："我这瓶中的甘露水，不比龙王的雨水，保证灭得了妖精的三昧真火，我就与你走一趟。"说着话，又吩咐惠岸到南天门，向李天王借来三十六把天罡刀。刀子借来了，菩萨接在手中，往空中一抛，念个咒语，化作一座千叶莲台，纵身跳上去端坐，然后带着悟空，径往钻头号山火云洞。

不消一刻钟，已来到火云洞的半空中。菩萨屈指念一声"唵！"，把净瓶扳倒，哗啦啦地倾出水势来，将整座山漫盖住，以防妖魔的三昧真火。接着在孙悟空的左手心上，用杨柳枝蘸水，写了一个"迷"字，交代说："你捏着拳头，快去向那妖魔索战，许败不许胜，让他撞见迷字，引他到天空中，我自有法力收他。"

悟空得令，按落云头，跳到洞口，一手使拳，一手使棒，往洞门就搠了一个大窟窿。红孩儿听到通报，暴跳起来，挺起火尖枪便冲出洞口，不由分说，往对方身上猛刺。悟空急侧身闪过几枪，不敢大意，单手抡起铁棒迎架。斗了四五回合，悟空出其不意，将手掌心的"迷"字一展。

红孩儿果然着了迷，只顾追赶，从地面追到半空中。悟空将身一晃，躲到菩萨的祥光后。妖精见行者闪到菩萨背后，老实不客气地喝声："咄！你是孙行者请来的救兵吗？"

菩萨不作声，只管装聋作哑坐着。红孩儿大怒，往菩萨的心窝猛刺一枪。菩萨化道金光，丢下莲台，径上九霄云外。

红孩儿见走了对手，呵呵冷笑说："泼猴头，错看我了！几次败阵，又去请什么脓包菩萨，才被我捅了一枪，就逃得无影无踪，把一座莲台丢下，且让我坐上去过过瘾。"他也学菩萨模样，盘起手脚趺坐。

菩萨见红孩儿坐定了，把杨柳枝往下一指，喝一声"退！"，哪有什么千叶莲台？却变成三十六把天罡刀，刀尖生出倒须钩儿，牢牢地钩住他的臀腿。慌得红孩儿扳着刀尖，痛苦地哀求说："菩萨，恕弟子有眼无珠，冲犯了圣驾，我愿意受戒！"

菩萨听了，抿嘴一笑，从袖中取出一把金剃刀，走上前，把他剃个光头，只头顶上留下三撮挽毛，吩咐说："你既然愿意受戒，从今以后，替你取个法名叫善财童子。"

红孩儿点头应诺，只望饶命。菩萨用手一指，喝声"退！"，三十六把天罡刀应声脱落。

不料，妖魔野性未驯，见自身不疼不痛，头挽了三个鬃儿，绰起长枪，往菩萨劈脸就刺。菩萨闪过身，也不生气，从袖中摸出一个金箍儿，迎风一晃，叫声"变！"，变出五个金圈，往童子身上抛去，喊一声"中！"，一个套在脖子上，两个套在左右手上，两个套在左右脚上，再念动咒语，那箍儿见肉生根，勒得妖魔满地打滚，哀声求饶。

悟空见状，拍手笑说："我的乖乖，菩萨怕你养不大，特地拿一套项链、手镯、脚镯，让你戴呢。"

红孩儿听孙悟空取笑，又生出怒气，举起火尖枪就刺。悟空急闪到菩萨背后。菩萨将杨柳枝儿蘸了一点甘露水，洒向童子，叫声"合！"，只见他丢了枪，一双手合掌当胸，再也放不开。到了这时候，童子才死心塌地，纳头下拜。观音菩萨收回海水，手托着净瓶，带着善财童子，径回南海普陀山去了。

孙悟空目送菩萨走了之后，按落云头，会合了沙僧，各执兵器，打入火云洞里，将一伙小妖赶尽杀绝，救出八戒和唐僧。那呆子挣出了皮袋，举起钉耙乱嚷："哥哥，那妖精在哪里？等老猪筑他几耙出出气！"

悟空说："呆子，你要亲自送他一只烤猪不成？"

八戒听了，心知妖精的三昧真火的确厉害，便收起钉耙，眨眨眼睛傻笑。

十六、路过车迟国与虎仙鹿仙羊仙斗法

过了钻头号山，一路往西迤逦前进，披星戴月，迎风冒雪，又逢一年的春天。师徒四人，边走边浏览沿途的景色，忽然听见隐隐间有一阵阵苦力的吆喝声。孙悟空睁开火眼金睛，望见远处有一座城池，城门外有一群衣衫褴褛的和尚，正在推动一辆大车上土坡，车里装的尽是些砖瓦、石块一类的重东西；又有两个拿皮鞭的道士，在现场督视吆喝着。悟空见了奇怪，一个筋斗，跳到城门口，摇身变作一个云游打扮的道士。探听之下，才知这里地名叫车迟国，在二十年前曾经遭遇过一次旱灾，幸亏来了三个名叫虎力大仙、鹿力大仙、羊力大仙的老道，作法求雨成功，国王便从此信任道士，把所有寺庙里的和尚，分派给道士们作奴隶，听从使唤。

悟空打听之下，禁不住恼怒起来，掣出金箍棒，将两名道士打成肉饼，把数百个推车的和尚全部放走。放走前，又交代和尚们，等招僧榜挂出来再露面。唐僧师徒四人则在十来个未散和尚的簇拥下，投宿在荒废已久的智渊寺里过夜。

到了二更时分，孙悟空睁着眼睛，偏睡不着觉，忽听一阵摇铃敲钟的声音，忍不住好奇，悄悄爬起来，跳到空中观看。只见城的正南方有座三清观，殿上立着三个老道士，披着法衣，口里还念念有词；底下排列着七八百个小道童，正在作禳被灾星的法事。大圣心想去捉弄捉弄他们，奈何孤掌难鸣，便又按落云头，将沙僧、八戒暗中拉醒。那呆子嘴里直嚷："三更半夜，口干眼涩的，有什么事要干？"

大圣扯了扯呆子的耳朵说："快，快，馒头有米斗般大，饭团五六十斤一个，又有新鲜好吃的水果一大箩筐，等你去收拾哩。"

八戒在睡梦中听见有好吃的东西，一骨碌就爬起来喊："在哪儿？在哪儿？"

"嘘，呆子！大呼小叫的做什么？不要惊醒师父，跟我走。"大圣带路，沙僧、八戒跟在后面，三人踏上云头，来到三清观上空。八戒看见供桌上有丰富的祭品，伸手就要捞来吃，却被大圣一把扯住："等我乔个法，赶他们散了，方可动手！"

大圣念个咒语，平地刮起一阵狂风，吹得那些花瓶烛台东倒西歪，灯火全灭，唬得众道士个个胆战心惊。其中一个老道说："徒弟们，现在大家先解散回去，等明天多念几卷经文来补数好了。"众小道听了，各自默默退下。

这时候，殿上空无半个人，八戒等不及，跳落云头，抢起一个馒头，张口就要咬，却被悟空一棒阻住，笑说："呆子，你急什么急？还没有叙礼、坐定就吃！瞧台上坐的是什么菩萨？"

八戒缩回手，嘟着嘴嚷："哥啊，你连三清都不认识？中间坐的是元始天尊，左边是灵宝道君，右边是太上老君。"

悟空笑说："呆子，要偷吃也要吃得安稳，必须你我都变成三清的模样，才不怕被人撞见呀。"

八戒一嗅到香喷喷的供物，哪里等得及，爬上殿上的高台，把太上老君的塑像一嘴拱下去，笑说："老官儿，你也坐累了，让我老猪坐一会儿。"呆子摇身一变，变作太上老君，悟空变作元始天尊，沙僧变作灵宝道君。坐定之后，八戒伸手就要抢一颗大馒头，又被悟空按住手说："呆子呀，吃东西事小，泄漏风声事大！地下那三尊塑像，倘被早起的道童绊个跟斗，岂不走漏了消息？你的力气大，右手边有个小门，大概是个五谷轮回之所，你就把这三尊家伙背去丢掉，然后再回来安心享用。"

八戒听了，努着嘴，跳下高台，把三尊塑像一齐扛到肩上，用脚踢开右边小门，定睛看时，却是个大粪坑，忍不住哈哈大笑说："这个弼马温，真会油嘴弄舌！把个茅厕坑，也起了个叫什么'五谷轮回之所'的道号。"笑罢，往里面一扔，溅起了几滴臭水，然后奔回高台，伸出两手就抢，什么馒头、饭团、酥饼、蒸饺、烧卖、桃子、李子、橘子、柿子、龙眼、荔枝，如风卷残云，顷刻间一扫而光。

说也凑巧，东廊下有一个道童，才睡下不久，猛然记起手铃儿遗忘在殿上，连忙爬起来，摸到正殿，摸来摸去，摸着了铃儿，正要回头，忽听一阵呼吸声，心里一慌，急拽步往外走；不知怎的，脚下却踩着了一个荔枝核，扑的滑了一跤，把铃子跌得粉碎。猪八戒一看，忍不住呵呵地笑出声来，把个小道童唬得牙关直打哆嗦，一步一跌，爬到方丈室门口，敲着门喊："师公，不好了！"

那三个老道还未睡着，连忙叫人掌灯，一齐到正殿查看究竟。悟空见走了风声，忙把八戒、沙僧捏了一把，三人即刻正襟危坐，不言不语，任凭烛火前后左右照过来照过去，三人就如泥塑的一般，一动也不动。

三个老道议论纷纷，说："没有半个人，怎么把供物都吃光了？""定是人吃的，有皮的都剥了皮，有核的都吐了核，却不见人影？""师兄勿疑，想是我们虔心供奉，昼夜诵经，惊动了三清爷爷降临，顺便吃了一顿饱。我们何不趁他们离开不远，诵念经卷，恳求赐些金丹圣水？"

其中一老道果然念动经语，朝上启奏说："三清爷爷请慢走一步，弟子虎力大仙及鹿力大仙、羊力大仙叩拜，请赐些金丹圣水……"

八戒一听，心中忐忑，坐也坐不安稳，这叫做贼心虚。悟空忙又捏了他一把腿肉，忽然出声说："晚辈小仙，既有诚心，就赐些圣水给你们，快去拿装水的器皿来，再把殿前大门掩上，不可偷看，泄了天机。"那三个老道不敢怠慢，分别拿来一口水缸、一个砂盆及一只花瓶，恭敬地放在供桌上，然后退出去把大门掩住。

孙悟空跳起来，掀开虎皮裙，撒了一花瓶的猴尿。八戒见了欢喜："哥啊，我和你做了这几年兄弟，只这件事没干过，实在新鲜咧。"说着，揭开裤裆，忽唰唰的就像泄洪一般，撒了满满的一个水缸。沙和尚也撒了半砂盆。撒毕，三人依旧整衣端坐。悟空高声叫："小仙们，来领圣水。"

三个老道听到声音，连忙开门进来磕头谢恩。又等不及送走三清，叫道童拿来小茶杯，各舀出一杯，浅咂细尝一番。只听鹿力大仙说："师兄，好吃吗？"虎力大仙摇摇头说："有些怪味儿。"羊力大仙又尝了一口，皱着眉头说："有些猪尿的臊气味道。"

悟空坐在上面，再也忍不住了，大喝一声："你们别做梦了！哪个三清肯下凡？我们乃是大唐奉旨往西天取经的和尚，路过此地，开个玩笑，你们喝的都是我们的尿哩。"

老道一听，羞愤交加，一声喊打，拦住悟空三人的去路，一顿棍棒、扫帚，朝高台上没头没脸地乱打。孙悟空眼捷手快，左手挟了沙僧，右手挟了八戒，呼啸一声，冲出门口，纵起云光，径回智渊寺。三人依旧悄悄睡下，不一会儿，已是五鼓三点。

听到钟鼓声，正是早朝的时刻。唐僧一觉醒来，忙把袈裟穿戴整齐，带着三名徒弟，赶到金銮殿，呈递通关文牒，低头观览时，忽报三位国师求见。原来这三位国师，即是虎力大仙、鹿力大仙及羊力大仙三个老道。这些老道，听说有大唐来的四个和尚到殿上谒见，急忙赶来制止说："陛下有所不知，这批和尚昨天在东城外行凶，打死了我两个徒弟，放走了数百个做工的囚僧，夜间又闯入三清观，捣毁圣像，偷吃御赐的供品，又把尿假冒成圣水，哄骗我们各喝了一口。如今冤家路窄，在这里撞见，绝不能饶他！"

国王一听大怒，就要下令把四个和尚推出去斩首。悟空急忙闪出来分辩说："请陛下息怒，死罪要有人证物证！他说我们打死了他的两名道士，有谁作证？凶器又在哪儿？放了囚僧，大闹三清观，哄他们喝尿，又有谁在场看到？天底下假名托姓的多着呢，怎么就一口咬定是我们干的？希望陛下明察。"

那国王本来昏庸，被悟空这么一说，倒犹豫不决起来。正疑惑间，又有人通报："万岁，今年早春无雨，恐怕干旱来临，外头现有一群农夫，请国师替他们祈一场雨。"

国王便转向唐僧师徒说："你们远来，冒犯了国师，本该问斩；除非与国师比赛求雨胜了，才放你们过关。"说着，吩咐手下准备来一座法坛。

首先由虎力大仙登坛祈雨。只见他跳上去，把一支七星剑，刺穿了一张黄符，念动咒语，放在烛火上烧化，再兵的一声令牌响，半空中忽有悠悠的风片飘来。八戒见了嚷说："不好了！不好了！这道士果然有本事，令牌一响就刮风。"

悟空见情况不妙，忙拔下一根毫毛，变作一个假悟空，立在唐僧身边。真身却一纵，跳到半空中，厉声高叫："那擅自放风的是谁？"慌得风婆上前施礼。悟空骂说："我与那妖道比赛祈雨，你怎么不助老孙，反助那妖道？快把风收了！若有一丝儿风，吹得那妖道的胡子动，就打二十下铁棒！"

吓得风婆慌忙止住了风势，留在天空待命。虎仙又砰的拍下第二道令牌响，空中逐渐起了云雾。大圣又当头吼叫："那布云撒雾的是谁？"慌得云神雾君连忙收回云雾，伺候在一旁听令。

虎仙心中不免焦躁，又猛地拍下第三道令牌，可是雷也不鸣，电也不闪；又火急拍下第四道令牌，依旧没有半点雨滴。原来天空中的那批风婆、云神、雾君、雷公、电母、四海龙王，都一一排队，等候大圣使唤。

大圣掣出金箍棒，虚晃一下说："你们听着！注意看我的棍子指示：往上一指，就要刮风；第二指，就要布云撒雾；第三指，就要雷鸣电闪；第四指，就要下雨；到了第五指，就要顷刻天晴！谁若是不听令，当心挨老孙的铁棒！"

吩咐完毕，大圣按下云头，把毫毛抖回身上，仍旧侍立在唐僧旁边，高声对坛上的虎仙喊："老头，请下台吧！四声令牌都已响过了，更没有半丝风云雷雨，该轮到我们了。"见老道垂头丧气地跳下来，悟空忙把唐僧推上法坛，笑说："师父，您不会祈雨尽管放心，只要上去念念经，其他事包在老孙身上。"

悟空听师父念完一段《心经》，才从耳内取出铁棒，迎风晃了一晃，就有丈二长短，碗口般粗细，将棍往空一指。风婆在天空上看见了，急忙刮起一阵呼呼响的狂风。就在狂风大作的当儿，悟空的棍子又往天空第二指，顷刻间云雾弥漫，天昏地暗。棍子又第三指，雷霆闪电，乒乒乓乓乱响。再一指，四海龙王哪敢怠慢，哗啦啦就落了一场豪雨。

这场大雨，从上午落到中午，把一座车迟国城池的里里外外，下得几乎泛滥成灾，慌得国王急忙传旨："雨够了！雨够了！再下就要闹水灾了。"

悟空又将棍子往上一指，刹那间雨散云收，大地一片阳光普照。国王见唐僧赢了，便要交换文牒，打发他们过去。正要使用御印时，却被三个国师齐声阻止："陛下，这场祈雨凑巧被他赢了，难道就抹杀我们保国安民二十年来的功绩？我们无论如何也不服气，希望陛下留他一留，让我们再和他一赌坐禅的本领。"

国王听说有理，忙叫人准备来一百张桌子，五十张叠作一座禅台，要双方一赌"云梯坐禅"的功夫，看谁坐得持久，就算谁赢。比赛开始，虎力大仙驾起云朵，登上西边的高台坐下。悟空知坐禅是唐僧的老本行，便拔下一根毫毛，变作假悟空，陪着八戒、沙僧；他却摇身变作一朵五色祥云，把唐僧送到东边台上坐下。

坐了一些时候，鹿力大仙见仍分不出胜负，决定助他师兄一功，从自己脑后拔下一根短发，捻成一团，弹到唐僧头上，变作只大跳蚤，一口咬住。三藏起先觉得头痒，再来就疼得发慌，又不许动手抓搔，一时疼痛难禁，不得不缩着头皮，就着衣领摩擦。八戒看了，嚷说："不好了，师父的羊癫风发作了！"

悟空知道事有蹊跷，出个元神，纵跳到高台上，发现唐僧的光头上，正叮着一只豆粒般大小的跳蚤。他慌忙用手将它捻下来，又替师父摸摸搔搔，直到不疼不痒，端坐在上面。悟空蓦地暗想："和尚的头光溜溜的，哪来的跳蚤？想必是那些老道做的手脚！等老孙也开他一个玩笑。"想定之后，一个筋斗跳到对方高台上，摇身变作一条七寸长的蜈蚣，爬上道士的衣襟，往他的鼻凹里叮了一下。虎力大仙坐不稳，一个倒栽葱，跌落地面，几乎摔死，幸亏众人救起，才保住一命。

国王看唐僧赢了，就要下令放行，鹿力大仙闪身出来启奏："陛下，我师兄原染风寒，因在高处吹了冷风，以致旧疾复发，才被和尚胜了，现在由我与他赌'隔板猜物'。"

国王听了觉得有趣，便命人抬来一个红漆的柜了，预先叫皇后放了件绣金线的锦衣，让双方猜。悟空早暗中变作一只蟭蟟虫儿，钻入柜脚下的一条板缝里，见是一件锦衣，连忙拿起来抖乱，咬破舌尖，喷了一口，叫声"变！"，变作一件破烂的斗篷，临走前又撒上一泡臊尿，最后飞出来，悄悄附在唐僧耳边说："师父，您只管猜是一件发臭的破烂斗篷。"

鹿力大仙先出声："我猜是一件绣金线的锦衣。"

唐僧接口说："不是，不是，是件发臭的破烂斗篷。"

国王暗想："这和尚无礼，敢笑我国中无宝，猜什么发臭的破烂斗篷！"便命人打开柜子，让大家看时，果然是件带有臊臭的破烂斗篷。登时大怒，将皇后痛骂一顿；骂完毕，又命人去御花园摘来一颗桃子，由他亲手藏入柜里，再让双方猜。

悟空又嘤的一声，钻入板缝里，见是一颗桃子，正合他的胃口，现出原身，坐在柜里，几口下来，将桃子的肉啃个精光，连核上的凹沟都啃干净了，然后将桃核放着，仍旧变只蟭蟟虫儿飞出去，附在唐僧耳朵上说："师父，您就猜是粒桃核子。"

羊力大仙出声："贫道猜是一粒仙桃。"

三藏接口说："不是仙桃，是粒没有肉的桃核子。"

那国王喝声："哈哈！是我亲手放的仙桃，怎么是桃核子！这回国师猜赢了。"

三藏合掌说："陛下，请打开来看个究竟。"

当柜子打开，果然是一粒桃核子，皮肉全无。国王见了大惊失色："罢了，罢了，快放和尚过关。"

那虎力大仙马上附在国王耳朵旁，低声说："陛下，这些和尚只会搬物的法术，却无换人的本领，不如将一个道童藏入里面，让他换不了，自然猜不中。"

国王点了头之后，虎力便将一个小道童暗中藏在柜子里面，叫人抬到阶下，让唐僧他们猜。悟空又嘤的一声，钻入柜子里面，见是小道童，立刻摇身变为一个老道的模样，哄他说："那批和尚已窥见你进入柜子，他们若猜是个道童，我们不就输了？所以特地来剃你的头，我们就猜小和尚。"悟空说着，将金箍棒变作一把剃头刀，三两下就把小道童的头剃个光溜溜；又叫他把道袍脱下，吹一口仙气，变作一件土黄色的袈裟，让他穿上；再拔下两根毫毛，变出一个木鱼和一支小槌，递给童儿说："徒弟，记住，若叫道童，千万不要出来；若叫小和尚，你就顶开柜盖，敲响木鱼，念一卷佛经钻出来，我们便赢了。"

童儿说："师父，可是我只会念北斗经、南斗经，不会念什么佛经。"

悟空想了一下说："那么你口里只管念阿弥陀佛就对了。"吩咐妥当，依然变只蟭蟟虫儿，钻出来，附在唐僧耳边说："师父，您只要猜是个小和尚。"

这时，虎力大仙已经踏出来，大声喊："我猜是道童。"柜子里的童儿听到，哪里肯出来。

三藏合掌说："是个小和尚。"八戒模仿着高声呼叫："柜里是个小和尚！"童儿一听叫唤，忽地顶开柜盖，敲着木鱼，念着佛号，一本正经地钻出来。唬得那三个老道哑口无言，慌得国王心惊胆跳："这和尚大有来历！怎么道童入柜，却变作小和尚出来，想必有鬼神辅佐。国师啊，算了吧！就放他们过去。"

虎力大仙又拱手启奏："陛下，要比赛索性比个彻底！贫道们小时候曾经学过砍头、剖腹、滚油锅的本领，断然要与这批和尚比出个高下。"

悟空在一旁听到，笑说："陛下，我小时候也学过这些玩意儿，从来就没有试过，我想趁这个机会试试看哩。"

国王听说，唬得眼睛大大的，不相信天底下竟有人争着要比赛砍头、剖腹、滚油锅。既然双方提出要求，便叫刽子手来，先将孙悟空绑赴刑场。只听嗖的一刀，将脑袋砍下来，又一脚，踢到三四十步远之外。悟空便从肚里叫一声："头来！"慌得鹿力大仙即刻念动咒语，将猴头生根似的定住。悟空见头唤不回来，焦躁起来，喝声"长！"又从脖子里嗖的长出一颗头来，唬得观看的人，个个吐长舌头。八戒直笑，"他们哪里知道猴头有七十二

176

般变化，就有七十二颗脑袋咧。"

接下去轮到虎仙表演，也一样被刽子手把人头砍下，一脚踢得远远的。虎仙叫一声："头来！"这当儿，悟空急忙拔下一根毫毛，吹口仙气，变成一只黄狗，跑入刑场，把他的头一口衔去，跑到御水河边丢弃。虎仙一连叫了三声，人头不到，可怜红光迸出，一命呜呼，竟是一只无头的黄毛虎。

鹿力大仙立刻跳起身启奏："陛下，这是那和尚故意耍的障眼法，念咒把我师兄变成畜类。我如今断不饶他，定要与他比赛剖腹！"

悟空一听，笑说："好主意哩！小的久不食人间烟火，昨夜倒吃了一顿饱，害我今早腹中作痛，何不趁此机会拿出胃肠洗一洗？"说着，摇摇摆摆走到刑场，扯开肚子，让刽子手割破肚皮，自个儿把肠胃掏出来玩弄半天，再放回肚皮里，喊声"合！"，果然完好如初。

接下去换鹿力大仙剖开肚子。悟空暗中拔了一根毫毛，吹口仙气，变作一只饿老鹰，展开双翅，咻的一声，抓走鹿力大仙的内脏，飞得不知去向，鹿仙登时气绝，原来是一只白毛鹿。

羊力大仙见国王转眼怀疑他，只好硬起头皮，拉孙悟空比赛滚油锅。悟空却笑说："小的一向不曾洗澡，皮肤又燥又痒，难得有这次好机会，快快准备油锅来。"

国王果然传令，叫人抬来一口油锅，底下架起干柴，将油烧得滚烫，叫和尚先下去。悟空脱了虎皮裙，跳入油锅，就像戏水玩耍一般。看得八戒吃惊地对沙僧说："我们也错看了这猴子，想不到他竟有这种本领！"

悟空瞥见八戒嘴里咕咕哝哝，以为那呆子在笑他，心想："老孙这般辛苦斗法，他倒自在，等我吓他一吓！"正洗澡，忽打个水花，钻入油锅底，变作一粒枣核，再也浮不起来。

国王见烹死了一个和尚，连骨骸都化了，又叫人拿三个和尚下去。两边侍卫的，见八戒的脸长得特别凶恶，把他先揪翻捆住，拉到油锅前面。那呆子一急，气呼呼地乱骂："你这个闯祸的泼猢狲！该死的弼马温！油烹的酥猴子！害我们也一起受苦！"

孙悟空在锅底下听见猪八戒乱骂，忍不住现出原形，赤淋淋地站起来骂："吃糠的呆货！你骂哪个呢？"

国王见了，吓得跌下龙座，爬起来，转身就要走，却被悟空一把扯住，笑说："陛下等一会儿再走，也叫你的三国师下油锅试试看。"国王挣扎不脱，只好战战兢兢地说："三国师，你快救朕之命，下锅一趟！这个毛脸和尚在揪我呀！"

羊力大仙把鼻孔冷哼一声，纵身跳入油锅，也洗起澡来。悟空放了国王，叫人添柴扇火，无意中伸手探了一下油——怪啊，那滚油却是冰冷的，暗想："我洗时滚烫，他洗却冰冷，蹊跷！蹊跷！定是有条冷龙罩在锅底下护持他！"急纵身，跳到半空中，念了声"唵！"，把北海龙王唤来训了一顿："你这只带角的蚯蚓，有鳞的泼泥鳅！谁叫你助那妖道一条冷龙，叫他赢了老孙？"

龙王听了，知是大圣，吓得化一阵狂风，把冷龙捉下海去。

就在这当儿，只听羊仙惨叫一声，在油锅里打挣，爬不出来，滑了一跤，刹那间皮焦肉烂，也一命呜呼。等左右捞出尸首一看，竟是一具羊骨头。

这时，国王眼见三位国师一连惨死，忍不住号啕大哭，却被孙悟空喝了一声："再哭！再哭！你这昏君！快贴出招僧榜以及送我们过关！"

国王被这雷吼般的一喝，方才完全醒悟过来，慌忙命令手下，抬出他的銮驾，亲自替这些和尚送行；另一方面，派人火速到东西南北各个城门，挂出招僧榜，恢复各寺庙的活动，再也不敢迫害僧人了。

十七、金兜洞独角兕大王威风八面

过了车迟国，师徒四人继续向西前进，顶着寒风霜雪，走得又饥又渴。唐僧早已支持不住了，远远望见山坳里有楼阁房舍，连忙叫悟空去化些斋饭回来充饥。

悟空看那楼阁，似乎隐隐透着一股邪气，心里想："我若是去别处化斋，师父在这儿恐怕会有危险；若不去化斋，师父却又饥饿难耐！"想了一想，吩咐八戒和沙僧分别立在唐僧的左右边保护，自己则拿起金箍棒在地下画了一个圆圈，要他们站在圈子里面，"老孙画的这圈子，就像铜墙铁壁一般，任凭什么妖魔鬼怪或豺狼虎豹，都不敢逼近半步。你们千万不要走出圈外，只管在圈子中间稳坐，可以保一千个一万个险，否则恐怕就会遭了毒手，我现在化缘去，马上就回来。"

孙悟空一个筋斗，消失得无影无踪。唐僧依言叫八戒和沙僧一块儿坐在圈子中，等候悟空的消息。坐了约莫一个时辰，三藏忍不住出声："这猴子怎还不回来？饿死我了！"八戒在一旁笑说："那猴头最爱玩耍了，若路上遇到桃子林，自己先吃一顿饱再说，还化什么斋饭！只是我们倒霉无缘无故在这里坐牢！"

三藏问："怎么说是坐牢？"八戒努努嘴说："师父，您忘了古人有所谓'画地为牢'？师兄将棍子画个圈儿，以为就像铜墙铁壁一般！万一真有什么虎狼妖魔出现，如何挡得住？只不过白白送他们吃罢了！"三藏害怕说："悟能，那可怎么办呢？"八戒嚷说："这里既不避风，又不避冷，依老猪的意见，我们尽管顺着西方的大路走去。如果师兄化到斋，驾了云朵，必能赶上我们。若化不到斋，我们还待在这儿等什么？不是吗？从刚才坐到现在，脚冷得很哩！"

三藏听说有理，便一齐走出圈外，八戒牵着马，沙僧挑着担，顺路前进，不一时，来到那处楼阁房舍。三人站在屋檐下，果然可以避得一些风寒。八戒下意识地东张西望，见四下里寂静，瞧那大门半开半掩，往里面探头看了一下，歪着头想着，出声说："师父，这家像是公侯的宅第，可能人都躲到里面烘火取暖了。你们且在这儿等一下，让我进去看看，看能不能讨些斋饭充饥。"三藏交代说："仔细点，不要冲撞了人家。"

八戒说声"是"，把钉耙斜插入腰后，整一整衣服，斯斯文文地踏入门里。通过了三间大厅，静悄悄的没半个人影，也无桌椅橱柜一类的摆设，到处空荡荡的。转入屏风，往里又走，过了穿堂。堂后有一座阁楼，顺着楼梯走上去，窥见了一顶黄绫纱帐。呆子暗想："想是有人怕冷，还在睡懒觉呢！"他也不分内外，冒冒失失地掀开一看，登时倒抽一口冷气，原来床上赫然堆着一堆白森森的骷髅。

八戒一慌，就要往外走，忽瞥见纱帐后火光一晃，心想："大概是侍奉香火的人在后面！既然来到了这里，索性再走进去一看究竟。"绕过纱帐，哪有什么人？却见一张彩桌上搁着三件绣金线的纳锦背心。他也不管东西是谁的，拿了就奔下楼梯，一直奔出屋外，递给唐僧说："师父，这是一所丧宅，半点人迹也没有。老猪的运气好，捡到三件背心。趁现在天寒地冻，一人一件，穿在身上取个暖和。"

三藏摇头摇手说："不行！不行！物各有主人，不对主人说一声，就擅自拿来穿用，免不了犯了窃盗之罪，快拿去归还原处。"八戒哪里肯听？笑着嘴儿说："师父啊，我这辈子也穿过几件背心，就是没穿过这种绣金线的纳锦背心，您不穿，且让老猪试穿看看，过一过瘾！等师兄来了，再脱下还他们吧！"沙僧不觉也动了心，"既然如此说，我也穿一件试试看暖和不暖和。"两个一齐脱了上衣，各自穿了一件，抖开来套入脖子里，才要扣上扣子，忽然哇的一疼，立脚不稳，扑的一跌——霎时间，把两个背剪着手，捆得紧紧的，慌得三藏气急败坏，颤着手来解，可是哪里解得开呢？

就在三个人挣扎喧嚷的当儿，早惊动了一个魔头。原来这座楼阁房舍是妖精所幻化出来的，专门用来在此捉拿贪心的人。他在洞里，忽听洞外传来一阵嘈杂的人声，知道得手了，忙赶出洞口，果然见捆住几个人。他忍不住哈哈大笑，收回幻影，叫众小妖拿来绳子,将三人绑了,押入洞里。

　　那齐天大圣孙悟空驾起云头,一个筋斗翻到几千里外的村庄上去化缘。可是等他兴冲冲地赶回来时,地上只留下那个空晃晃的圆圈,唐僧等人却早已不见了。"怎么会呢?"悟空急得搔头跳脚,"难道是先走了吗?"正准备赶上前去找一找,忽听空中有人喊:"大圣!大圣!"

　　悟空抬头一看,原来是山神和土地公。二人跳下云朵,向悟空鞠躬说:"大圣不必去找了,这座山叫作金兜山,山中有个金兜洞和独角兕大王。他神通广大,武艺极为高强。你去化缘以后,八戒怂恿三藏走出金刚圈,所以现在全部被独角兕大王抓去了,要烹来吃呢!"悟空一听大怒,叫山神和土地公把自己化来的斋饭收好,提起金箍棒赶到金兜洞,一棒把洞门打得稀烂,高声喝说:"泼怪!快还我师父来!"

　　话还没说完,里面已经冲出一个恶狠狠的魔王,青面独角,拿着一根丈二长的点钢枪,朝悟空刺来。悟空看他来得凶猛,也抖擞起精神,枪来棍往,打得那魔王两臂酸麻,慌忙叫众小妖把悟空团团围住,帮忙厮杀。悟空哪里怕他?叫声:"来得好!"把金箍棒丢起来,刹那间变成了千百条铁棒子,雨点似的朝众妖的脑袋上敲了下去,只打得个个头破血流,抱头鼠窜。悟空哈哈大笑说:"你孙外公来了,还不赶快把我师父交出来吗?"

　　"哼哼!泼猴!不要得意,让你见识见识我的厉害!"魔王一边冷笑,一边从袖里掏出一个亮灼灼白森森的小圈子来,往空中一抛，叫声"着！"，好厉害的圈子，哗啦一声，竟把金箍棒套走了。幸亏孙悟空眼快，一个筋斗跳走，否则连他的性命也保不住哩！

悟空空手跳到南天门上，垂头丧气，心想："那妖怪的圈子好厉害，我现在又丢了棒子，看来只好向玉帝借兵，才能救回师父了！"主意打定，便直奔灵霄宝殿。玉帝一听，居然有这样凶恶的妖魔，大为震怒，立刻命托塔李天王和哪吒太子率领众部天兵，随悟空一起去擒妖。

大队人马来到金兜洞口，哪吒性急，跳到洞外就与魔王大战起来，把身子一晃，变成三头六臂，拿着砍妖剑、斩妖刀、缚妖索、降魔杵、绣球儿和火轮子，迎风一摆，一变十、十变百、百变千、千变万，如狂风骤雨一般，向魔王打去。那魔王一点也不怕，呵呵一笑，又丢出金圈，哗啦一声乱响，把满天的宝贝都套去了。吓得哪吒太子赤手逃走，来和大圣商量说："这妖怪本领倒也平常，就是那圈子厉害，既然宝贝兵器都会被他套走，恐怕只有用水攻或火攻了。"悟空一想很有道理，连忙赶到天庭，请来火德星君，大家一同出阵，先由托塔天王去挑战。

魔王见了李天王毫不畏惧，提起长枪就刺。打了一会儿，李天王看他又要拿出金圈子，急忙大喊一声，掉头就走。火德星君听到李天王喊声，立刻下令众部火神一齐放火。一霎时只见火龙、火马、火鸦、火刀、火弓、火箭、火鼠、火车儿漫山烧来，烈焰腾空，好不吓人。魔王哈哈一笑，丢出圈子，又把它们全套回去了。

火德星君大吃一惊，对悟空说："大圣啊！这个凶魔真是罕见，我现在连火具都丢了，怎么办呢？"

悟空苦笑说："不要埋怨，我想凡是不怕火的，一定怕水，我再去找水德星君来，灌水淹死这一洞妖怪算了！"

托塔天王说："这虽然是个好办法，但恐怕会连你师父也淹死哩！"悟空说："不要紧，师父淹死了，我自然能使他活过来！"哪吒一听大喜，说："那么，你就快去吧！"

好一个齐天大圣，驾起筋斗云，直到北天门外，水德星君急忙出来迎接。悟空说明来意，星君不敢怠慢，从衣袖里拿出一个白玉杯子，盛了一杯水，就要和悟空同去捉妖，悟空说："你这个小杯子能装多少水？妖怪怎么淹得死呢？"

星君微微一笑说："大圣不要小看这一杯水，这是黄河水，半杯就是半河，一杯就是一河！"悟空大喜说："半杯就够了！"两人拿了杯子，来到洞口，大叫："妖怪开门！"

魔王一听悟空又来了，怒气上冲，带了宝贝，揭着枪窜了出来，正要叫骂。水神把半杯黄河水往下一泼，一时浊浪滔天，滚滚地向魔王头上盖去。魔王吓了一跳，急忙抛出圈子。只见黄河水不进反退，骨碌碌地向洞外淹了过来。悟空说："不好呀，洪水泛滥了，淹坏了老百姓的农田，却淹不到他洞里，怎么办？"水神也慌了，眼睁睁地看到洪水逐渐退去。这时，魔王和一些小妖，便在洞口耀武扬威，拍手叫跳。悟空不觉火冒三丈，一下窜到魔王面前，抡起拳头就打。

魔王怒喝一声："你这泼猴，怎么又来送命？"

悟空呵呵冷笑："还说哩！不知道是我送命，还是你送命，过来吃你孙外公一拳！"

"哈哈！"魔王狞笑一声，"你那拳头，不过核桃一样大，也能打吗？让我陪你玩玩吧？"举起铁钵似的拳头，就和悟空打在一块。但这魔王虽厉害，怎比得上悟空的神通？三五回合之后，逐渐支持不住了，众小妖一声呐喊，都赶来相助。悟空一看，拔下一撮毫毛，叫声"变！"，变作三五十个小猴，一拥上前，把众小妖缠住。魔王慌了，急忙拿出圈子，哗啦一声，把三五十个毫毛变的小猴，全套回洞里去了。

悟空无奈，摇身一变，变成一只麻苍蝇，跟着众小妖，从洞门里钻了进去。正准备趁机下手，打死魔王救出师父，忽然看到后厅上吊着火龙火马，金箍棒靠在墙边，他高兴得拿起铁棒就一路打了出来。众小妖措手不及，被打得哀哀大叫。魔王刚得胜回来，正准备休息，却不明不白挨了一顿乱打，立刻怒冲冲地追赶了出来，大叫："贼猴头！今日誓不与你干休！"悟空提起铁棒，劈头打去，骂说："泼魔，吃你孙老爷一棍！"——这悟空的定海神针铁何等厉害，魔王挡了几招，自料不是对手，只好虚晃一枪，逃回洞去。众天神看了纷纷拍手叫好。

悟空笑说："各位不必称赞，我想那妖魔被我杀了这一场，一定疲倦不堪，我现在再摸进洞去，偷他的圈子，并找回各位的兵器！"说着，摇身变成一只蟋蟀，从门缝里钻了进去，静静地停在洞壁上，冷眼看他们收拾好床铺，个个就寝，方才跳上魔王的床去，准备偷他那只圈子。

只见魔王脱了衣服，左臂上紧紧地套着那只圈子，连睡觉也不拿下来。悟空又变成一只跳蚤，爬在他左臂上狠狠咬了一口。魔王翻身骂了一会儿，又睡下，总是不肯把圈子脱下来。悟空没办法，只得走到后厅上，念动咒语，把门锁打开了，见里面堆满了各种火器和哪吒太子的宝贝，自己的一把毫毛也放在石桌上。悟空满心欢喜，拿起毫毛，呵了两口热气，立刻变成几十只小猴，抬着所有被套去的兵器，跨上火龙火马，一齐运送出来。一路火光冲天，哔哔剥剥乱响。那些大小妖精还在睡梦之中，忽然遭到这一阵大火，烧得哭的哭、喊的喊，一个个来不及逃窜。

众天神见悟空回来，都喜孜孜地拥上来拿回兵器，悟空也把毫毛收回身上。魔王远远看见，气得几乎把钢牙咬碎，大骂："泼猴，快来受死！"

悟空冷笑："妖孽又来了！"众天神一声呐喊，拿起刀棒，朝魔王劈头劈脸砍去。忽然白光一闪，一阵哗啦乱响，众人眼睛一花，兵器又都被圈子套去了。大家只好空手逃走，唉声叹气不已。悟空十分懊恼，心想："这妖怪和圈子不知道是何来历？好厉害！天兵天将都抓不住他，我不如直上西天，问问如来佛祖，想个办法。"主意打定，纵起筋斗云，来到灵山雷音寺外。

如来佛坐在寺里，早已知道他的来意，叫比丘尼尊者去请悟空进来，说："那妖怪的来历我虽知道，现在却还不能告诉你。我先派十八罗汉带着金丹砂帮你去捉他。你且把妖怪引出洞口，再叫罗汉放砂，把他的两脚陷住在砂里不得动身，你就可以救出你师父了。"悟空大喜说："妙！妙！妙！那么就快点动身吧！"

罗汉不敢拖延，立刻取了金砂，随悟空一同出门。在临走前，如来佛又在降龙、伏虎两位罗汉的耳边吩咐了几句。一行十九人威风凛凛地来到金兜洞口，和众天神会合。悟空再跳到洞口去骂战，骂得魔王火冒三丈，冲出洞来，喝叫："不知死的猴头！"迎面就是一枪向悟空刺来。悟空也不和他纠缠，反身一跳，空中十八罗汉的金砂已经一齐抛下了。

那金砂本是如来佛的降魔至宝，漫天撒下来，魔王眼睛都看花了，还弄不清是怎么回事，脚下已经陷住了三尺多深，吓得他急忙往上一跳，尚未站稳，又有一尺多深的砂。魔王急了，拔出脚来，取出圈子，往上一抛，叫声："着！"哗啦一声，十八粒金丹砂又都被他套去了。

悟空在旁看得目瞪口呆。降龙、伏虎两个罗汉反而笑了，对悟空说："我们临出门时，佛祖告诉我们，如果金丹砂还困不住他，就叫你赶快去兜率天宫找太上老君，一定可以捉住这个妖怪！"

悟空一听，拍着手说："可恨！可恨！如来佛直接跟我说，不就好了？何必再兜这么一个圈子？既然如此，我去去就来。"

于是纵起筋斗云，直上南天门三十三离恨天的兜率宫，正好和太上老君撞个满怀。老君摔倒在地上笑着说："你这猴儿不去取经，跑来我这儿干什么？"悟空说："取经路上有些阻碍，所以来你这儿看看……哎呀！老官儿，你的牛呢？"

老君回头一看，大吃一惊，原来牛栏边一个仙童正在打瞌睡，青牛却已不见了。老君咄的一声，叫醒童子问："你为什么在这里睡觉？"童子吓得跪下来磕头说："我也不知道，我在丹房里捡到一粒金丹，吃了就在这里睡着了！"老君一想，原来是前几天刚炼成的"七返火丹"，掉了一粒，被他吃了，所以睡了七日。青牛因无人看管，趁机走下天界，共有七天了。忙问悟空那魔王的情形，悟空说："也没什么，只是有个圈子，非常厉害！"

老君说："那就对了！那'金刚琢'是我的独门法宝，难怪你们打不过他！"悟空说："啊！原来是这件宝贝！当年老孙大闹天宫，它还敲了我脑袋一下哩！"

老君笑笑说："不错！不过幸好它只偷了'金刚琢'，如果把'芭蕉扇'也偷走了，恐怕连我也制服不了它呢！"

悟空这才欢天喜地随着老君带了芭蕉扇赶到金兜山来，跳到洞口大骂："孽畜，趁早出来送死！"魔王冲出来，悟空又骂："泼魔，不要走，吃我一掌！"急跳上去，劈面打了魔王一个耳光，回头就跑。魔王大怒，提枪追赶，忽听到山上有人大叫："牛儿还不回家吗！"

魔王骇了一跳，抬头一看是太上老君，吓得心胆俱裂，急忙把圈子往上一丢。老君念动咒语，一把接住圈子，再拿扇子一扇，魔王登时骨软筋麻，趴在地上，不觉现出本来面目，原来是头大青牛。老君拿着金钢琢，吹一口仙气，拴在牛鼻子上，跨上牛背，赶回兜率宫去了。

　　送走老君以后，悟空才和众天兵天将打入洞里，各自取回兵器，救下唐僧和八戒、沙僧，收拾马匹行李，准备继续西天取经。众天神则返回天庭去了。唐僧接过山神和土地手上那一碗悟空化来的斋饭，满面羞惭地向悟空说："徒弟啊！多亏了你！如果我不走出你在地下画的圈子，又怎么会落入这青牛的圈子里呢？"悟空回头斜眼看看八戒笑笑说："过去的事儿，不用再提了。以后您记得我的话，不会吃亏的！大家再赶路吧！"

　　行行走走，又到了初春花开的时候，柳芽新发，紫燕呢喃，四人边走边看风景，谈谈笑笑倒也不甚寂寞。

十八、误喝子母河水与如意真仙大打出手

这一天，忽然走到一条小河边，寒波湛湛，柳堤荫下只有一艘摆渡船，八戒高声叫他过来摆渡。等船慢慢靠岸，大家才看清楚船夫原来是个妇人。三人把唐僧和马牵上船去，悟空随口问问："为什么你来撑船呢？你的丈夫不在家吗？"妇人也不答话，只是微微一笑，就开始划船。

一会儿船到了对岸，唐僧要沙僧拿渡船钱给她，她笑嘻嘻地收了钱就走了。唐僧看那河水清澈可爱，一时口渴，叫八戒去舀了一碗水来喝。那呆子说："我刚好也要喝呢！"跑到河边舀了一大碗，唐僧喝了一点，还剩下一大半，八戒一口气喝干了，擦擦嘴说："啊！好喝！好喝！"四人继续赶路。

走不了多久，唐僧在马上呻吟说肚子痛，八戒也痛起来，沙僧说："可能是吃了冷水了。"两人越痛越厉害，肚子也渐渐大起来，用手摸摸，似乎有块肉团在里面不停地滚动，痛得两人冷汗直流。悟空也不知如何是好，忽然看见路边有个村庄，忙说："师父，好了，那里有些人家，我们先去要些热汤来暖暖肚子，再问

问看有没有药铺，买些药来治腹痛。"

唐僧也很高兴，连忙下马。悟空跑过去对一个正在门口晒谷子的老太婆说："婆婆，我们是从大唐来的和尚，因为过河时喝了河水，现在肚子很痛，能给我们一些热茶喝吗？我们一定谢谢你！"

那婆婆笑哈哈地说："你们喝了那河水？哈哈，好玩好玩！"一面拍着手，一面笑嘻嘻地走到屋子后面叫，"你们来看！你们来看！"

里面又走出几个半老不老的妇人，都来围着唐僧傻笑。悟空大怒，吼了一声，把嘴咧开，吓得她们跌跌撞撞，拔腿就走。悟空赶上去一把扯住那老太婆说："快烧热汤，我才饶了你！"

老太婆战战兢兢地说："爷爷呀！烧热汤也没有用呀！我告诉你，我们这里叫西梁女国，全国都是女人，所以刚才看到你们都觉得很稀奇。你们喝水的那条河叫作'子母河'，我们这里的人，二十岁以上才敢去喝。喝了水以后，就开始肚痛，是有孕了，过几天就会生孩子。你师父是有了胎，喝热汤有什么用！"

唐僧一听，大惊失色，扯住悟空说："徒弟啊！这可怎么办？"八戒也一手扶着腰，哼着说："爹呀！要生孩子！我们是男人，孩子怎么生得下来呀！"

悟空笑说："古人说'瓜熟蒂落'，要生了，自然会从胁下裂个窟窿钻出来！"

八戒听了更是惊慌，肚里又是一阵阵疼痛，叫说："哎呀！死了！死了！难道这里连堕胎药也没有吗？"

老太婆说："堕胎药也没有用！喝了河水的人，只有去喝解阳山破儿洞'落胎泉'的泉水才能消胎。可是现在山上来了一位如意真仙，霸占了泉水，如果要水，一定得送些猪羊礼物。你们这些穷和尚，哪有钱买礼物？还是乖乖等着生孩子吧！"

悟空一听，满心欢喜说："好了！好了！师父放心，待老孙去取些泉水来给你喝！"一面吩咐沙僧好好照顾三藏，一面向老太婆问清楚了去解阳山的路径，走出茅舍，纵云飞去。老太婆目瞪口呆地看他去了，才拼命磕头说："天哪！这和尚会驾云！"对唐僧也殷勤起来了，丝毫不敢怠慢。

悟空驾着云朵，一眨眼已来到解阳山，山边有一座大庄院，上面写着"聚仙庵"三个大字，一个黑袍老道坐在门前纳凉。悟空走过去作了个揖说："我是大唐来的和尚，我师父误喝了子母河水，想来向如意真仙求一点泉水医治。这位道长，麻烦您进去通报一声好吗？"

那道人抬头看看悟空说："你的礼物呢？"

悟空笑笑说："我是个过路的，哪有钱采办礼物？您做个人情，送一碗水给我们吧！我孙悟空一定记得您的恩情！"

老道一听"孙悟空"三字，立刻跳了起来，大叫："好哇！你不说名字还好，我正要去找你呢！我问你，你来时在路上有没有遇到一位圣婴大王？"

悟空点点头说："有呀！就是火云洞的红孩儿，现在已经拜在观音菩萨面前，做了善财童子，好福气哩！"

"好福气！"道人恨得咬牙切齿，"你害了他，居然还想来讨水？告诉你，我是牛魔王的兄弟，红孩儿就是我的侄儿，你让他不能在山为王，反而去做人的奴才，今天不要走，吃我一钩！"回手拿了一柄如意金钩向悟空砍来，悟空低头躲过，大骂："你这不识相的孽障，难道我还怕你不成？"抢起棒子，乒乒乓乓一阵乱敲，打得如意真仙筋骨酥麻，拖着钩子，往山上就跑。

悟空也不去追他，拿着瓦盆走到门口，一脚把庵门踢破，找来一个吊桶，靠在井边，正准备打水，谁知道如意真仙又偷偷溜了回来，在背后用如意钩把悟空钩了一下。悟空摔了一跤，啪嗒一声，吊桶连绳子一起掉下井去。悟空大怒，爬起来提棍就打。真仙却又溜到一边，冷笑着说："看你提得走我的水吗？"

悟空心想吊桶丢了，要去弄水又怕真仙暗地纠缠，不如回去找个帮手来，只好拨转云头，回到村舍，叫声："沙和尚！"

屋里唐僧和八戒正在哼声呻吟，猛听得悟空叫唤，大喜说："水来了！水来了！"悟空早已跨进门里，笑说，"不忙不忙！水马上就来，劳烦沙僧跟我一道去取！"回头向老太婆借了一个吊桶，把聚仙庵的事大致讲了一遍。沙僧说："既然如此，我们两个人同去，你找他厮杀，我就溜到庵里夺水！"

悟空大喜，两人来到庵前，悟空高叫："狗道士，快拿水来！"

真仙提着如意钩走出来大骂："泼猢狲，你又来干什么？我家的井水，就是皇帝老子也得拿三分礼来换，何况你还是我的仇人，要我送你井水，休想！"

悟空说："真的不给？"真仙说："不给！不给！"

悟空大怒："好孽障，既不给，看棍！"真仙急忙拿钩来招架，两人翻翻滚滚打成一团。沙僧趁机闪进庵去，满满地打了一整桶水，驾起云雾，向悟空喊道："大哥，我已经拿到水了，饶了他吧！"

悟空听到喊声，用棒子架住金钩说："我本来想杀了你，但一来你只是霸占了泉水，未曾伤害人命；二来你又是牛魔王的亲戚，所以今天暂且饶了你，否则什么如意真仙，就是再有十个，也被我打扁了！"那妖仙不知好歹，看见水已被夺去，哪里忍得下这口气，一钩又来钩悟空的脚。

悟空闪过钩子，顺手一把扯住，咔嚓一声折成两段，再一捏，又断成四截，丢在地上说："哼！泼畜，敢再无礼吗？这泉水原本不是你私人的财产，以后再有人来取水，看你还敢拦阻，我就剥了你这一身皮！"

悟空呵呵大笑，驾云回到庄上，八戒挺着肚子靠在门边，看见悟空回来慌忙问："水来了没有！"悟空还想跟他开开玩笑，后面沙僧已经笑着说："来了来了！"八戒高兴得一下子就要趴到桶边去灌水，老太婆站在一边说："哎呀！你这样喝，恐怕连肠子都要一起融化掉哩！"

八戒吓得跳起来说："什么？"老太婆说："这水喝一口就可以化胎啦！"用小杯子舀了一杯给唐僧喝，八戒无可奈何也只喝了半杯。

过不了多久，他们两人肚里绞痛，肠子鸣鸣乱叫，八戒先忍不住了，大小便齐流，唐僧也要上厕所，大拉大泻了一阵，肚子才消。悟空又向老太婆要了些热汤给他们喝下。老太婆说："各位菩萨，这水送给我吧！"

　　唐僧点点头，老太婆欢喜得什么似的，把水用瓦罐装好，埋在后院子里，准备以后有人需要时可以拿出来卖。悟空等人也谢谢她的招待，休息了一夜，第二天早上一早就出门，朝西梁女儿国的王城出发。

十九、摆脱女儿国不巧又陷琵琶洞

过了村子，走不到三四十里就到了城边，一路上繁花似锦、绿草如茵，唐僧听说女儿国没有男人，心中暗暗恐慌，告诫三个徒弟说："等下到了城里，你们一定要谨慎，不能败坏出家人的名声。"话还没说完，已经来到东门街口上了。那些长裙短袄、搽粉敷面的妇女，一看居然来了这样四个男人，都一齐欢呼鼓掌，呼喊着围拢过来，指指点点，顷刻间，堵得水泄不通。八戒吓得乱嚷："别来别来！我是个臊猪啊！"悟空笑着说："呆子，何不拿出你从前的嘴脸来？"

八戒真的把头摇了两摇，竖起一双大耳朵，扭动长嘴，大喊一声，把那些妇女骇得跌跌爬爬，战战兢兢逃到屋檐底下远远地观赏，再也不敢围过去看。八戒正在得意，忽然出来一个女官，高声说："远来的客人，请报明身份！"

悟空说："我们四人是大唐皇帝派到西天拜佛取经的使者，路过贵国，并无恶意，拜托你们放我们通行。"

那女官低头想了一下说："客人既是大唐的使者，我们不敢为难。只是我们国里从来没有男人，我必须禀报国王一声才好。请你们先到我们的招待馆里去休息一下好吗？"

唐僧想想也好，随那女官到招待馆里。女官则到皇宫禀报国王："启奏大王，有大唐国王派往西天取经的使者和他三名徒弟，来到我国，现在住在招待会馆里，特来禀报，是否放行？"

女王一听大喜，对满朝文武官员说："这真是个喜事儿！朕昨天梦到男子来到我国，今天果然来了！我国自天地开辟到现在，不曾有过一个男子。现在这个大唐使者想必是天赐来给我们的。我想把他留下来，让他做王，我来做后，生子生孙，也好使我们国家从此不再只有女人，你们认为怎样？"

满朝大臣哄然叫好，欢天喜地，有人说："好是好，只是不晓得那大使长得如何？"女官回答："那使者长得十分英俊，相貌堂堂，风采翩翩，可是他那三个徒弟却生得实在狰狞丑怪。"

女王说："既然如此，那就只留下使者，其余三人让他们去西天取经去吧！"遂派宰相随女官同去会馆传达旨意，准备等唐僧答应了再御驾亲自出宫迎接。满朝大臣都兴奋不已，城里有些居民知道了这个消息，也张灯结彩，奔走相告，全国洋溢在一片欢乐中。

唐僧师徒四人坐在会馆里只听见一片闹哄哄的，不知道究竟发生了什么事，忽然听到宰相来了，唐僧说："宰相来不晓得要干什么？"悟空笑说："不是请你去皇宫里玩，就是说亲来了。"三藏大惊，抓住悟空的手说："悟空，如果她不放我们走，强迫我成亲，那……我……"，悟空笑笑说："师父不必惊慌，你只管答应她，老孙自有办法。"

正说着，宰相和女官已经走到厅上，朝唐僧拜了拜，唐僧慌忙答礼。宰相一看三藏相貌俊雅，心中也暗自欢喜，把女王的意思说了一遍。唐僧吓得说不出话来，八戒在旁边伸伸长鼻子说："哈哈！好缘分、好缘分！可是师父，你是有道德的和尚，结不得婚的，不如让我留在这里招赘，你们去取经，如何？"宰相一见他那颗猪头，真是倒尽胃口，愣住了不知如何回答。

唐僧骂说："八戒，不许胡说。"回头问悟空："悟空，你看怎么办？"悟空说："依我的看法，您留在这里也好，所谓'千里姻缘一线牵'，取经的事儿，我们替你去走一趟好了！"不等唐僧回答，转过头向宰相说："劳烦你们去通报一声，就说我师父答应了，快点准备些酒菜来，让我们三个吃完了好送我们过去！"宰相一听，乐得什么似的，飞快赶回去禀报。

只把唐僧气得手足发冷，扯住悟空大骂："你这猴头！怎么说出这种话来？我是宁愿死，也不能招亲的！"

悟空说："师父放心，这是将计就计。您想，如果不先答应她，她不放我们过境，您又能怎样？她国里都是女人，难道我们还能一路打打杀杀冲出去吗？现在暂且先敷衍她，等女王摆好宴席，我们吃完了，您就和女王出城来替我们送行。到时候沙僧服侍您上马，八戒驮起行李，我再用个定身法，让她们都不能动，这样我们不就可以安安稳稳地去取经了？"

唐僧听了，一颗七上八下的心才安定下来，连说悟空聪明，八戒与沙僧则在谈这次奇怪的女儿国见闻。不一会儿，忽然有人来报："国王驾到！"唐僧连忙出厅迎驾。看那女王脸如桃花、肌肤似雪，袅娜款摆地走下轿子，轻声问道："哪一位是大唐御使？"唐僧生平不近女色，这时早已羞得面红耳赤，不敢抬头。旁边的八戒却看得口水直流、骨软筋麻，身子几乎化了。悟空在后面看了好笑，急忙推着唐僧走上去。

那女王看唐僧丰仪俊美，不禁眉开眼笑，拉着唐僧的手，一同坐到銮轿上去。唐僧如痴如醉，昏昏沉沉，跟她回到皇宫。八戒在后面挑着行李大叫："嘿！不行啊！喝了喜酒才能完婚啊！"

一句话惊醒三藏，连忙向女王说："我那三个徒弟胃肠宽大，先让他们吃饱了打发他们走，我们才好完婚！"女王不知是计，喜孜孜地吩咐摆开宴席，满朝文武都来喝喜酒，八戒更是放开肚皮，尽情吃喝，吃得左右女侍目瞪口呆。吃完，抹抹嘴站起来说："国王啊！我们出家人，不敢打扰，现在就让我们出城取经去吧！"

国王巴不得他们快走，连连说好。唐僧说："我与他们师徒一场，现在忽然分手，不免有些依依不舍，让我送他们一程吧！"女王欢喜，与唐僧一道出城去。沿途人山人海都来争看这一对新人。

到了城外，悟空等人站好向女王说："陛下不必远送，我们取经去了！"八戒一把扯过唐僧，沙僧扶他上马，就准备上路。女王大惊，正要质问，路旁突然窜出一个女人，高声说："唐僧休走，和我去做夫妻吧！"弄起一阵旋风，飞沙走石，呜的一声，三藏和那女人都不见了。

悟空着急，踏上云里一看，只见一阵灰尘滚滚向西北方吹去。忙回头大叫："兄弟们，快驾云跟我一道去找师父回来！"八戒和沙僧听了，喊一声，都跳到云上。吓得那西梁女国君臣老少，都跪在地上膜拜，说原来是罗汉下凡，不断磕头。

那一阵旋风一直吹到一座高山才停，悟空等人赶过来一看，只见青石壁上有两扇石门，上面写着"毒敌山琵琶洞"六个大字。悟空说："想必是在这里头了，你们先在门外等着，老孙进去打听打听。"于是，他念个咒，变成一只小蜜蜂，从门缝里溜了进去。

原来这洞里中央有个花亭，中间坐着一个女怪，唐僧呆呆站在旁边，两个丫头端出两盘包子来，女怪拉住唐僧说："你不要烦恼，我这里虽然比不上皇宫富贵豪华，倒也清静自在，我们做个伴儿，岂不胜过你去西天取经？来来来！先吃两个包子压压惊吧！"

唐僧说："我出家人，不敢吃荤。"女怪咯咯笑说："别怕，这盘人肉包子我吃了，你吃那一盘豆沙包好了！"悟空在一旁看得忍不住了，现出本相，大骂："孽畜不得无礼！"

女怪一看，急忙口喷一道青烟，把亭子罩住，叫丫头们把唐僧藏好，自己提了一柄三股钢叉，跳出亭子大吼："臭猴子，竟然跑进来偷看老娘，吃老娘一叉！"

两人打出洞外，八戒看了赶来帮忙，那女怪呼的一声鼻中喷火，口里吐烟，把身体一抖，仿佛多出了好几十只手来，边打边骂："悟空！你这不识相的瘟猴！我认得你，你却不认得我。如来佛还怕我几分，你们倒来惹我！"

悟空不理她，举棍一阵狠打，那女怪往上一跳，也不知怎么，把悟空头上刺了一下，悟空大叫"哎呀！"，负伤逃走。八戒也拖着钉把退走，追上悟空说："怎么啦？"

悟空抱着头连声叫疼，说："不晓得是什么东西刺我一下，疼得厉害。"八戒笑说："你不是常夸口说你的头是修炼过的吗？"悟空说："是啊！我这头当年大闹天宫时，玉帝派大力鬼王刀劈斧砍，雷打火烧，都不曾损伤，这妖妇却不知道用什么兵器把我刺伤，奇怪奇怪！"

八戒存心卖弄，说："我看那妖怪本领倒也平常，你既然头疼，我和沙僧再去斗他一阵，救回师父！"正说着，那女妖已经追到，舞起钢叉就刺，八戒躲过，一把打去，沙僧在旁也挥动宝杖步步紧逼。那妖怪看看抵挡不住，回身就跑，八戒赶上去，那妖怪忽然一跳，不知什么东西又在八戒长嘴上刺了一下，八戒痛得眼泪直流，用手按着嘴，拼命逃走。女怪也不追赶，转回洞里去了。

沙僧保护悟空和八戒远远离开洞口，两人大叫："厉害！厉害！什么兵器，这么凶恶？"

正在谈论，山路边来了一个挑菜的老太婆，悟空睁开火眼金睛，认得是观世音菩萨，忙叫八戒、沙僧二人一同下拜。菩萨看看他们，笑笑说："又吃亏了？这妖精非常厉害，是个千年蝎子精。那柄钢叉就是她的钳脚，刺人会痛的，是她尾巴上的钩子，叫作'倒马毒'。从前在雷音寺听如来说法时，如来不小心用手碰到她，她就用钩子在如来左手拇指刺了一下，如来也痛得受不了，要命罗汉捉住她，所以她就跑到这里来了。你们若要救唐僧，除非去东天门找昴日星官，我也没办法。"说完，化作一道金光，直返南海。

悟空一听师父有救，精神也来了，要八戒、沙僧看住洞口，不让妖怪溜掉，自己一个筋斗翻上东天门，遇到昴日星官，把菩萨的话说了一遍。星官点点头说："既然如此，我们立刻就去！"伸手在悟空头上一拍，吹了一口气，悟空头就不疼了。悟空欢喜，两人一同驾云来到琵琶洞外。

星官先替八戒治了嘴伤，再叫悟空、八戒去引那女妖出来。八戒口里乱骂，三把两把把洞门打得粉碎。女妖一听悟空、八戒又来纠缠，拿起钢叉便刺。两人边打边退，女妖追出洞外，忽听一声怪叫，山坡上昴日星官现出本来面目，原来是只双冠大公鸡，昂起头来有六七尺高，对着妖怪叫了一声，那妖怪就露出原形，是只琵琶般大的蝎子精。星官再叫一声，那蝎精就浑身酥软，死在洞前。八戒走上去，一阵钉耙把她打得稀烂，回身谢了星官，星官驾云而去，八戒才同悟空、沙僧赶到洞里，救下唐僧。

唐僧这一夜之间恍恍惚惚，忽在皇宫内殿，忽在深山洞穴，就像做梦一般。八戒抢着告诉他如何被妖怪弄到洞里来，自己又如何拼命抢救的经过。三藏听了也不禁感慨万千，心想："女人本来是人见人爱的，可是谁又知道在这女儿国中，自己竟然经历了一场'生'与'死'的锻炼呢？"

悟空见唐僧静思，也不去打扰他，烧了些水，煮了些素面，让大家吃了，再继续上路。

二十、真假猴王大闹乾坤

这一路虽不再是春和景明、繁花锦簇的世界，却也是端阳美节，在浓荫翠树之间，谈谈笑笑，颇不寂寞。八戒好玩，举起钉耙就去吓马。那马乃是龙王三太子化身，哪会怕他？悟空笑笑说："兄弟，你赶它干什么？让它慢慢走吧！"

八戒说："天快暗了，走快点，我们好找个地方歇脚。"悟空摇摇头说："它不怕你的，让我来叫它走快些！"把金箍棒晃了一下，大喝一声，白马就像箭一样地向前射了出去。原来五百年前悟空大闹天宫，玉帝曾封他做弼马温，专门管马，所以天下的马都怕他。八戒等人看白马一溜烟地往前跑，马上的唐僧吓得紧紧抱住马鞍，都觉得好笑，慢慢赶了过去。

转过一个山头，三藏忽然不见了，悟空心里着慌，叫声："糟了！"跳起来在半空中用火眼金睛一看，原来有一伙强盗把三藏和白马抢进山洞去了。悟空大怒，回头叫八戒和沙僧看好行李，摇身变成一个白胖小沙弥，走进洞里，敲着木鱼口中高喊："师父！"

洞里三十多个盗匪，正逮住唐僧要剥他的衣裳，忽听到有人喊师父，都一齐围了过来。悟空说："嗳，大王！我师父是个穷鬼，哪有银子给你们？我小和尚这里还有些碎银子，都送你们好了，切莫吓坏了我师父他老人家！"那强盗哈哈大笑，为首一人狰狞地说："嘿嘿！你这和尚倒不知死活，告诉你，你的钱大爷们要定了，你师父的袈裟也是好料子，可以卖不少钱。嘿嘿，银子快拿出来！"说着举起手上的刀晃了一晃。

三藏害怕，说："悟空啊，有多少钱，我们都送他吧！"悟空笑笑说："别忙！各位！我们是出家人，没什么值钱的东西，我这根针送你们吧！"从耳朵里拔起一根绣花针来。强盗头一看，大骂："小混蛋，你想寻你老子开心吗？"提起刀来就砍。

悟空闪过，说："这针你不要吗？呐！送你吧！"把针往他头上一抛，迎风一晃，变成一根铁棒，掉下来打得他脑浆迸裂，一命呜呼！众盗一看大王死了，都呐喊起来，把悟空团团围住，刀劈棍打。悟空浑不在意，哈哈一笑，举起铁棍，轻轻摆了一下，又打死了三个，其他二十几个见状，唬得一齐跪下叩头："大王饶命啊！小的们有眼无珠，真该死！真该死！"

悟空得意地收起铁棒，转身搀着唐僧就要踏出洞口，不想那群强盗却心有不甘，见悟空及唐僧背着他们，便相互递个眼色，发喊起来，往两人身上刀棍齐下。唐僧的脑袋被挨了一棍，闷的一响竟昏倒地下。悟空一怔，不觉火冒三丈，掏出金箍棒，一个箭步冲入洞里，发起狠来，将所有强盗都打成了肉饼，然后连忙将师父背到一块树荫底下，用双手舀来一些泉水，灌入他咽喉，又喊了两三声："师父！"唐僧方才悠悠然醒来，见眼前是悟空，又眨眨眼，忽然像想起什么事似的："咦，那一群强盗呢？"悟空笑说："老孙全送他们到鬼门关报到了！"

"什么？全部打死了？"唐僧大惊："善哉！善哉！你这猴头，三番两次告诉你，上天有好生之德，出家人尤以戒杀为本，吃菜尚且不敢吃荤，怎能随便杀人？天道循环，杀人者人恒杀之，你总是不听我劝，凶性不改，哪里是出家人的本分？我佛慈悲为怀，命我远来西天取经，你却无缘无故害人性命，岂不增加我的罪孽吗？"

悟空耐着性子听他唠叨了半晌，才冷笑说："师父！为了您去取经，这一路上我费了多少力气？现在打死了这些毛贼，您就来怪我，您不想想，我打死他们为的是什么？我佛如来也有降魔伏虎的手段，何况我不杀他，他却先杀我哩！"

唐僧喝说："好个利嘴的猢狲，杀了人还是好事吗？你忘了当年观音菩萨送你一顶箍儿？"坐在地上念起紧箍咒来，把悟空痛得在地上打滚，耳红面赤、眼胀头昏，大叫："师父饶了我吧！有话好说，莫念！莫念！"

三藏抬起头来说："没什么好说的，我不要你跟了，回去吧！"悟空忍痛叩头说："呀！师父怎么又要赶我回去了？"唐僧说："你这泼猴凶性太深，伤了天地和气，我屡次劝你，总是不改。我这次再也不要你跟了，快走！免得我又念咒！"悟空害怕，叫说："莫念！莫念！我去了！"纵起筋斗云，走得无影无踪。

原来悟空跳在云上，气恼忧烦，慌忙间竟和值日天神撞在一块（注：天上每天都有一位值日功曹负责巡逻）。值日功曹摸摸额头说："啊！大圣急急忙忙地干什么呀？""哎——"悟空叹了一口气，把经过的情形大略说了一遍。

"哦！那你何不去找观音菩萨？也许她可以为你想个办法，至少头上这个箍儿也可以拿下来呀！"

"对！对！这和尚辜负了我，我到普陀岩告诉观音菩萨去！"好个大圣，一路筋斗云，直到南海落伽山上，走入紫竹林中，木叉行者和善财童子都走出来迎接悟空，一同到菩萨的莲台下。

悟空看见菩萨，倒身下拜，一霎时新愁旧事，兜上心头，忍不住放声大哭，泪如雨下。菩萨要木叉和善财将他扶起，说："悟空，你不必感伤，一切经过我都知道了，紧箍儿套上了也拿不下来。你不如先住在我这儿，你师父这几天就会有难，还需要你去搭救哩！"菩萨既然这样说，悟空也不敢再说什么，只好安心在紫竹林里住着。

另一边，唐僧等三人继续赶路，走了四五十里，三藏又渴又饿，八戒自告奋勇拿了个钵子就去化缘。唐僧和沙僧在路边等了半天，八戒还没回来。唐僧口干舌焦、饥饿难熬，沙僧看了不忍，只好拴好白马，说："师父，您坐着等一会儿，我去找他快点回来！"三藏点点头，沙僧即驾起一道祥光去寻八戒。绕过山崖，才看到八戒端了一钵热饭回来，沙僧高兴，两人再到山涧下舀了一碗溪水，兴冲冲地赶回来找唐僧。

"啊呀！不好了！"两人走回路上，只见唐僧面孔趴着地，倒在尘埃中，行李也不见了。两人大惊，费了好大力气才把三藏弄醒："师父！究竟是怎么回事？"

"唉！"三藏呻吟着喝了些水，吃了两口饭才说："徒弟！你们刚走，那泼猢狲又来缠我，端了一杯水来跪在路边要我喝，我坚持不肯，那猢狲却说没有他我去不了西天。我说：'去得去不得，干你什么事？你这泼猢狲尽来缠我干什么？'那猢狲就变了脸色，说：'你这个狠心的泼秃，竟敢藐视我！'丢了杯子，拿起铁棒敲了我一下，我就晕在这儿。行李大概也是他拿走的。"

八戒一听，咬牙大骂："这泼猴子如此无礼！沙僧，你服侍师父，我到他家讨包袱去！"

三藏急忙扯住他说："你去不得，那猢狲本来就和你不太合得来，你说话又粗鲁，还是让悟净去吧！"八戒心里胆怯，只好说："是！"三藏又对沙僧说："你到花果山水帘洞去，他如果肯给你，你就假装谢谢拿来，如果不肯，你就到南海观音菩萨那里去请菩萨找他要，千万不要跟他动手。"沙僧点点头说："好！"驾起云光直飞东胜神洲。

沙僧在半空中，行经一昼夜，才到花果山。只见高峰耸峙，峭壁下有一座石台，孙行者高坐石台上指挥众猴玩耍。沙僧走过去叫道："师兄！上次实在是师父错怪了你，把你赶走。不料你好意再来，师父又不肯收留，所以你才把师父打伤，这也是人之常情。我今天来，不敢怪你，只求你把包袱送还给我好吗？"

"贤弟呀！"悟空呵呵冷笑，"你以为我拿了行李是要干什么？现在唐僧既不要我，我自己去西天不是更好？何况唐僧又不止一个，你看！"用手一指，洞里走出一个唐三藏、一匹白马、一个八戒挑着行李，还有一个沙僧拿着锡杖。

沙僧看了好不气恼，说："我老沙行不改名、坐不改姓，哪里还会又有一个沙和尚！不要乱来，吃我一杖！"双手举起降妖杖，劈头一下，把假沙僧活活打死，原来是个猴精。悟空大怒，抢动金箍棒，率领众猴把沙僧围住。沙僧左冲右撞，杀开一条血路，驾起云雾逃生，直奔南海落伽山。

木叉行者见沙僧来到，知道是来找悟空的，不敢阻拦，急忙带他去见菩萨。沙僧来到台前，正要下拜，抬头一看悟空站在旁边，忍不住满腔怒气，举杖就打，口里大骂："打死你这十恶不赦的泼猴！你还想来骗菩萨？"悟空侧身闪开，观音也喝道："悟净！不要动手，有话先跟我讲！"

沙僧气咻咻地把路上情形说了一遍，观音说："悟净！不是我袒护悟空，他到此已经四日，哪里会回花果山另觅唐僧、假扮沙僧？只怕另有妖孽，假冒孙行者模样也不一定，我让悟空同你一道回去看看好吗？"大圣性急，一听菩萨这样讲，立刻与沙僧辞别菩萨，纵起两道祥光，赶回花果山。

悟空筋斗云快，就要先走；沙僧扯住他，怕他先回去安排布置。悟空无奈，只好两人同行。到了花果山，果然洞外坐着一个行者，模样与悟空一点不差，毛脸雷公嘴，腰系虎皮裙，手拿金箍棒，正在和群猴饮酒玩乐。悟空气得浑身毛发竖立，大骂："何等妖邪？居然敢冒充我老孙的相貌，欺骗我的子孙，占据我的洞口，作威作福！"那行者见了也不答话，举棒相迎。两人各踏云光，跳在半空中，隔、架、遮、拦、劈、扫、撑、刺，直杀得飞沙走石，日光惨淡。沙僧在一边看得目瞪口呆、心摇神眩，想上前助战，又分不清谁真谁假，真是左右为难。

两大圣边斗边走，直到落伽山上，打打骂骂，喊声不绝，早已惊动观音，率领木叉行者、善财童子、龙女、诸天护法一同出门。两大圣互相揪住说："菩萨，这家伙果然变作我的模样，打了好久，不分胜负。菩萨慧眼，请替我们看个清楚，辨明真假！"菩萨听了，只好端坐莲台，运心三界，用慧眼遥观三千宇宙，摇摇头，叹口气说："唉！你二人一模一样，真假难分！不如再到玉皇面前，用照妖镜照照看吧！"

两人齐说："有理！有理！"拉拉扯扯，又打到南天门外，慌得那天王、天将急忙拦阻。玉皇大帝听说有两个大圣齐来，更是吓得心胆俱裂。等到知道他们只是来辨真假，不是再来闹动天宫时，才定了定神，传托塔天王拿照妖镜来。那照妖镜金光一闪，镜中现出两个孙悟空的影子，毫发不差，真假莫辨。两行者又揪打在一块儿，说："既照不出来，我们找师父去！"闯出南天门，直往三藏路口去了。弄得众天神啧啧称奇，惊疑莫定。

在三藏这边，沙僧早已回来，把经过对唐僧说了。那长老听说有两个悟空，大惊失色。八戒则哈哈大笑，说："好玩！好玩！

那猴头平日惯会拔根毫毛变成个假悟空去哄人，如今却又有个假悟空来哄他！"

正说着，半空中吵吵嚷嚷，两位大圣一路打来。八戒看了忍不住手痒说："让我去认一认！"起身跳在空中叫着："师兄莫嚷！我老猪来了！"那两个一齐回答："兄弟，来打妖精！来打妖精！"呆子左看右看，看不出所以然来，拍手呵呵大笑："怪啊！师父快来！"

两大圣落到唐僧面前，八戒靠到唐僧耳边说："师父，您念那咒儿，会疼的就是师兄。"唐僧果然念起咒，二人一齐叫痛说："莫念！莫念！好痛！"三藏分不出真假，也不敢再念。两人又扭打成一团，说："师父您等着，我跟他到阎王面前去认认！"两道云光纠缠厮打在一块，直飞到阴山鬼域。

这一来，吓得满山阴鬼战战兢兢、躲躲藏藏，森罗宝殿上阴风惨惨、愁雾漫漫，秦广王、楚江王、宋帝王、六城王、阎罗王、平等王、泰山王、都市王、忤官王、转轮王这十殿阎君一齐会集，地藏王也骑着谛听神兽赶来。只见玄风滚滚，冥雾凄迷中现出两位大圣，慌得大伙乱了手脚。原来当年悟空大闹幽冥，删改生死簿，这阴间哪里还有他的名籍？查也无从查起。

大家正面面相觑时，地藏王菩萨忽然说："大圣别急，我让谛听替你听听！"这谛听神兽是地藏王的坐骑，它静静趴在地上，一霎时听遍了四大部洲山川社稷中无数神人仙鬼、鳞毛羽兽的来龙去脉，抬起头来对地藏王说："妖怪的名字我已经知道了，但这妖怪的神通和孙大圣一模一样，阴间捉不住他的，还是去找释迦如来吧！"两大圣嚷着："对！对！我们到雷音寺去！"

纵身离了鬼界，飞云奔雾，两人直打上西天，抢到如来七宝莲座之下，众金刚菩萨抵挡不住，纷纷走避。如来早已知道其中原委，笑着说："悟空！宇宙中有四种猴是不在人神仙鬼统辖之内的，你知道吗？"两悟空齐答："不知！"如来看了看他们，才慢慢地说："悟空是灵明石猴，另有一种赤尻马猴、通臂猿猴和六耳猕猴——我看假悟空正是六耳猕猴啊！"

假悟空在如来看他时，已经心里发毛，一听如来居然说出他的底细，吓得矮了半截，一纵身，跳起来就想走。"哈哈！"如来洪声一笑，掷出个金钵，锵铛一下把他装在钵里，揭开来，果然是只六耳猕猴。悟空忍不住，掣出铁棒，噗一棒打死了。如来叹息说："呀！悟空你不该打他，如今绝种了！"行者说："您不该怜悯他，他打伤了我师父，抢走包袱，白昼当街抢劫，本来就是死罪哩！"

"也罢！"如来回头叫八大金刚，"你们陪悟空回去，如唐僧不收他，就说是我的意思！"

悟空这才告辞出来，回到路上，三藏见八大金刚来了，急忙下跪迎接。金刚把如来的话说了一遍，三藏叩头说："谨遵教旨！"八戒和沙僧也十分欢喜。金刚看他四人尽释前嫌，点点头重返灵山去了。四人继续上路。

经过这一番折腾，四人走起来特别卖力，晓行夜宿，一路走来，不知不觉已是深秋天气，但见霜林远岫、征鸿往来，却让人也染上了几分怀乡的感伤。

二十一、路阻火焰山三借芭蕉扇大战牛魔王

正走着，渐觉热气蒸人，仿佛走在烤炉里似的，三藏停马擦汗说："已经快冬天了，怎么还这么热？"八戒说："想必是我们走到天尽头日落的地方了吧！"悟空笑着说："呆子不要乱讲，我到那边去问问。"收起金箍棒，整了整衣裳，走到路边一座庄园前，轻咳一声，敲敲门问："有人在吗？"

那庄园红墙红瓦、红门红户，过了半晌，才走出一个老者："谁呀？"探头出来看见悟空："呵啊！你、你是哪里来的怪人？到我这里干什么？"

悟空鞠躬说："老先生别怕，我不是坏人。我们是大唐派到西天去取经的和尚，来到你们这儿，只觉得天气燠热异常，所以特地来问问！"老头看他有礼貌，才放下心来，点点头说："啊！原来长老不晓得，这里名叫火焰山，无春无秋，四季皆热。——这里还好些，再往西去六十里，有八百里火焰，四周寸草不生，就算你是铜脑袋、铁身体，到了那儿也要化成汁哩！"行者听了闷闷不乐，转回来跟唐僧说了。三藏也大惊失

213

色，说："徒弟啊，这可怎么好？"

八戒说："没法子，既过不得，咱们散伙了吧！"悟空喝道："呆子不要乱说！我想此地既然如此炎热，怎么播种？五谷岂不焦死？嗯，让我再去问问！"

又走过去向那老者拱拱手说："老先生！此地既然如此热烫，你们吃的粮食从哪里来？"老人说："我这里的住户，每隔十年就准备四猪四羊、美酒鲜果、鸡鹅鱼肉，虔诚沐浴，到西南方翠云山芭蕉洞去拜请一位铁扇仙子。她有柄芭蕉扇，一扇火熄、二扇生风、三扇下雨。一下雨我们就播种，及时收割，否则真是没办法生存。那山也怪，火停了一年又发，总是不会完全熄灭。唉！苦啊！——"

行者听了乐得手舞足蹈，连说："有扇子就好！有扇子就好！"急忙跑回，把经过大概讲了一下，说："那铁扇仙子，是大力牛魔王的妻子，人称铁扇公主，又叫罗刹女。当年我与牛魔王结拜时也曾见过，原来住在这里。不忙，你们先歇着一会儿，我去找她借借扇子！"

三藏说："徒弟，快些回来！"悟空说："知道了，我去也！"话才说完，已走得无影无踪，直奔翠云山芭蕉洞而来。

到了洞口，正遇到一个小妖女提篮子出来采花。悟空上前合掌说："女童，麻烦你去转报公主一声，就说东土来的孙悟空和尚，特来拜借芭蕉扇，好过火焰山！"小妖点头回身走回洞里，朝罗刹女跪下说："奶奶，洞外有个孙悟空和尚要见奶奶，说是想借芭蕉扇去扇火。"罗刹女蓦然听见"孙悟空"三个字，就像吃了火炭，跳起来大骂："这泼猴果然来了！"伸手拿了两柄青锋宝剑，冲出洞来，高叫："孙悟空在哪儿？"

行者跳过来鞠躬说："嫂嫂，老孙在此有礼了！"罗刹女咤了一声，说："谁是你的嫂嫂？你这泼猴，一向只知道你在花果山逍遥，却不料也跑来西土，害了我儿子圣婴大王，又去欺负我的兄弟如意真仙。正没地方找你报仇，你却送上门来！"

悟空满脸赔笑说："嫂嫂请息怒，令郎现在做了善财童子，好得很哩！"罗刹女怒说："什么好？我见都见不着了！"说着就掉下泪来。

行者不忍，说："嫂嫂不要难过，你借我芭蕉扇一用，我就去南海观音那里叫他常回来看你，好吗？"罗刹女骂着："死猢狲！不必花言巧语。若要借扇，除非你先伸过头来，让我砍你几刀！"提剑就刺。悟空闪过，笑嘻嘻地说："嫂嫂要杀也好，只是砍过以后一定要借我扇子哟！"伸过头去，罗刹女双手挥剑，往他头上乒乒乓乓一阵乱砍，悟空全不在意。罗刹女看了害怕，回身就走。行者一把扯住她说："嫂嫂别走啊！扇子呢？"

罗刹女说："我的宝贝不借人的！"那美猴王一听，大怒："既不肯借，吃我一棍！"从耳朵里掣出金箍棒来，罗刹女也举剑迎战。咔嗒一声，其中一把青锋剑断成两段。罗刹女慌了，一侧身让过棒势，取出芭蕉扇来，轻轻一扇，把行者扇得无影无踪。

那大圣在空中飘飘荡荡，往左沉不能落地，往右坠也不能停止，就像旋风刮起的落叶，翻翻滚滚，弄了一夜，直到天亮，才飘到一座山上。大圣两手紧紧抱住一块岩石，闭起眼睛，等风飕飕吹远了，才睁开眼来仔细打量，认得是小须弥山，长叹一声说："好厉害的女人！怎么把老孙吹到这里来？"正感叹间，听到禅院钟声嘹亮，急忙走下去。门口道人认得是悟空，慌忙赶去通报，灵吉菩萨知悟空来了，快步走出来说："恭喜！取完经了？"

悟空笑笑说："早哩！早哩！这一路也不晓得吃了多少苦，才走到火焰山，偏偏又被她扇到这里。"于是把借扇子的事大致讲了一下。灵吉笑道："这还是大圣厉害，若是凡人被她扇子扇一下，连尸骨都扇不见了哩。不过你也不必忧烦，当年如来送了我一粒定风丹，现在送给你好了！"悟空大喜，把定风丹含在嘴里，谢了菩萨，一筋斗纵回翠云山。拿起铁棒打着洞门大叫："开门！开门！老孙来借扇子了！"

罗刹女在洞里听见，心里害怕，暗想："这泼猴真有本事，我的扇子乃是天地开辟时自然生长成的一个宝贝，就是神仙被扇着，也要飞去八万四千里，他怎么才吹去就回来了？哼！这次我连扇他七八扇，叫他找不到归路！"单手提剑走出来大骂："孙行者！你又找死！"

行者哈哈大笑："老孙倒不怕死，只求你借我扇子！"罗刹女大怒："不借！不借！"挥起扇子连扇五六扇，悟空衣角都一动不动。罗刹女慌了，拔剑来砍，悟空举起铁棒，兜头一阵乱打，罗刹女被打得臂酸骨麻，招架不住，逃回洞里，把洞门紧紧关上。

悟空看她关了门，摇身变成一只小飞虫，从门隙里钻了进去，只见罗刹女叫小妖："渴死我了，被这泼猢狲缠了半天，快拿茶来！"小妖忙冲了一杯浓茶捧来给她，罗刹女端起来咕噜两口都喝光了，说："孩子们，小心看好门户，别让那猴子闯进来，我要去休息一会儿。"忽听得悟空呵呵冷笑，说："嫂子别急，扇子还没借我哩！"罗刹女大惊，四面看看，哪有行者影子？悟空又叫："我在这里呀！"罗刹女就捧着肚子疼得杀猪似的叫起来，跌坐在地上。原来悟空趁小妖冲茶时沉到杯底，早已随着茶汁喝到罗刹女肚里去了。这时他伸拳踢腿，正在她肚里练武呢！痛得她面黄唇白，在地上打滚，直叫："孙叔叔饶命！孙叔叔饶命！"

悟空这才停止，说："你这才晓得认叔叔哩！看在牛大哥情分上，不伤你性命，快把扇子拿来借我吧！"罗刹女说："好！好！有扇！有扇！"拿出一柄芭蕉扇来，张开嘴，悟空跳了出来，拿起扇子说："得罪了，请多原谅，扇子用完就还！"大步走出洞来，拨转云头，回到庄外。

三藏等人见悟空回来，兴高采烈地围着他问长问短，行者把经过叙述一遍，说："现在有了扇子，咱们走吧！"三藏大喜，四人一路西去，大约走了四十里，酷热蒸人，实在走不过去了，沙僧叫着："脚底烧得厉害！"八戒也说："蹄爪子烫得痛！"悟空看看笑着说："师父请先下马，等我扇熄了火，雨下过之后，地凉了些再走。"自己一个人拿着扇子走到火边，用力一扇，那山上火光烘烘腾起；再一扇，火焰上蹿，猎猎作响好不骇人；又一扇，那火冒起千丈，噗的一声直烧到行者身上来。悟空急忙跑回，屁股上两股毫毛已经烧掉了，冲到唐僧面前说："快跑！快跑！火来了！"

唐僧急忙翻上白马，与八戒沙僧死命回跑，气喘吁吁地说："悟空，怎么回事儿？"行者把扇子狠狠往地上一摔说："混蛋！什么鬼扇子，一点用也没有！"八戒发笑说："你常吹牛是雷打不伤、火烧不损，今天怎么搞的？"

悟空说："你这呆子真不懂事！平常用心防避，当然不怕雷火，这次没注意，只以为一扇火就熄，谁想反而烧了过来？"三藏哭丧着脸说："啊！这可怎么办？"八戒说："只拣没火的地方走吧！"三藏说："哪边没火？"八戒说："东方、南方、北方都没火。"沙僧说："可是只有西方有经哩！"三藏说："有经处有火，没火处没经，怎么办哪？"

正愁苦间，忽听有人叫："大圣！"四人回头一看，只见一个老人头戴月冠，手拿拐杖，背后带着一个雕嘴鱼鳃鬼，鬼头上顶着一个铜盆，盆里有些蒸饼糕糜，走过来鞠躬说："我是这火焰山的土地神，知道大圣保护圣僧到此，特地送些斋饭来，大家充充饥再想办法过山吧！"行者吆喝："这山是怎么回事？牛魔王放的火？"

土地说："不是，不是！大圣您别怪我直说，这火是您放的！"行者发怒："胡说，你看我像纵火的人吗？"土地笑说："大圣，您不知道，这里本来没有这座山，五百年前您大闹天宫，被关在老君八卦炉里，后来踢倒丹炉，闯出兜率宫时，掉了两块砖下来，就化成了火焰山。我本来是守丹炉的道士，因为疏忽职守，所以才被贬到这里做土地神啊！"悟空笑笑："照你这么说，这火熄不了了？""不！"土地说，"罗刹女的芭蕉扇可以灭火！"

"哼！就是用了她的扇子，害我烧掉两撮毫毛哩！"悟空拿出那把扇子，狠狠地说。

"啊！大圣！这是假的呀！"土地看了一下说，"若要借到真扇子，恐怕得去积雷山摩云洞求大力牛魔王才行！"

"积雷山在哪儿？"

"在正南方，离这里三千多里。""好！"悟空说，"我这就去，你们好好保护我师父！"忽的一声，纵上筋斗云，已经到了积雷山。这座山和翠云山完全不同，苍岩峭壁，险峻极了，行者落下云头，正准备去找摩云洞，忽听见两个小妖走来，其中一个说："好久没有吃肉了，大王这次派我们下山，得抓两个人来解解馋才好。"另一个说："是啊！想起那种滋味，我就流口水！"两个讲得正高兴，猛然听到一声暴喝，路边闪出一个雷公脸的怪人，噗的一棒就把早先说话的那个小妖打得稀烂，另一个吓得尿都洒出来了，瘫在地上，被悟空一手提起来问话："说！牛魔王住在哪里？"

"我、我、我……这这这……在那边。"说着用手向山后指了一指。悟空看了一下，随手把他扔在地上，那小妖惊吓过度，竟昏了过去，悟空瞧也不瞧，往山后就走。果然有座山洞，上面写着"积雷山摩云洞"六个大字，悟空不敢鲁莽，整了整衣服，高声说："有人在吗？我是来找牛魔王牛大哥的！"

等了一会儿，洞门打开，走出一个彪形大汉，头戴铜盔，身穿金甲，威风凛凛。悟空笑说："大哥！久不见了，您丰采更胜五百年前结拜时哩！"

"哦？原来是你！"牛魔王很惊讶，"听说你大闹天宫以后，竟然保护一个唐僧，要去取经，还在枯松涧火云洞害了我的儿子，怎么又来找我？"

"大哥不要怪我，当时令郎先捉住我师父，要煮来吃，我不得已才请观音菩萨来收服他。现在他成了善财童子，做了神仙，长生不老，逍遥无比，难道还不好吗？"牛魔王听悟空这样讲，低头沉吟了一下说："好吧！那这件事就算了。——你今天来还有什么事吗？"

"咳，是有件小事，要来请哥帮忙。"停了一下，悟空又说，"小弟西去取经，路过火焰山，想向大哥借芭蕉扇用一用，用完马上奉还！"

"芭蕉扇？"牛魔王大怒，"哈哈！原来是为了扇子才来找我。哼！我知道了，你一定先去找过我老婆，她不肯借你，所以又来找我对不对？不借！不借！"

悟空说："我是去找过嫂子，被她连砍了几剑，又用扇子扇风刮我，还借了一把假扇来。这次无论如何，请大哥务必帮忙！"

"好哇，你们果然厮杀过了！你先害了我儿子，现在又去欺负我老婆，你真是不把我放在眼里了。借扇子？哼！赢得了我这根棍子我就借你，否则把你打死了，替我妻子雪恨！"

"大哥说要打，小弟也不怕，只求哥借我扇子！""少啰唆，看棍！"牛魔王不等悟空说完，抡起混铁棍劈头就打，悟空也举起金箍棒随手相迎。他二人自从五百年前结拜以后，已不曾相会，如今一见面就拼个你死我活，各驾祥云，在半空中翻腾滚跃，棍来棒去，惊天动地。

两人正斗得难分难解之际，忽听见对面山上有人高声叫："牛爷爷，我家大王邀宴，请您早点来！"牛魔王就用棍子架住金箍棒说："等一等，我先去个朋友家吃酒去！"返身走回洞里，骑着"辟水金睛兽"，半云半雾地往西北方去了。

行者心想："这老牛不知又认识了什么朋友，让我老孙也跟去瞧瞧！"将身晃一晃，化作一道清风，紧跟着牛魔王来到一座潭边。岸上有个石碑，上面刻着"乱石山碧波潭"，牛魔王骑着金睛兽，咕咚一声钻进潭里，行者也变作一只螃蟹，扑通跳进水去。原来潭底有一座牌楼，牌楼里面则是个大殿，牛魔王和一些蛟精、龙将们正在吃酒，辟水金睛兽就拴在牌楼下。

悟空看了大喜，偷偷解开绳子，骑上辟水金睛兽，变成牛魔王的样子，溜出潭来，纵云直到翠云山芭蕉洞，叫："开门！"

洞门里两个女童一看是老爷回来了，急忙进去通报，把洞门打开，罗刹女也出来迎接，牵着牛魔王的手一齐走进来，一个丫鬟去泡茶，一个丫鬟捶背，另外几个忙着准备晚餐。罗刹女娇嗔地说："大王怎么那么久都不回来？"悟空心里暗笑："我来了你也不认得哩！"嘴里却假装说："唉！不是我不想回来，那里朋友多、事情多，所以拖得久些，现在不是回来了吗？"

罗刹女听了忽然哭起来："你要是早两天回来就好了，这几天来了一个猢狲——就是那个害了我们儿子的孙悟空——说是受阻火焰山，要来借扇子。我不肯，被那家伙跳到我肚子里，又踢又打，一条小命都差点儿丢了，呜呜呜……"大圣假装发怒大骂："混蛋！别哭！别哭！那泼猴什么时候走的？扇子被抢去没有？"

罗刹女又笑起来说："大王别急，今天早上那猢狲来时，我给了他一把假扇，他欢天喜地地走了。"假牛魔王说："还好！还好！真扇子你藏在哪里？小心放好，不要被他偷去了！"

罗刹女笑嘻嘻地从嘴里吐出一个杏叶儿大小的扇子说："这不是？"大圣接来拿在手上，看看实在不信，心想："这么小，怎么扇得掉火？搞不好又是假的。"罗刹女看他拿着宝贝呆呆出神，依偎到他身边，柔声说："嗯！你怎么了嘛？"大圣吓了一跳说："喔，这么小的扇子，怎么能扇得掉八百里烈火？"罗刹女咯咯娇笑说："哎呀大王，你怎么糊涂了呢？用左手大指捻住扇柄上第七根红丝线，念'啊嘘呵吸嘻吹呼'，就可以变成一丈二尺长。这宝贝变化无穷，还怕它八百里烈火！"

大圣听了牢记在心，把扇子也噙在嘴里，摇身一变，依然是猢狲模样，笑着说："罗刹女，谢了！"那女子一见是孙行者，慌得推倒桌席，摔到地上，又羞又急，气得大叫："气死我了！气死我了！"行者不管她的死活，大步跑出洞去，纵上祥云，得意极了，连忙把扇子吐出来，用左手拇指捻住柄上第七缕红线，念声：

"啊嘘呵吸嘻吹呼",那扇子就变成一丈二尺长,祥光晃晃,瑞气盈盈,和那假扇果然大不相同,行者说:"妙啊!和老孙的棒子一样,可是只骗到一个长的法子,不晓得怎么样才能令它再变小,只好扛着走吧!"喜孜孜地背着扇子驾云回去。

却说那牛魔王在碧波潭里喝完了酒,出来一看,辟水金睛兽不见了,猛然省悟说:"糟了,这一定是悟空那个泼猴骑去了,要骗我的扇子!"急忙告别老龙,分开水路,跳出潭来,驾黄云直往芭蕉洞。刚到洞口就听见里头罗刹女在捶胸顿足地大哭,推开门,辟水金睛兽果然还拴在门边。他急忙走进去问:"夫人,孙悟空哪里去了?"众女童看到他回来,都一齐跪下,罗刹女扯住牛魔王,磕头撞脑地大骂:"你这天杀的短命鬼!怎么这么不小心?那猢狲偷了金睛兽,变成你的模样,来这里骗走了我的宝贝,气死我了!"牛王咬牙切齿地说:"夫人不要心急,等我追上他,剥了他的皮、锉了他的骨、挖出他的心肝来给你出气!"又叫:"拿兵器来!"侍婢捧了一把青锋宝剑来,牛王拿在手上,走出芭蕉洞,直奔火焰山。

这一路追得他心急气喘,远远望见大圣肩膀上扛着那柄扇子得意扬扬,不觉大惊:"猢狲原来把使用的方法也骗来了!我若当面向他要,他一定不肯还,搞不好用扇子扇我一扇,我岂不要飘到十万八千里外去了?"仔细一想,把身子晃两晃,变成猪八戒的模样,远远地叫:"师兄,我来了!"

俗话说:"得胜的猫儿乐似虎。"行者果然得意,竟没看出来是个假八戒，叫说："兄弟，你去哪？"牛魔王说："师父看你去了很久还没回来，不太放心，所以派我来接应你。"行者笑着说："放心！我已经得了手！喏！你看！这不是芭蕉扇吗？"假八戒拍手说："哈！果然是把好扇，我看看！"悟空得意扬扬地把扇子递过去说："小心点，别弄坏了！"

牛王接过扇子，不晓得念了个什么诀，依然缩成个杏叶般大小，把脸一抹，现出本相，破口大骂："泼猢狲！认得我吗？"行者一看，顿脚懊恼："哎呀！年年打鹰，如今却被小鹰啄了眼睛！"取出铁棒，大吼一声，抢棒就打。魔王急用扇子扇他，不料扇了两扇，悟空毫毛也没吹动一根。牛王慌了，把宝贝丢进嘴里，双手取剑应战。

两人正斗得难分难解之际，也就是在火焰山边唐僧被烤得头晕舌燥的时候。原来三藏自悟空去后，一直在路边痴痴地等，等得实在耐不住了，只好问土地："请问尊神，那牛魔王法力如何？悟空是个会走路的人，往常二三千里，一眨眼就到了，这次怎么去了一整天还没回来？"土地说："那牛王神通不小，也有七十二种变化，恐怕大圣正和他在拼斗，所以回来得晚些。"三藏转头叫："悟能、悟净，你们哪一个去接应你师兄去？"八戒说："我是想去，但又不认得路！"土地说："小神认得，我与你同去吧！"三藏大喜，说："有劳尊神！"土地说："没什么，借来扇子，长老即可过山，小神也好上天，缴回复老君法旨哩！"与八戒纵起云雾，直往东方而去。

两人正走着，忽听见杀声震天、狂风滚滚，八戒按住云头一看，不正是行者和牛王在厮杀吗？呆子举起钉耙，厉声叫："师兄，我来了！"行者恨恨地说："你这呆货，误了我的大事！"八戒奇怪说："怎么啦？"行者说："你来得迟了，这老牛变成你的样子，拦在半路上，把我的扇子骗走了！"八戒听了大怒，骂说："你这只皮痒的瘟牛！居然变成你祖宗的模样！"没头没脸地拿起钉耙往牛王头上乱捣一气。那牛王与行者斗了一天，力倦神疲，乍见八戒钉耙来得凶猛，急忙退走。

　　不料土地率领阴兵，又把牛魔王拦住说："大力王，唐僧要上西天，你还是把扇子借出来吧！"牛王大骂："你这混土地，那泼猴欺我老婆，害我儿子，我恨不得把他吞到肚里，化成大便喂狗！要借宝贝，休想！"正说着，八戒、悟空已随后赶到，又把他围在核心。这魔王本是悟空在花果山时结拜的兄弟，号称平天大圣，后来来到翠云山和积雷山开创基业，又在碧波潭底吃了老龙奉送的万年寒玉灵芝草，法力大增，所以悟空一时也战不了他。这时八戒仗着悟空的神通，只顾举耙乱捣，牛王招架不住，回身就走，阴兵纷纷拦住。魔王慌了，摇身变成一只天鹅飞走。

　　八戒和土地阴兵看不出变化，一个个东张西望。悟空笑说："你们等着，老孙和他赌变化去！"收了金箍棒，摇身变成一只丹凤，高鸣一声。那天鹅见到鸟王，只好刷的一翅落到山崖上，变作一只香獐，在崖前吃草。行者认得，也降下山来，变作一只饿虎，扑了过去。牛魔王在地上一滚，又变作一只金钱斑的大花豹。行者见了，迎着风，把头一晃，就变成一只金眼狻猊，声如霹雳，铁额铜头，转身要来咬大豹。牛王着急，翻身变成一只黑熊，站起来捉狻猊。行者打个滚，又变作一头毛象，鼻似长蛇，牙如竹笋，撒开鼻子就去卷黑熊。

牛王嘻嘻地笑了一笑，现出原身——一只大白牛，头如峻岭、眼如闪电、两只角像两座铁塔、牙如利刃，从头到尾，长千余丈，高八百丈，对行者高叫："泼猕猴，如今你又能奈我何？"行者大怒，也现了原身，抽出棒来，把腰一拱，喝声："长！"长得身高万丈、头如泰山、眼似日月、口如血池、牙像门扇，手执一条铁棒，往牛王身上乱打。那牛王也硬着头，用角来触。两人大展神通，撼山摇岭地一场恶战，早已吓得天上来往诸神、六丁六甲、十八护教伽蓝都来围观。牛王急了，就地一滚，恢复本相，往芭蕉洞奔去。行者也收了法相，与众神随后追赶，把一座洞口围得水泄不通。

牛魔王跑进洞去，喘吁吁地从嘴里吐出扇子交给罗刹女，把刚才的事说了一遍。罗刹女满眼垂泪说："大王，把这扇子送给那猕猴，叫他退兵去吧！"牛王说："夫人啊！物虽小而恨深，你且坐着，我再去厮杀！"又提了一口宝剑冲出来，正碰到猪八戒，举剑就砍，八戒掣钯招架，铛一声，被震退了好几步，行者再上前接战。天兵天将也把他团团围住，牛王驾狂风，形同拼命，四处冲杀。天兵眼看就要包围不住，却有托塔天王与哪吒太子等，布下天罗地网，叫着："牛王！牛王！你归降了吧！"

牛王大怒，依然变成白牛，东一头、西一头，用金光闪闪的两只铁角，往来抵触。哪吒太子大喝一声，变成三头六臂，飞身跳在牛王背上，用斩妖剑往他脖子上砍，一剑就把牛头斩下。众天神大喜，正要喝彩，忽然那脖子里又长出一个牛头来，口吐黑气，眼放金光；哪吒又砍一剑，头才落地，又钻出一个头来；一连砍了十几剑，随即长出十几个头，众天神吓得心惊肉跳。哪吒只好取出风火轮挂在牛角上，吹动三昧真火，焰焰烘烘，把老牛烧得狂呼哮吼、摇头摆尾。想要变化脱身，又被托塔天王用照妖镜照住本相，无法变化，只好叫着："不要伤我性命，我愿降了！"哪吒说："既然要降，拿扇子来！"牛王只好高叫："夫人！快拿扇子出来，救我一命！"

　　罗刹女听见丈夫喊叫，连忙捧着扇子走出洞来，说："各位菩萨，扇子在这里，请饶了我们夫妻吧！"行者接过扇子，与众神兵告别了，和八戒一同回去。

　　三藏看见两人回来，忙问："扇子借到了吗？""别急！这不是？"孙悟空把扇子拿出来晃了晃，"好难借！当年大战金角银角时，老孙也曾见识过芭蕉扇；在金兜洞，也曾请来太上老君的芭蕉扇。可总没有这次累人！"

　　八戒说："啊，老君那扇扇了起火，这扇却能熄火哩！"三藏说："是啊，徒弟快去扇了，我们好过山！""是！"悟空拿着扇子走到山边，用力挥了一扇，八百里冲天烈焰一霎时熄了；第二扇，满天起风，落雨霏霏。

四人大喜，就要过山，回头忽然看到罗刹女站在路边说："大圣，扇子可以还我了吧？"八戒喝道："泼贱人，不知轻重，饶了你性命也就够了，还要什么扇子？我们拿过山去，不会卖钱买点心吃？""呆子，少说两句！"悟空喝住八戒，转头对罗刹女说，"我是要还你，但我听说这山火虽熄了，一年以后还会再发，要怎么样才能断根呢？"罗刹女说："只要连扇四十九扇，永远不会再发了！"

　　"好！"行者拿起扇子，向着山头用力连扇四十九扇，那山上大雨淙淙，果然奇妙，有火处下雨，无火处天晴。师徒等人在路边坐了一夜，看看雨停了，才收拾马匹，把扇子还给罗刹女，几个人保护着唐僧翻过火焰山，清清凉凉，直往西去。

二十二、才出盘丝洞又入黄花观

这一路走得平平安安，师徒四人游春赏花一般，谈谈笑笑，八戒开路，沙僧挑担，越过山岭，来到一片平原，绿畴千顷，桃李争春，路边一座庵林，疏雅中透着一份宁静的美，三藏不觉心旷神怡了。回想这一路千辛万苦，餐风饮露，真有无穷感慨。转头看看悟空说："徒弟，我看这户人家倒还干净，咱们去化点斋来吧！"

行者笑笑："化斋还不容易？拿钵来，我去！"

八戒说："你太干瘦，不好看，我老猪斯文些，让我去！"

唐僧说："不必争！我常想：平常在山野里，前不巴村、后不搭店，你们来来去去地化斋也很辛苦。现在就有住家在路边，我自己去敲敲门化一顿斋，也是应该的。"沙僧在旁笑说："师父既然如此说，我们再反对也没有用。不过您得快去快回啊，我们就坐在这路边等您！"

唐僧高兴，跨下马，拿了钵子，喜孜孜地走到庄院前。那庄院一面紧接山壁，一面古木森茂，前面有座石桥，溪水潺潺，过了桥才有几户清清雅雅的茅屋。三藏走过去，见茅檐窗下坐着四个妙龄女子，正在刺绣做衣裳，一个个长得娇美娴静。唐僧不敢过去化斋，只好绕过屋子，转过一座木香亭子下。亭里又有三个少女在踢毽子，翠袖飘摇，罗裙扬曳，嘻嘻哈哈地玩得娇喘连连。

唐僧不敢多看，就准备回去，忽然又想："连一顿斋也化不着，真是没用，一定被他们笑死了。"只好硬着头皮，整了整衣服，走过去说："女菩萨，贫僧随缘布施点斋吃！"那几个女子听了都一齐回过头来，笑哈哈地走出来说："长老，失迎了，请里面坐！"

唐僧本来已经羞窘得要命，听到她们这样客气，又暗自欢喜起来，心想："善哉！善哉！西方真是佛地，女人尚且敬重斋僧，男人就更不用说了。"满心欢喜，随那几个女子进屋里去。

那女子亲切地问："长老从哪儿来呀？"唐僧说："贫僧是东土大唐派到西天去求经的和尚，法名三藏。路过贵宝地，特来化一餐斋饭。"众女子说："好！好！好！妹妹们！不可怠慢，快准备饭菜去！"

这时留下三个女子陪唐僧说话，四个到厨房去生火刷锅弄饭。一会儿，香喷喷、热腾腾的菜饭就端出来了，长老心中愉快，暗自赞美："西方佛地真是不同，连素菜也香得很哩！"

那些女子说："长老！莫嫌粗淡，随便吃点吧！"

长老合掌再谢："不敢！不敢！多谢女菩萨！"低头就要去吃，哎呀！不像是素，倒有着一股腥膻味，长老心中疑惑，只好问："这不晓得是什么好菜？"

"也没什么，弄点人肉，用人油炸成的面块，再配点人脑煎成的豆腐片。不成敬意，随便吃吧！"

"啊！"唐僧吓得丢开筷子，"人肉？这，这，这……"转身就要跑，肩头早被她们扯住，笑着说："别走！上门的买卖，可怪不得我们呀！"一手抓过来，往地上一丢，用绳子绑住手脚，吊在屋梁上，七人拍手大笑，闹成一团。唐僧忍着疼，暗自懊恨，眼泪不知不觉滴了下来。

那些女子笑闹一阵，忽然一个个开始脱衣服，把唐僧吓得魂不附体，闭起眼睛直念阿弥陀佛。那几个女子脱了上衣，露出肚子，从肚脐眼上"嘶嘶"的冒出白色的绳子来，鸭蛋般粗，撒网似的一下子就把庄院整个罩住了。

八戒等人正在路边聊天，沙僧回头一看："哎呀！你们看那是什么？"悟空八戒转过头去，只见一片如雪如玉，银光闪烁。八戒说："完了！完了！师父又遇到妖精了！我们快去救他！"行者说："等等！让老孙先去看看！"

掣出金箍棒两三步跑到前面，原来是千百层丝绳严严密密地缠裹住了，用手按按，有点黏软，不晓得是什么东西，"叫土地来问问！"念了个咒语，叫声"疾！"，把土地神吓得慌忙赶来，战战兢兢跪在地上。

行者笑说："别怕，我不打你，先起来。这是什么地方？"土地爬起来说："大圣刚刚越过的山是盘丝岭，岭下有个盘丝洞，洞里住着七个蜘蛛精，这座庄园就是那个洞里七个女妖的产业。""哦！"悟空问，"那些女妖厉害吗？"

231

"小神也不知道，但是我晓得那山上有一座濯垢泉，本来是七仙姑的浴池，后来却被这七个妖精占领了，每天都去山上洗澡。既然仙女都不敢跟她们争，想必是很厉害的！""哼！"悟空不服气地说，"你先回去，我自己去捉她们，看看老孙的手段！"

摇身一变，变成一只苍蝇，停在路边草梢上。不一会儿，忽听到一阵沙沙巨响，仿佛海水退潮一般，丝绳完全散了，依然露出村庄。村门呀的一声打开，里面笑语喧哗，走出七个女子，挨肩携手，有说有笑地往山上走去。悟空嘤的一声飞到其中一个的头发上停着，听她们说："姊姊，我们洗了澡，再回去蒸那胖和尚吃！"悟空听了好不懊恼："这怪物好狠！我师父又跟你们有什么怨仇，要蒸来吃？"本来想先回去救师父，这下改变了主意，静静地跟着走到浴池去。

这濯垢泉，又名九阳泉，是太阳的真火化成，从地下涌出，清波沸沸，如滚珠泛玉一般。池边建了一座亭子，里头又搭了两个衣架，那些妖怪把衣服往衣架上一丢，脱得精光，露出雪白的肌肤，嘻嘻哈哈地跳进池里去玩耍。行者心想："我现在只要把这棒子往池里一搅，她们岂不就像滚汤泼老鼠，都得死光？可怜！可怜！若是这样打死了她们，岂不减低了我的威名？俗话说：'好男不跟女斗'，还是叫八戒来吧！"

捏个口诀，摇身一变，变成一只利爪老鹰。呼的一伸翅膀，飞过去把衣架上搭着的七套衣服全部叼走了。回到路边，现出本来面目。

那呆子看了直笑："原来师父被干当铺的捉去了，师兄只把衣服赎了回来啦！"

悟空说："呆子不要胡说，这是妖精穿的衣服！这山名叫盘丝岭，洞里有七个女怪，把师父抓了，就是要蒸来吃。我赶到泉边，趁她们洗澡，把衣服偷来了。她们一时还不敢出来，我们先进庄里救师父吧！"

八戒笑说："女怪漂亮吗？"

悟空说："漂亮啊！干什么？"

"嘻嘻！师兄！我说你真不会办事，既然看见妖怪，为什么又不打死？现在我们就是先把师父救出来了，等会儿她们还不是又会追上来厮杀！不如斩草除根，先去打死妖精，再来救师父！"

行者说："要打你去，我是不打的！"

八戒抖擞精神，欢天喜地，举起钉耙，拽开脚步，径直地跑到濯垢泉来。忽地推开门，只见七个女子蹲在池里，口里还在乱骂那只老鹰是扁毛畜牛呷！八戒忍不住笑说："女菩萨，在这里洗澡啊？也带我和尚一齐洗如何？"

那群女怪惊叫起来，大骂："好个不知羞的野秃！偷看人家洗澡还不够，还想同塘洗澡！快滚！"

八戒垂着口水说："咳，出了一身汗，没办法，将就将就，一道洗了吧！"丢了钉耙，脱了僧袍，扑通跳下水去，往那群女子中挤。吓得她们个个花容失色，娇声喊叫，四处闪躲，水花飞溅，有几个实在气恼不过，就围上来要打八戒。

八戒是天蓬元帅出身，水势当然极熟，在水里摇身一变，就变作一条大鲤鱼，尽在女怪胸前腿上钻来钻去。那群女怪一看和尚不见了，只有一条鲤鱼，滑溜溜地钻来钻去，都去抓鱼。八戒就忽东忽西地乱钻，上面盘一会儿、水底盘一会儿，盘得女怪们气喘吁吁，精神倦怠。

那呆子快活极了，巴不得再多玩一阵，猛然想起悟空还在路边等着，这才警觉，跳上岸来，现出本相，穿了僧袍，执着钉耙大喝："你们这群泼怪，不认得我，还当我是肥鲤鱼哩！告诉你，老爷是大唐取经唐长老的徒弟——天蓬元帅悟能八戒是也！你们居然敢捉住我师父要蒸来吃！不要走，快伸过头来，吃我一耙！"

那群女怪一听，吓得魂飞魄散，八戒举起钉耙往水中就打，刚打下去，忽然想道："这么漂亮，打死了可惜哩！"就这么一耽搁，那些妖怪们纷纷跳出水来，再也顾不得羞耻，一齐站在亭子边，从肚脐眼里骨嘟嘟地射出白丝来，把八戒罩在中间。

那呆子抬头一看，不见天日，白花花的弄得眼花缭乱，急忙要走，却哪里举得动脚？满地都是丝绳，左边走两步，摔个脸磕地，右边动动，又摔个倒栽葱。只跌得七荤八素，身麻脚软，爬也爬不动，趴在地上呻吟着。

妖怪们也不伤他，一个个跳出门来，笑嘻嘻地念动真言，把丝篷收起，再赤条条地跑回茅屋去，找了几件旧衣服穿好，每人手中拿着一柄雪光晃晃的刀子，冲到庄外。

悟空和沙僧正在等八戒回来，猛然看见妖怪，叫声："啊呀！"

举起铁棒、宝杖就打。八戒跌得头晕眼花，看到丝篷散了，才爬起来一步一步忍着疼找原路回去，远远看见妖怪正缠住悟空、沙僧厮杀，不觉火冒三丈，发起狠来，大骂："泼魔，害你祖宗跌得好哩！"举起钉耙三捣两捣，往妖怪背后杀来。

这群女怪哪里是悟空、沙僧的对手？仓皇间又见八戒来得凶猛，一声喊，四散逃命去了。八戒追上去，被行者一把拉住，说："莫追！先救师父要紧！"

三人急忙闯过石桥，到屋后放下唐僧。唐僧问："妖怪呢？""都逃了！"沙僧说，"师父，以后您还要自己来化斋吗？""唉！以后就是饿死，我也不敢了！"

八戒恨恨地说："你们扶着师父先走，等老猪把这房子弄倒！"行者笑着说："你用钉耙筑还要费力气，不如烧了吧！"那呆子果然找了些枯枝朽木，点上一把火，烘烘地烧个干净，四人才安心上路。

一路西来，不一会儿，忽见一座楼观，巍巍矗立，唐僧看得暗暗喝彩。走近来才看到门口嵌着一块石板，上写"黄花观"三个大字，门边有副春联："黄芽白雪神仙府，瑶草琪花羽士家。"三藏看了悠然神往，说："徒弟，我们进去看看景致，顺便化些斋饭好吗？"八戒大乐说："好！好！正饿着呐！"

四人一齐走进门去，只见正殿东廊下，坐着一个金冠黑袍的老道士，正在调制药丸。唐僧拱拱手高声说："老神仙，贫僧这儿拜礼了！"

那道士抬头一看，吓了一跳，连忙站起来整了整衣服，走下台阶来说："老师父，失迎了，请里面坐！"唐僧欢喜，走到殿上，先拈三炷香拜了拜，再和道士行礼。道士急忙招呼他们坐下，叫两个仙童去冲茶。两个小童就走到后面去找茶盘、洗茶杯、擦茶匙、办茶果，忙忙乱走。

那屋子里本来坐着几个人，看两个小童在准备茶点，就问："怎么？有客人呀？"童子说："是啊！来了四个和尚，师父说要泡茶。"那几个人又问："长得什么样子？"童子把四人相貌形容了一下，那几个人说："你快去殿上找你师父来，我有话跟他说！"

童子就走回殿上向老道士说："师父，那包好茶叶儿不晓得放在哪里。"说完，向老道做了个眼色。老道故意骂说："小鬼，这点小事也办不好。"转身向唐僧说，"各位请稍坐，我去去就来！"长老说："老神仙请便！"

道士走到屋后，只见七个女子一齐跪倒在地。原来那盘丝洞七个女怪正是这老道的师妹，和悟空等人厮杀后逃来此地，她们见师兄进来，急忙把刚才的事说了一遍。那道士大怒，脸色都变了："这和尚原来如此无礼，你们放心，让我来收拾他！"

走进屋里拿了一包黄绫布裹着的药包出来，对七个女子说："妹妹，我这宝贝，凡人只要吃一厘就死，神仙也只要三厘就死。这些和尚也许有些本事，让他们每人吃三厘好了！"拿了十二个红枣儿，每个捏破一点点，塞进一厘药粉，分在四个茶杯里。另外再拿两个黑枣，泡成一杯，用盘子托着端了出来，笑着说："老师父莫怪，刚才进去吩咐小徒挑些青菜、萝卜，安排一顿素斋，所以失陪！"三藏说："不敢！不敢！让您费心了！"道士说："哪里的话，大家都是出家人嘛，何必客气，来！来！喝茶！喝茶！"

说着就把一杯红枣茶端给唐僧，唐僧连忙接过。他见八戒身躯大，以为是大徒弟，行者身材小，以为是三徒弟，所以第四杯才捧给行者。

行者眼睛何等锐利？早已看出道士杯里是两个黑枣，心里疑惑，所以掀开茶盖假装喝了，却不吞进肚里去。八戒可不管这许多，他本是个食肠大的，看那杯里有三个红枣儿，拿起来咽的一声都咽进肚里，三藏和沙僧也各吃了一个。才把茶杯放回桌上，忽然天旋地转，八戒脸上变色、沙僧满眼流泪、三藏口中吐沫，坐不住，晕倒在地。

大圣见他们中毒，把茶杯往道士脸上砸去，道士闪身躲开，取出一柄三叉宝剑来，悟空擎起铁棒就打。里面一齐拥出七个女妖，叫着；"师兄，别放走了他！"行者大怒："好哇，原来是一窝妖，不要走，看棍！"那七个女怪看他来得凶猛，一声喊散在四边，敞开衣服，露出雪白的肚子，从肚脐眼里冒出一条条白丝来，把行者盖在底下。

行者看看势头不妙，急忙念动咒语，翻个筋斗，扑地撞破丝网走了。忍着一肚皮气，在空中往下一看，呵！那白丝亮晃晃的，一来一往，织布似的，一霎时把一座黄花观完全遮住了。"厉害！厉害！若不是走得快，不像八戒那样跌个鼻青脸肿才怪！哼！你们不惹老孙便罢！如今可要你们尝尝苦头！"

好大圣，走到黄花观外，拔下一撮毫毛，吹口仙气，叫声："变！"就变成了七十个小行者；又把金箍棒吹口仙气，变成七十个双角叉儿棒，一人一根，搅动白丝，像卷绳缆似的，七搅八搅，搅了十几斤，拖出七个蜘蛛。一个个有石磨般大的身体，手脚都被缠住了，直磕头，只叫："饶命！饶命！"

"要命可以，还我师父和师弟来！"

那群蜘蛛精只好拼命高叫："师兄，还他唐僧，救救我吧！"那道士说："妹妹，我要吃唐僧，顾不得你们了！"行者大怒："你既不还我师父，让你看看这个榜样！"一棒子把七个妖怪打得稀烂，再纵身跳到观前来打道士。

道士看他一棒把七人打成个血肉摊子，也发起狠来，举剑猛砍，两人在观前杀得飞沙走石。行者棒重，道士哪里抵挡得住？渐渐手软，返身就跑，行者追过去，那道士忽然转过身来，解开道袍，把双手往上一举，胁下居然有无数只小眼睛，眼中进放出金光来。只见黄雾森森，四周一片金光，罩住行者，宛如金铸的铁桶一般，弄得行者前不能举步，后不能动脚，两眼睁都睁不开。他急了，用力往上一跳，砰一声撞在金光圈上，跌了个倒栽葱，头皮也隐隐作痛。忙用手摸，头顶皮都撞软了。不觉焦急起来说："唉！晦气！晦气！这颗头现在也不行了，当年刀砍斧剁，毫不在乎，怎么却被这金光撞软了？走又走不得，跳又跳不得，可怎么办？唉！往下走他娘的吧！"摇身变成一只穿山甲，硬着头往

238

下一钻，钻出二十余里才冒出头来。力软筋麻，浑身疼痛，忍不住躺在地上，哼声叹气。

忽听空中有人喊叫："大圣！"悟空连忙跳起来，只见黎山老母驾彩云而来，急忙礼拜："老母从何处来？"老母说："悟空，我刚参加群仙大会回来，知道你被困在这里，所以特来看看。那道士名叫百眼魔君，金光十分厉害，我也有点怕他，但你可以去紫云山千花洞，找毗蓝婆来降伏他。"悟空大喜，谢过老母，纵起筋斗，落到紫云山上。

走进千花洞口叫："毗蓝婆菩萨在家吗？"毗蓝婆在里面急忙走出来说："大圣，失迎了，从哪儿来？""唉，晦气！"行者说："我保唐僧上西天取经，师父他们在黄花观里吃了百眼魔君的毒药。我和那妖怪拼命，他又放出金光来，好不容易才逃到这里，求您去降妖！"

毗蓝婆说："好吧！让我去拿武器来！""什么武器？""我有个绣花针，能破他的金光。"行者笑说："绣花针我也有呀！"毗蓝婆说："你那针，无非是钢铁金银。我这宝贝却是非金、非铁、非钢，是我儿子在太阳眼里煅炼成的！"行者大惊说："令郎是谁？"毗蓝婆说："小儿就是昴日星官！"行者大喜，与毗蓝婆一同驾云回到黄花观。

远远望见一片金光滟滟，毗蓝婆从衣襟上拿出一根针来，眉毛般粗，往空中抛去。只听见一阵裂帛似的响声，金光迸破了，那道士闭着眼睛呆呆地站在地上。毗蓝婆走过去用手一指，那道士扑地跌倒在地上，现出原身，乃是一条七尺长的大蜈蚣精。毗蓝婆用小指头挑起来，放到口袋里，说："大圣，这里有三颗药，你拿去喂你师父他们吃，我回去了！"悟空喜孜孜地接过药丸，送毗蓝婆回山，然后才跑进观里把三粒丸子塞到三人嘴里。隔了一下，三人大叫一声，一齐呕吐，三藏、沙僧先醒过来说："好晕哪！"八戒也爬起来说："闷死我了，怎么回事？"悟空才把经过详细说了一遍。八戒说："这妈妈怎么这么厉害？"行者笑说："我也不晓得，她说她儿子是昴日星官。我想昴日星官是只公鸡，这老妈妈一定是只老母鸡。鸡不是最能啄蜈蚣的吗？"

三藏听了不断向空中膜拜，说："徒弟们，我们收拾收拾上路了吧！"沙僧到屋后找了些米粮，弄了顿斋饭。四个人饱吃了一餐，才挑担上路。

二十三、狮驼洞狮驼国如来显圣

　　四人放马西行，走不多久又是夏尽秋初，梧桐叶落、蚤语月明。一路黄葵红蓼，蒲柳寒蝉，游赏不尽，三藏正和悟空等人说笑，猛然听见山坡上远远站着一个老翁，白发飘飘，手持一根龙头拐高叫："西行的长老！不要再前进了！这前面山上有一群吃人妖魔哩！"三藏大惊，摔下马来，躺在草堆里哼哼哎哎。行者急忙扶起他说："莫怕！莫怕！让老孙过去问问看！"

　　把脸抹一抹，变成一个眉清目秀的斯文小沙弥，走过去说："老公公，您好，您刚说这山有什么妖怪呀？"

　　那老翁看他长得可爱，用手摸摸他的头说："小和尚，这妖怪凶得很哩，你们还是快回去吧！"

　　行者笑说："不瞒您说，那妖怪不管再怎么厉害，看了我就要连夜搬家哩！"老翁不太高兴说："小孩子别胡说，你有多大本领？"行者笑笑："也没什么，只不过当年曾横闯森罗殿、掀动海龙宫、闹得三十三天鸡犬不宁而已！"

　　那老翁摇摇头说："阿弥陀佛！这和尚大话说过了头，恐怕是长不大啰！"行者说："老公公，像我这样也够大了！"老翁说："你几岁了？"行者说："你猜猜看！""有七八岁了吧！""有一万个七八岁了！我把我从前的嘴脸拿出来给你看看！"老翁说："怎么又有个嘴脸？"行者笑说："我小和尚有七十二副嘴脸哩！"

也是那老翁倒霉，行者把脸一抹，现出本相，龇牙咧嘴，屁股通红，腰系一条虎皮裙，手执金箍棒，站在石崖下，就像个活雷公。老翁惊叫一声，吓得腿脚酸麻，一屁股跌坐在地上，爬起来，又摔了一跤，呆坐在地上，说不出话来。

悟空看了笑笑走回去说："师父，没事，乡下人胆小，有老孙在，怕什么！"八戒说："别听他，师兄不老实哩！连什么山、什么洞也没问出来，还是让老猪去问问看。"三藏说："是，悟能仔细些，你去看看！"

好呆子，果然束了束腰带，跑上山坡去。那老翁看行者走了，才拄着拐杖挣扎着站起来，猛抬头看到八戒，更是骇得魂飞魄散，"爷爷呀！今天做了什么坏事，遇到这些歹人？刚来的和尚丑虽丑，还有三分人相。这个竟是蒲扇耳朵、铁片脸、碓棒嘴，一点人气也没有了！"八戒笑笑说："老公公，您别看了我就不高兴，我丑是丑，但耐看，您多看几下就漂亮了！"那老翁看他说出人话来，只得问他："你从哪里来？"

八戒说："我们是大唐派到西天雷音寺取经的和尚，想请问您：这里什么山、什么洞？有哪些妖魔？要往西又该怎么走？"

老翁说："这山叫作八百里狮驼岭，中间有个狮驼洞，洞里有

242

三个妖魔。"八戒笑说："咳，你这胆小鬼！只有三个妖精，我师兄一棍就打死一个，我一把也筑死一个，我还有个师弟，一杖又打死一个。三个都打死，我师父就过山去了，有何难哉！"

"这和尚好不知死活！"老翁说，"那三个妖魔神通广大得很，他手底下的小妖，烧火的、打柴的、把门的、巡哨的，共计有四万七八千，专门在这儿吃人。这些还是有名字带牌子的。离这里西边四百里还有个狮驼国，满城都是妖怪哩！"

八戒听得大嘴闭都闭不拢，勉强走回三藏马前，早已忍不住了，来不及说话，先扯下裤头蹲在草里，稀里哗啦拉了一地。三藏奇怪说："悟能怎么啦？"八戒说："唉，吓出屎尿来了！现在也不必多说了，大家趁早散伙回去了吧！"悟空喝声："这个呆瓜！我去问也不曾惊吓着，你去就这么惊慌失措，到底怎么回事！"

八戒摇摇手说："呀！休再提起，吓死我也！这山名叫八百里狮驼山，中间有个狮驼洞，洞里除了三个老妖之外，还有四万八千个吃人的小妖。只要踩着他一点山边，都会被捉去煮来吃掉……我看是休想过得去了！"

三藏听得毛骨悚然，战战兢兢，几乎摔下马来，说："悟空啊，这可怎么办？"行者看看唐僧一副泫然欲泣的样子，忍不住好笑说："师父放心，没什么大事。乡下人没见识，偶尔看到几个小妖就添油加醋，说得惊天动地。"

八戒说："哥哥说什么话？我问得可清楚咧，满山满谷都是妖魔，怎么前进？"行者笑说："真是呆子样！别怕成这个样子，就算他有满山满谷的妖魔，老孙一路棒打去，半天就打完了。”八戒说：“嘘，嘘，吹牛！那么多妖精，一个个点名也要七八天才点得完，哪里打得光？”

行者笑笑说：“你不晓得，我拿着这根铁棒，叫声‘长！’就有四五丈长；再晃一晃，叫声‘粗！’就粗成七八丈宽大，往山南一滚，压死五千；山北一滚，又压扁五千；从东往西再一滚，只怕四五万都榨成一团烂泥酱哩！”八戒拍手说：“好哇！哥哥！若是这样擀面条式的打法，两个时辰也就打完了！”沙僧在旁边笑说：“师父，有大师兄这样的神通，还怕他什么，上马走吧！”

唐僧听得半信半疑，没办法，只好上马，刚走几步，回头已经看不见那个老翁了。沙僧说：“不好，他一定就是妖怪，故意来吓唬我们的！”行者说：“别慌，待我去看看！”一翻筋斗，跳上云端，忽然看见前面彩霞灿灿，急忙赶上去，原来是太白金星。大圣赶过去，扯住他的衣服叫道：“李长庚！李长庚！你好可恶！有什么话，当面说说就好，干吗装成一个乡巴佬来哄我？”金星听悟空叫他小名，急忙说：“大圣，报信来迟，别怪我！这老魔实在非常厉害，神通广大，法力无边。你若提神注意，或许还过得去；如若稍不小心，要过山只怕就难了！”

行者“哦”了一声，拱拱手说：“谢谢！谢谢！这里原来这么凶恶！麻烦你上天去跟玉帝说一声，搞不好老孙要再向他借些天兵。”金星说：“有！有！有！你要借，就是十万天兵也有啊！”

“那老孙这里先谢谢了！”按落云头，跳下来，对三藏说，

"刚才那个老头，原来是太白金星来替我们报信的。"唐僧合掌说：
"啊！徒弟，你快去问问他，有没有别的路，我们改道走吧！"
行者说："改不得！这里名叫八百里狮驼岭，直径就有八百里，你
绕一圈要走多久？"

唐僧听了，止不住一眶泪水说："徒弟啊！如此艰难，可怎么
能拜到佛？"大圣说："别哭！别哭！一哭就脓包了！您先下来
坐着，八戒、沙僧，你们在这里用心保护师父。老孙先上去打听
个清楚，好让师父安心过岭！"沙僧说："小心点！"行者笑笑：
"不必嘱咐，我这一去，就是大海也要踩出条路来，就是铁裹银
山也要撞开个门来，放心吧，我去了！"

好大圣，喝一声，纵上高峰。只见云山苍茫，林峦起伏，四
下一片死寂，哪里有什么妖精？心里正在奇怪，忽听见山背后一
阵叮叮当当、毕毕剥剥的梆铃声。回头看时，原来是个小妖，背
着一根令旗，腰上悬了个铃子，手里敲着梆子，缓缓走来。

美猴王心想，"八戒说这山里有老妖三个，小妖四万七八千。
这样的小妖，再多几万也不够老孙打，却不知道那三个老妖本领
如何⋯⋯也罢！让我问他一问！"

好大圣，等那小妖走过去了，他也摇身一变，变成个小妖，
敲着梆、摇着铃、背着旗，急急赶上，叫："走路的，等我一下！"
那小妖回头看："咦，你是哪里来的？""好哇，一家人也不认得
了！""我没见过你呀！""我是烧火的，你当然没见过啦！"悟
空说。"不对！不对！我洞里那些烧火的兄弟里也没有像你这样

245

尖嘴的！"行者笑笑，用手抹了一下嘴说："乱讲，我哪里尖嘴了？"那小妖看看说："奇怪，奇怪！明明刚才是个尖嘴的嘛！啊！总而言之，你一定不是我们这洞里的！我家大王规矩很严，烧火的只管烧火，巡山的只管巡山，绝不会叫你烧火，又让你来巡山！"

行者有意逗他，就说："你不晓得，大王看我烧火勤快，就派我来巡山。"小妖说："好吧，既然如此，你把牌子拿来给我看！""什么牌？""哈呵！你没牌，可见不是我们这一家的了！我们巡山的，共四百名，分成十班，大王怕我们混乱了班次，每个班给我们一个名牌，你怎么会没有？""谁说我没有！"大圣急忙说："我这是刚领的新牌，你的先拿出来我看看！"

那小妖果然掀起上衣，贴身带着一块金漆牌子，一面写着"威镇诸魔"，另一面写着"小钻风"。行者心里暗暗高兴，也学他一样，揭起衣服，暗中拔了根毫毛，变作一块金牌，拿了出来。小妖一看，上面赫然写着三个大字："总钻风。"吓了一跳，说："我们都叫作小钻风，你怎么叫作总钻风？"行者笑嘻嘻地说："你实在是孤陋寡闻，大王不但升我作巡山的，又给我这块新牌，叫我管你们这一班四十个巡山的兄弟！"那小妖吓坏了，急忙行礼说："长官，长官，对不起，因为您新来，没见过，刚才冒犯之处还请原谅！""呵呵！没关系，你用心巡山，回去我向大王报告，说不定还有赏哩！"小妖喜出望外，连说："不敢！不敢！谢谢长官！谢谢长官！""嘿，别忙说谢，你先带我去看看我这一班四十个兄弟！""是！是！长官请跟我来！"

行者跟着他走不到两里，小妖说："到了！"敲起梆子来，大叫，"兄弟们，集合！"悟空跳上一块大石头上，看那些小妖从草堆里、树林中纷纷赶过来，排在石块下面，小妖把经过向其他的钻风们说了一遍，那些小钻风们就都鞠躬说："长官，有什么吩咐？"行者说："你们知道大王为什么派我来吗？"众小妖说："不知道！"

悟空得意地说："大王要吃唐僧，但怕他徒弟孙行者神通广大，会变成苍蝇或小钻风，溜进山来，所以升我为总钻风，来查查看你们这一班里面是不是有假的？"小钻风们齐声回答说："长官，我们都是真的！"悟空哈哈大笑说："哪有人会自己承认是假的呢？我现在要考考你们，我问你，大王有什么本事？"

跳出一个小钻风说："我知道，大王名叫青毛狮王，张开嘴来，能吞下十万天兵！"行者说："好，你是真的，去吧！"那小钻风欢天喜地地跳着走了。行者又问："二大王有何本事？"

队里又跑出一个小钻风抢着说："我知道，二大王名叫黄牙象王，身高三丈，卧蚕眉、丹凤眼、美人声、扁担牙，鼻如蛟龙，和人战斗时，只要用鼻子一卷，就是铁背铜身，也砸得稀烂。"行者听得暗自心惊，说："好，你是真的，去吧！"那小妖欢喜地跳开。行者又问："三大王本领如何？"

"长官啊！我那三大王不是凡间的怪物，他名叫云程万里鹏，走时驾风运海，势不可当；随身还有一件宝贝，称作'阴阳二气瓶'，如果把人装进瓶里，一时三刻就化成血水！"行者吓了一跳，暗想："妖魔倒也不怕，却得提防他的瓶子，但不知这瓶儿比起金角、银角的玉净瓶，哪个厉害些？"口里却说："好，你晓得的与我差不多，也是真的，去吧！"又问："哪个大王要吃唐僧？"

小妖们叽叽喳喳地抢着说："我大王、二大王久住这狮驼洞里，三大王却住在离这里四百里的狮驼国中。他五百年前吃掉了国王和满城文武官员、大小男女，夺了江山。所以现在满城都是些妖怪。不晓得他什么时候打听到东边唐朝派了一个和尚要去取经，说那唐僧是十代修行的好人，如果能吃他一块肉就能长生不老。一路上想吃他的人不知道有多少，只因他有个徒弟名叫孙行者，十分厉害，所以一路平安来到这里。我三大王怕他一个人力量太单薄，才来和两位大王结拜成兄弟，同心协力，准备斗斗孙行者，捉住唐僧煮来吃哩！"

行者听得火冒三丈，扬起针儿，往小妖们头上磕了下去，登时打成一团肉饼，自己看看又不忍心说："唉！他们本是好意告诉我真相，怎么就把他们打死了？——唉！也罢！"没奈何，收起棒子，迎风变成个小钻风模样，迈开脚步，循着旧路走回去。

正走着，忽听山背后人喊马嘶，好不热闹。急忙转过去看，原来是狮驼洞口万把小妖正排列着枪刀剑戟，在那儿操练。二百五十名一队，掌着一面大彩旗，共有四十多杂彩长旗，迎风乱舞，一些獐狼豺豹、鹿兔猩狐呼来喝去，摩拳擦掌，声势倒也吓人。行者心想："李长庚倒没骗我，这么多妖怪，唉，待会儿我变成小钻风混进洞去，若情势不妙，要往外走时，这群家伙挤都把洞门挤死了，哪还出得去？——哼，要捉洞里妖王，定须先除门前众怪！"

好大圣，心中暗自盘算着，敲着梆，摇着铃，直闯到狮驼洞口。众妖说："小钻风来了！"大圣低头不答，小妖们扯住他说："你早上去巡山，看到什么孙行者没有？"小钻风没好气地说："撞见了，干什么？差点儿回不来哩！"众妖奇怪说："怎么回事！"假钻风说："当年听说孙行者多么厉害，今天一见，几乎吓傻！"

众妖害怕说："他长得什么模样？"行者说："他蹲在那洞边，还像个开路神，若站起来，只怕有好几十丈高哩。眼如闪电，口似血池，手里拿着一根大铁棒，有车轮子般粗细，在山崖上用水磨着棒，嘴里还念着：'棒子啊！好久没拿你出来显神通了，这次就是有十万妖精，也都得替我打死！等我杀了那三个魔头来祭你！'——他要把棒子磨亮了，先来打死你们这一万妖精咧！"那些小妖听得个个心惊胆战，魂飞魄散。行者又说："各位，那唐僧的肉也不过几斤，我们又哪里分得到？何必替他背这个轿子？不如我们先散了吧！"众妖都说："是！是！我们各自逃命去吧！"呜的一声，哄然散去。

行者心里得意，几乎要笑出来了。站了一下，看看大家几乎逃光了，才走进洞去。这洞好狞恶呀！两边骷髅如山，骸骨成林，人筋缠在树上，人头发飘散在地上，像铺了层地毯似的，东边一群小妖正在剐活人肉下酒，西边一群小妖又在煮人肉，洞里一片腥臭，看得美猴王暗自心惊、暗自懊怒，"这老妖如此可恨，这次就算不为了师父，也该把他们剿除干净！"

走不多久，进入第二层洞门，忽然眼前一亮，和前洞风景大不相同，瑶草仙花，奇松翠竹，显得清静秀丽。行者看得暗暗喝彩："这三个泼魔倒会享受！"走过去，穿过第三道门，才看到三个老妖坐在金交虎皮椅上，两边站着百来个大小头目，威风凛凛，杀气腾腾。行者一点儿也不怕，大步走进去，把梆子放下，叫声："大王！"三个老魔笑呵呵地问："你去巡山，打听到什么孙行者的消息没有？"行者说："大王在上，小的不敢说。"老魔说："怎么不敢说？"行者就把刚才那番话又说了一遍。那老魔听得浑身是汗，回头说："兄弟啊，我说别去惹唐僧，他那徒弟神通广大，当年我是见识过的。这下他预先有了准备，磨好棒子要来打我们，可怎么办呀？"忙叫："关门，关门，别去惹他，让他过山去吧！"

众妖听了也暗暗害怕，乒乒乓乓把前后门都拴牢了。行者心想："不好，他这一关门，等下我连出去都不成了，不如再唬他一下，让他开着门才好跑。"大圣本来顽皮，又心高气傲，何尝怕过谁来？为什么这次来到狮驼洞，却时时想到逃跑的事儿？只因太白金星来报信，说得太厉害，所以他心生警惕，又不知三个妖怪的虚实，才会预先安排。这下他又上前说："大王，他还说得难听哩！"

老魔奇怪地说："他还讲了些什么？"行者说："我听他在那里说，要捉住大王剥皮，二大王剐骨，三大王抽筋。如果你们关了门不出去，他就变个苍蝇从门缝里飞进来抓我们！"老魔听了回头喝声："兄弟们注意了，我这洞里，从来没有苍蝇，如果有，就是孙行者变成的！"行者暗笑，"就变个苍蝇吓吓他，好开门！"闪在旁边，扯下一根毫毛，吹口仙气，就变成一只金头苍蝇，飞过去在老魔脸上撞了一下。那老怪慌了，说："兄弟们，糟了，那家伙进来了！"惊得那大小群妖，一个个拿起钉耙扫帚，上前乱打。

这大圣忍不住，扑哧地笑了出来，这一笑不要紧，第三个老怪冷不防跳过来，一把扣住他的脉搏，大声说："哥哥！差点儿被他骗了！"行者慌了，急忙要再变化脱身，怎奈脉搏被他紧紧抓住，无法腾挪。那两个老怪转过身来说："怎么回事？"三怪恨恨地说："这厮变成小钻风模样，混进洞里，刚才我看他闪过身笑了一声，露出个雷公嘴来，不是孙行者还有谁？"掀开行者衣服一看，果然长着一丛猴毛。两个老怪拍手大笑说："呵呵，妙呀！才说孙行者如何厉害，想不到贤弟高明，不费吹灰之力就捉住了。来啊！拿酒来，为你们三大王庆功！"三怪说："别忙吃酒，孙行者会撒溜，叫小的们先抬出瓶子来，把他装在瓶子里，我们才好吃酒！"

老魔大笑说："正是！正是！"立刻叫三十六个小妖去库房里抬瓶子。那瓶子也不过二尺高，为什么要三十六个人抬呢？原来那瓶是阴阳二气之宝，里面有七宝、八卦、二十四气，要三十六个人，按照三十六天罡的数目才抬得动。这些小妖把瓶子抬在洞口，三魔走过去，揭开盖子，瓶口对准行者，一道仙气，嗖的一响，把他吸进瓶里，再把盖子盖上，贴上封条，说："猴儿呀，你进了我这瓶里，要想再去西天，只好等来世投胎吧！"大小群妖也都呵呵大笑，开酒庆功。

那倒霉的行者，到了瓶里，蹲在中间等了半天，忽然失声发笑说："这妖精骗人说这瓶子装了人，一时三刻就化成脓水。我在这里坐了半天也没什么事呀！"话刚说完，满瓶都冒出火来，行者吓了一跳，急忙念个避火诀，烧了半天，一丁点儿衣角也没烧着，火光却渐渐散了。行者暗自欢喜，冷不防暗里蹿出四十条赤火蛇来，围着行者咬。行者大怒，张开手，抓过来，用力一扯，扯成八十截。忽然四面火起，又蹿出三条火龙，紧紧缠在行者身上烧。行者用力抵御毒火，一面焦急："别的事好办，这三条火龙实在讨厌，时间耗久了，难免会火气攻心！"想当年，大圣坐在太上老君八卦炉里炼了七七四十九天，毫发不伤，怎么这次却怕了这三条火龙？只因为当年他坐在炉角，火没直接烧在身上，这三条火龙却不是真龙，只是一团三昧真火聚成龙形，贴着身子烧。若说三昧真火，悟空实也不怕，但当年在钻头号山火云洞大战红孩儿时，也是满身三昧真火，跳到涧里泡水，弄了个火气攻心，到现在还心有余悸，不免心慌。

又坐了一会儿，火越烧越烈，悟空又焦躁不已，心想："就是能挡得住火，出不去也是死定了！"想到这里，不觉悲伤起来，叹了一阵气，忽然记起："菩萨当年在蛇盘山，曾赐给我三根救命毫毛，不晓得还在不在？"伸手全身摸了一遍，果然在脑后有三根毫毛，特别刚硬，心里大喜："全身毛都被烧软了，只有这三根还硬着，想必是救我命的！"急忙拔下，吹口仙气，叫声"变！"，变成一柄金刚钻子。拿着钻子，向瓶底嗖嗖的一顿钻，果然钻出个眼洞来，光线透入，火龙就散了，这是它瓶里阴阳之气泄了的缘故。悟空大喜，收了毫毛，变作个蟭蟟虫儿，细如须发，从洞口钻出来，飞到老魔头上叮着。

那老魔正喝着酒，猛然放下杯子说："三弟，孙行者现在应该化了吧？"三魔笑笑："还等得到这个时候？"叫小妖抬出瓶来，那些小妖一抬，发现瓶子轻多了，吓了一跳，说："大王，瓶子轻了！""什么？胡说！"老魔跳过去，揭开盖子一看："呵呀！不好，瓶子空了！"大圣在他头上，忍不住高声说："我的儿啊，我也走了！"化作一道清风，跳出洞外，骂说："瓶子钻破了，不能装人，只好拿来做个尿桶吧！"欢欢喜喜，踏着云头，回到唐僧马前，叫声："师父，我来了！"

唐僧正在忧愁，看见他回来，急忙抓住他说："悟空，怎么样？过得去吗？"行者笑笑说："能回来见师父，已经是两世人了！"遂把经过讲了一下，唐僧听了，忍不住又掉泪说："妖魔如此凶恶，怎么过山？"大圣是个好胜的人，叫说："师父莫哭，妖怪太多，老孙一人是不够的，让八戒跟我一道去吧！"那呆子慌了，说："哥哥没眼力，我又粗笨，没什么本事，走路扇风，对你有什么好处？"

行者笑说："兄弟！你虽没什么本事，好歹也是个人，俗语说'放屁添风'，你去也可以替我壮壮胆气。师父有三弟保护，一定稳当！"八戒说："也罢！也罢！只希望你在要紧时别捉弄我！"抖擞精神，与行者驾狂风，跳上高山，来到洞口。

行者端起铁棒厉声高叫："妖怪开门，快来和老孙见个高下！"小妖急忙赶去通报，老魔心慌说："这几年都听说这泼猴十分凶狠，果然名不虚传。如今他在门外叫战，谁敢去跟他打个头仗？"

连问了几声，个个装聋作哑。老魔发怒说："我在这西方路上，也有些虚名，如今遇到孙行者这样猖狂，若不出去和他见个高下，人家倒来笑我胆小，也罢！拿我的兵器来，让我去斗斗这泼猴，斗得过，唐僧还是我们嘴里的肉，斗不过，大伙关了门，让他们过山去吧！"

手执三叉银刀，冲出门来，大喝："谁在这里敲门？"八戒回头看时，只见一个怪物，铁额铜头，鬓边飞鬘如乱草，吓了一跳。悟空转身哈哈大笑："是你孙老爷齐天大圣是也！"老魔说："泼猴！你休猖狂，老夫也不怕你，看刀！"说着一刀劈过来。悟空连连冷笑："妖怪，若说你这刀，就是今年砍到明年，也还砍不掉老孙一根毫毛哩！"

老魔大怒，双手举刀往大圣脑袋上狠狠砍来，这大圣用力往上一顶，咔嚓一声，头皮儿红也不红。老魔大惊："这猴儿好个硬头！""哼哼！"悟空说，"如何？""猴儿，不要得意，这刀不管用，来试试我这把刀吧！"老魔说着，丢开三叉银刀，从背后解下一柄红玉古铜刀来，刀泛紫气，金光灿烂。

悟空笑说："好刀，只是砍不得老孙！"老魔大怒，举刀又砍，乒乒一下，把行者劈成两半，八戒大惊说："啊，不好！"回身就要跑。那大圣在地上忽然打个滚，竟变成两个悟空。八戒看得拍手笑说："妙呵，再砍一刀，岂不成了四个人？"那两个悟空左看看、右看看，打个滚依然是一个身子，掣出棒来，劈头就打。老魔用力架住，回身也一刀砍来。八戒看他两人打得热闹，忍不住提起钉耙冲上来，往老魔脸上一阵乱筑。老魔看八戒来得凶狠，不敢招架，虚晃一招，转身就走。大圣喝叫："快追！"那呆子仗着他威风，举耙就赶。

老魔看他追得近了，在山坡前站定，迎着风，头晃一晃，现出原身，凿牙锯齿，仰鼻朝天，张开大口，像城门一般，转身来吞八戒。八戒吓坏了，急忙抽身往草里钻，也不管荆针棘刺，刮得皮破头疼，战战兢兢地躲在草里。行者随后赶到，那怪也张口来吃他，行者收了铁棒，迎上去，被老魔一口吞到肚子里去了。吓得呆子在草里捶胸顿足："这个弼马温，不知进退！那家伙来吃你，也不晓得跑，反而走上去让他吃？这下子可好，今天你还是个和尚，明天就是堆大粪了！"一边埋怨，一边死趴着不敢乱动，等老魔回洞了，才钻出草来，拼命溜返旧路。

三藏正和沙僧在山坡下盼望，忽看八戒气喘吁吁地跑来，三藏大惊，说："八戒，你怎么这么狼狈？悟空呢？"呆子哭哭啼啼地说："师兄被妖怪一口吞下肚子里去了！"三藏一听，吓得呆了，过了半晌才号啕大哭，摔倒在地上说："徒弟呀！我只晓得你擅长捉妖，能保护我去西天见佛，谁又晓得你会遭到毒手？啊，我命苦呀！"

那呆子也不去劝解他，只叫："沙和尚，你把行李拿来，我们两个分了吧！"沙僧说："二哥，分什么？"八戒说："分开了，大家散伙。你再回流沙河吃人，我往高老庄去看看我老婆，把白马卖了，买个棺材替师父送终！"那唐僧气呼呼地，听到八戒说这种话来，直叫"天哪"，放声大哭。

那老魔吞了孙行者，得意扬扬回到洞里，大声说："捉住了！"二魔欢喜说："捉了谁？""孙行者啊，被我一口吞进肚子里去了。"三魔大惊说："啊，大哥，我忘了告诉你，孙行者吃不得！"那大圣在肚里忽然说："吃得！吃得！吃了不会饿！"慌得那些小妖说："大王，不好了，孙行者在你肚里说话哩！"老魔说："怕他讲话？有本事吃他，还没本事摆布他？小的们，拿碗滚盐汤来，等我灌进肚里去，再把他呕出来，慢慢煎了配酒吃！"

小妖果然端来一盆盐汤，老妖一口喝下去，那大圣在他肚里动也不动，顶着他喉咙，往外一翻，吐得他头晕眼花，胆汁都快呕出来了。老魔喘息不止，说："孙行者，你出不出来？""不出来！不出来！这里正好过冬哩！"

众妖听得面面相觑，说："大王，他要在你肚里过冬！"老魔说："他要过冬，我就去坐禅，一冬不吃饭，活活饿死这个弼马温！"大圣笑说："我的儿，你还不知道，老孙身上带着一个折叠锅儿，等我把锅子架在你肋骨上，再用金箍棒在你脑袋上搠个窟窿，当作个烟囱，把你这肝、肠、脾、肺、肾，细细地煮来吃，还可以缠到清明节哩！"老魔吓得脸色如土，硬着头皮说："兄弟们，别怕！把我那药酒拿来，泡死这猴儿吧！"

行者暗笑："老孙大闹天宫时，也曾吃过老君丹、玉皇酒、王母桃及凤髓龙肝，哪样东西没尝过？什么药酒，也敢拿来药死我？"小妖装了两壶酒来，老魔接在手上，咕噜噜喝了一满壶，都被大圣接下去吃光了，说："好酒！"就在肚里发起酒疯来，踢打撕抓，扯住肝脏翻跟斗、竖蜻蜓、打秋千，疼得那怪物直在地上翻滚哀号。

大圣在他肚里，听他叫得没气了，才把手放开。那老魔回过气来，叫："大慈大悲齐天大圣孙菩萨！"行者笑笑说："儿啊，莫费工夫，省几个字，只叫孙外公吧！"老魔果然真叫："外公！外公！是我不对！你可怜可怜我，我弄一顶香藤轿子送你师父过山！"行者欢喜说："既然如此，张开嘴，我要出来了！"

老魔赶紧把嘴张开，三魔向他连使眼色，老魔会意。行者正要出来，忽然警觉，先用金箍棒伸出去试一试。那老怪果然狠狠往下一咬，咔嚓一声，把门牙都迸碎了，疼得哇哇大叫。行者笑笑说："好妖怪！我好意饶你一命，你反来咬我？现在我不出来了，不出来，活活弄死你！"

三魔见计谋失效，厉声高叫："孙行者，早先听得你的大名，如雷贯耳，说你在南天门外如何如何，却原来只是个鬼鬼祟祟的小猴头！"行者说："什么？"三魔说："有种的，你出来，我和你一对一拼斗一场，才是好汉，干吗躲在人家肚子里做勾当？"行者暗想："说得也是，如今我就是弄死了这妖怪，也只是坏了我的名头！"叫道："也罢！你张开嘴，我出来和你比拼。——只是你这洞里太窄，不好打，到宽敞的地方去吧！"三魔说："好！"纵出洞外，集合大小妖怪三万多人，刀枪棍棒，摆好阵势，二魔才扶着老怪走出洞口，叫："孙行者，是好汉就出来！"

悟空在里面听得人声嘈杂，暗想："这妖怪真浑蛋，先是说要送我师父，哄我出来咬我，现在又骗我是单打独斗，原来是想倚多为胜。若不出去，老孙岂不是失信了？若出去，那么多妖怪，乱动兵力，我也没工夫跟他打……也罢！"吹口仙气，把一根毫毛变作条绳儿，只有头发般粗，却有四十五丈长，一端做个活结，绑在老怪心肝上，手牵着另一端，爬到咽咙上，想想不妥，又往上钻，钻到他鼻孔上。那老怪鼻子发痒，啊啾一声，打了个喷嚏，直进出行者。

行者迎着风，就长成三丈高，绳子也粗了，一手扯住绳子，一手拿着铁棒。那伙妖魔不知好歹，看他出来了，一声喊都围了上来，没头没脸地乱砍乱刺。行者纵起云，跳开重围，扯起绳子，把一个青毛狮王拉上了半天。众小妖远远看见，说："不好，那猴子在放风筝哩！"

悟空扯起老怪，用力一甩，那老魔从半空中直跌下来，啪喇喇一声响，直把山坡下死硬的黄土跌出个二尺深的坑来。慌得二怪、三怪都来扯住绳子，跪下哀求说："大圣慈悲，饶了他性命，我们情愿送老师父过山！"行者说："又来了，谁晓得你们又要玩什么花样？"三魔一齐磕头说："不敢了，这次真的送，绝不瞎说！""好吧！"大圣把身子抖一抖，收了毫毛，老怪心也就不疼了。三妖纵身而起，谢说："多谢大圣，大圣请回，我们随后准备轿子来接！"

大圣喜孜孜地转回山边，远远看见唐僧躺在地上打滚痛哭，猪八戒和沙僧解了包袱，在那里分行李。行者暗暗叹息："不必说，这一定是八戒对师父说我被妖精吃了，师父舍不得，在那里痛哭。那呆子却在分东西准备散伙。——让我叫一声看看！"按落云头，叫声："师父！"沙僧听见，抱怨八戒说："你真是个棺材店，巴不得人死！师兄明明没死，你却说他死了，在这里干这种事！"八戒说："我分明看见他被妖精一口吞了，现在大概是那猴子来显魂哩！"行者走到他面前，一把抓住八戒的脸，打得他摔了一跤说："呆货！我显什么魂？"呆子扭着脸说："哥哥，你不是被那怪吃了吗？你，你怎么又活了？"行者说："哪像你这样不济事？他吃了我，我就在他肚里作怪，弄得他疼痛难当，一个个磕头求饶，要拿轿子来送师父过山。"那唐僧这才爬起来说："徒弟啊，累了你了，如果听信悟能的话，岂不完了！"

　　且不管四个人在那里说话，三个魔头率领群妖转回山洞时，二怪恨恨地说："哥哥，我原以为孙行者九头八尾，神奇无比，却原来只是这样一个小猢狲。你不该吃他，跟他打，他哪打得过我们？我们洞里几万小妖，一人吐口口水也淹死他了。你把他吞进肚子里，还不是自找罪受？现在我们已经假意哄了他，让他出来了，你再派几千人给我，我到路上去找他们拼斗一场，看看谁的手段高些！"老魔说："贤弟小心，只要捉得住孙行者，随你带多少人去都好。捉住他，剥了皮下酒，好消我心头之恨！"

　　二魔立刻带了三千小妖，跑到大路上，摆开阵势，派一个小妖过去传话："孙行者，赶快出来，与我二大王爷交战！"八戒听见笑说："哥啊，你怎么学会吹牛了呢？刚说妖精投降了，要派轿子来抬，这下怎么又跑来叫战？"行者说："老怪已经被我降了，不敢出头，只要听到一个'孙'字也会头疼。这一定是二怪不服气，所以出来叫战。兄弟啊，你看人家妖精三兄弟如此讲义气，我们兄弟也是三个，却总没义气！我已降了大魔，二魔出来，你去跟他战战吧！"八戒说："怕他什么，要去便去！只是你得弄条绳子绑在我腰上，如果打赢了，就放开绳子让我去追他，如果输了，就赶快拉我回来。"悟空存心捉弄他，说："好好，你去！"做了条绳子缠在八戒腰上。

呆子大喜，举钉耙跑上山崖叫："妖精出来，你猪祖宗来了！"二怪见他凶恶，也不吭气，举枪就刺，两人在山前翻翻滚滚斗了十八回合。呆子手软，招架不住，急回头叫："师兄，不好了，扯扯救命索，扯扯救命索！"这边大圣听了反而把绳子放松了。那呆子转身跑回去，被绳子绊了一跤，摔个跟头，爬起来又跌了个嘴着地。背后妖精赶来，伸出鼻子一卷，卷回洞里去了。

这边三藏看见，忍不住抱怨："悟空，怪不得悟能要咒你死哩，原来你兄弟全不相亲相爱。他刚才要你扯救命索，你怎么反而放了？现在他被妖怪捉去，他又生得粗笨些，不比你精灵，这一去只怕是凶多吉少了！"行者笑笑说："师父不必埋怨，让他受些罪，才晓得取经的艰苦——我这就去救他！"

急纵身赶上山去，心中暗自高兴："这呆子诅咒我死，得先让他先受点罪，再去救他！"摇身变作一个蟭蟟虫儿，停在八戒耳根子下，同那妖精回到洞里去。大魔一看捉住了八戒，忙说："二弟呀，捉住的不是唐僧哩，这是个没用的！"八戒听了急忙应口说："是！是！大王，没用的放出去，捉个有用的来吧！"三魔说："虽是没用，也是唐僧的徒弟，先捆好，泡在后边池塘里，等浸退了毛，再剖开肚子，用盐腌了晒干，好下酒吃！"

八戒吓得魂飞魄散，早被众小妖用绳子把四肢捆住，抬到池子里，吊在水中半浮半沉地活像个大麻袋。大圣看他那样子，又怜又恨地说："这呆子可惨了，只恨他动不动就要分行李散伙，又常怂恿师父念紧箍咒咒我，吓吓他也好。前几天听沙僧说，他藏了点私房钱，不知是真是假，待我吓他一吓！"

好大圣，飞近他耳边叫："猪悟能！猪悟能！"八戒慌了说："晦气呀！我这悟能是观音菩萨取的，自从跟了唐僧，又叫作八戒。这里怎么会有人知道我叫悟能？"忍不住问："谁在叫我的法名？""是我！""你是谁？""我是拘魂使者呀！"呆子慌了说："长官，你从哪里来？"行者说："我是五殿阎王派来拘你的！"呆子说："长官，麻烦你回去禀报五阎王，他和我师兄孙悟空交情很好，请他迟一两天来吧！"行者暗笑说："'阎王注定三更死，谁敢留人到四更？'趁早跟我去，免得我套上绳子拉扯。何况我这里还有些人手要吃饭，你要我们回去禀报，没有些旅费，谁愿意替你跑腿？"八戒说："可怜呀！我出家人哪里会有什么旅费送你？"行者说："若无旅费，索了去！跟我走！"呆子慌说："别索！别索！长官，我晓得你这绳儿叫作追命索，套上就要断气的。有！有！有！有是有一点，只是不多。"行者说："在哪里？快拿出来！"八戒说："可怜！可怜！自从做了和尚，有些好人家看我食肠大点，稍微多施舍了我一些，我零零碎碎地存了五钱银子。前几天到城里去找了一个银匠煎成一块，他又没天良，偷了我几分，只剩四钱六分多了，你拿去吧！"行者暗笑："这呆子连裤子也没得穿，不知他藏在哪里？——咄！你银子在哪里？"八戒说："塞在我左耳朵洞里，我捆住了拿不到，你自己拿去吧！"

行者立刻伸手到他耳洞里摸，摸出一块银子，拿在手上，忍不住哈哈笑起来。那呆子认得是他的声音，在水里乱骂："天杀的弼马温！到这个时候，你还来打劫财物？"行者又笑说："你这糠囊的呆货！老孙保护师父，不知受了多少辛苦，你倒偷藏私房钱！"

八戒说："什么私房钱？这些都是牙齿上刮下来的，要留着买块布做衣服，你却来骗！快还我！"悟空说："半分也不给你。"八戒骂说："买命钱送你吧！你好歹也得救我出去！"行者说："别急，我就救你！"把银子藏好，现了原身，把八戒扯起，解开绳子。八戒跳起来说："哥哥，开了后门走吧！"行者说："从后门溜，像什么？还是从前门打出去吧！"八戒有点胆怯说："我脚捆麻了，跑不动！"行者不理他，说："快跟我来！"

掣出铁棒，一路打出去。呆子忍着麻，拼命跟着走。忽看见自己的钉耙放在二门边，赶紧走过去捞起来，一顿狠耙，打出三四层门，也不晓得打死多少妖怪。二魔听说八戒被悟空救了，急忙调兵赶出洞来。高声骂说："泼猢狲！别走，有种的过来战三百回合！"大圣回头看见，大怒，提棒就打，两个在山头杀得飞沙走石。八戒只呆呆站在一旁看热闹，忽然看见那妖怪伸出长鼻来卷悟空，悟空双手一举，被他一把卷住腰身，忍不住叫："哈！你这妖怪要倒霉了！你卷人不卷手，他只要拿棒子往你鼻子里一刺，你岂不要打喷嚏了吗？"

悟空原无此意，八戒一叫倒提醒了他，把棒子晃一晃，长有丈余，往妖精鼻里猛力一刺。妖精怕疼，急把鼻子放开。行者转过身来，一把抓住鼻子，用力一扯，妖精疼痛，只好现了原身，举步跟着走。八戒这才敢靠近，拿钉钯在老象腿上乱捣。行者说："不好！那钯齿太尖，弄破了皮，师父又要说我们伤生，你倒过来用柄打他吧！"

呆子就真的举着钯柄，走一步，打一下，仿佛两个驯象师，慢慢把妖怪牵到三藏面前。三藏说："善哉！善哉！好大的妖精！好长的鼻子！悟空，你问问他，如果愿意送我们过山，就饶了他吧！"那妖怪听见唐僧这样讲，连忙跪下，口里呜呜答应。行者说："好吧！事可一、不可再，这次可不能再变卦喽！去吧！"放开手，那妖怪磕头而去。

二魔急急跑回，半路遇到老怪和三怪带兵来接应。他惊魂甫定，把唐僧的话说了一遍。大魔沉吟了半晌，说："你们看，究竟送还是不送？"三魔笑说："当然要送，如此如此，唐僧那块肥肉，何愁不能到口？"二魔、大魔拍手大叫："好！好！好！"立刻安排好十六个精细的小妖，抬着一顶香藤轿儿去路上接唐僧，再选派三十个小妖，准备好精米素斋，到路上侍候。

唐僧等人见众小妖如此恭谨，都不禁喜出望外，欢欢喜喜坐上轿子，沿着大路走去。那些妖怪们，个个殷殷勤勤，每行三十里，就停下来喝水吃斋饭。天未晚，又早有小妖安排好清静的住处，请唐僧安歇。一路快快乐乐、风风光光，直往西去。

这样走了三五天，已快到一座大城了，行者扛着铁棒走在面前，抬头一看，吓了一大跳。原来那座城里焰腾腾地冒起一股恶气，大圣闯荡天下，从未见过如此凶暴的地方，竟然满城都是妖精了。正沉思间，猛听得背后风响，三魔举一柄方天画戟朝他刺来，行者急翻身用金箍棒架住，气呼呼地抡棒就打。

老魔见三魔已经发难，也拾起红玉铜刀来砍八戒，八戒慌得丢了马，举耙乱筑，二魔使长枪也来战住沙僧，三人就在城下咬牙苦斗。那十六个小妖怪却一声喊，把唐僧和白马，簇拥着抬进城里去了。

他们三人见师父被捉，急要去救，又被这三个魔头苦苦缠住，六人在云端翻翻滚滚撒泼大战，一霎时吐雾喷云、天昏地黑，只听到哮哮吼吼的杀声。

八戒耳朵大，盖到眼皮上，越是看不清楚，急忙拖着耙退走。老魔一刀砍去，他头一低，削去了几根鬃毛，吓得神不守舍，老怪追上，张开大口，一把咬住，丢到城里去。沙僧见八戒被捉，不免心慌，转身要走，早被二怪卷起长鼻，牢牢按住，也丢回城里去了。他二人捉住八戒、沙僧，再腾身过来围攻悟空。悟空看到两个兄弟被擒，正是"好汉不敌双拳，双拳难敌四手"，他喊了一声，用棒子架开三个妖魔的兵器，纵起筋斗云便走。

谁知那三怪见悟空驾筋斗云要走，便也现了本相，金翅鲲头、星睛豹眼，扇开两翅，赶上行者。行者筋斗云，一去有十万八千里，当初大闹天宫时，没人能追得上他，为什么这妖怪竟能赶上呢？原来这只大鹏金翅雕，扇一翅就有九万里，两扇就赶过悟空了，悟空在半空中冷不防被他一把抓住，挣脱不开，也带回城里来，三个和尚绑在一堆。

唐僧正枯坐金銮殿上，忽看见三个徒弟都被捆住，不觉悲从中来，放声大哭，说："徒弟啊，平时虽也逢难，但总是有你在外面运用神通救我，现在你也被捉来了，贫僧哪还会有命？"八戒、沙僧看师父如此痛苦，也放声痛哭。行者微微笑说："莫哭！等妖怪静一会儿，我们好走！"

话没说完，三个妖魔已带着数十小妖走上殿来。老魔说："亏得三弟有计谋、有勇力，捉住唐僧，真是大功一件！"一面吩咐："小的们，五个去打水，七个去刷锅，十个烧火，二十个抬出铁蒸笼来，把那四个和尚蒸熟，我们兄弟吃了，也分给你们吃，大家共享长生！"八戒听得战战兢兢地说："哥哥，你听，那妖怪说要蒸我们哩！"忽又听二怪说："猪八戒不好蒸。"八戒欢喜说："阿弥陀佛，是哪个积阴德的，说我不好蒸？"三怪说："不好蒸，剥了皮蒸！"八戒慌了，高声喊："不要剥皮，肉虽然粗点，汤一滚就烂了！"

正说着，小妖来报："汤滚了！"老怪传令众妖一齐动手，把八戒压在底下一格，沙僧放第二格。再来抬悟空时，悟空一闪身变了一个假行者，捆在麻袋里，他的真身却跳在半空中，低头看那群妖精把假行者抬上第三格，再把唐僧揪翻，放到第四格里，架起干柴，烈腾腾地猛烧。

行者暗中嗟叹说："唉，也是他们命中遭劫，八戒、沙僧还能挨得住一会儿，我那师父岂不活活闷死？"在空中念个诀，念一声："唵蓝净法界，乾元亨利贞。"只见云端里一朵乌云冉冉飞来，云里有人高叫："北海龙王敖顺在此，大圣有何吩咐？"行者说："不敢，无事不敢相烦。现在我与师父西行到此，被毒魔捉住，放在笼子里蒸。你去替我保护一下，别让他被蒸坏了！"龙王说："是！"化成一道冷风，吹到锅底，紧紧围护住。

八戒正在那里啼哭，忽然说："咦，这火奇怪，热了一会儿，反而冷起来了，莫非是烧火的小妖怪舍不得添柴吗？"行者听了忍不住暗笑："这个呆货，冷还好挨，热了就要送命哩！这会儿老妖都去休息了，正好下手救他，否则让这呆子再啰唆下去，一定要泄底了。"拈起几个瞌睡虫儿，抛到小妖脸上，顷刻之间，那虫子钻进鼻孔里，个个哈欠连天，丢了火叉，东倒西歪地睡着了。

行者说："这法子真是妙而且灵！"现原身，走到笼边叫声："师父！"唐僧听见说："悟空，救救我！"八戒也叫："哥呀，你倒溜了，我们还在这里受闷气哩！"行者笑说："呆子别嚷，我来救你！"一层层揭开蒸笼，救他们出来，再谢过龙王，才对沙僧说："师父此去，还有高山峻岭，没坐骑是不行的，你们等等，我去牵马来！"

蹑手蹑脚，走到殿下，解开马绳，又取了行李，给沙僧挑着，说："前后门都上锁了，我们翻墙走过吧！"

也是那唐僧倒霉，四人正在爬墙。三魔月夜走出来练功，远远看见，急忙叫小妖取火来照，果然墙头上黑簇簇几个人影。三魔发一声喝："哪里走！"把那唐僧吓得脚软筋麻，跌下墙来。众妖赶上去，扯腿的、撕衣的，把八戒、沙僧和白马从墙头上拽了下来，只走了一个孙行者。

众魔把唐僧捉到殿上，却不蒸了。大魔说："孙行者跑了，恐怕又会来偷，不如现在把他吃掉算了！"二怪说："大哥，这种稀奇的东西，不比凡人，可以拿来当饭吃。两口三口吃了，岂不是糟蹋宝贝？"三魔说："我这皇宫里有座锦香亭，亭里有个铁柜，我们先把唐僧藏在柜里，再放出谣言，说他已经被我们生吃了。让孙行者绝望而去，我们再把他拿出来慢慢料理，如何？"大怪二怪都大喜说："是！是！兄弟说得有理！"

连夜把唐僧锁进柜里去，散出谣言，满城哄哄然，都说唐僧被生吃了。那孙行者变成个小妖，果然兜回城里来打听消息。听满城都这样说，焦急得要命，急忙变成个小苍蝇，飞进宫里去。只见八戒捆在檐柱子下哼气，行者就停在他耳边叫："悟能！"那呆子认得声音叫："师兄，你来了？救我一救！"行者说："等会儿，你知道师父在哪里？"八戒说："师父没了，昨夜被妖精生吃了！"悟空听了，失声大哭，八戒忙说："师兄莫哭，我也是听小妖说的，你再去打听看看！"行者止住泪，忙飞到后殿去，看见沙僧也绑在檐柱下，飞过去叫："悟净！"沙僧识出是行者声音，忙说："师兄，不好了，妖精把师父生吃了！"

大圣听得心如刀割，泪似泉涌，也顾不得八戒、沙僧，纵身跳在城东山上，放声大哭。哭了一阵，忽然懊恨说："这都是如来没得事干，无缘无故弄了个什么《三藏真经》，要传到东土。却又舍不得送去，偏要弄个人一步步地走来取。现在可好，苦历千山，到这里送了命。罢！罢！罢！老孙到西天去找如来看看，如果肯把经交给我送去，也了了师父一桩心事；如果不肯，叫他把松箍咒念一念，脱下这个箍子。老孙回到花果山，再去当王去！"

好大圣，驾起筋斗云，直奔灵山，落在雷音寺外。如来佛祖正在九品宝莲台上，和十八尊罗汉讲经，忽然说："孙悟空来了，你们出去接待接待！"四大金刚立刻走出山门，把悟空接进宝莲台座下。悟空见了如来，忍不住两行清泪，滚滚流下。如来说："悟空，何事如此悲伤？"悟空就把经过细细描述一遍。

如来说："你休悲恨，那妖精我认得他！"回头叫阿傩、迦叶两位罗汉去五台山和峨眉山找文殊、普贤两菩萨，说："那老怪、二怪的主人就是文殊和普贤，至于三怪嘛——咳，说来话长，自从天地混沌初开，万物生长，走兽以麒麟为尊，飞禽以凤凰为尊。那凤凰生下两种珍禽，一是孔雀，一是大鹏。孔雀出世时最为凶恶，能在四五十里路外吸气吃人。当时我正在雪山顶上修炼，修成六丈金身，也被它一口吸进肚里。我剖开它的脊背，跨着它飞回灵山。本想将它杀死，诸天菩萨劝我说，我既从它肚子里钻出来，杀它如杀我母，所以就把它留在灵山上，封为佛母孔雀大明王菩萨。那只大鹏就是它的兄弟。"行者笑说："如此说来，您还是妖精的外甥哩！"如来也微笑说："那妖物，除了我以外，普天之下，再也没有第二人能降伏它。悟空，你虽本领通天，恐怕也奈何不了它吧！"行者说："是，劳您大驾，去降降它吧！"

这时文殊和普贤也已赶到，如来问："那兽下山多久了？"文殊说："七日了！"如来叹口气说："山中方七日，世上已七年，不知在那里伤害了多少生灵。我们快去吧！"与悟空和众菩萨一齐来到狮驼国上。

如来先对悟空说："你下去骂战，许败不许胜，败上来，让我收拾它。"大圣即按落云头，直到城上，踩着城垛大骂："孽畜，快来领死！"

那三个老妖听见小妖来报，都拿着兵器赶到城外来，看到行者，举起兵刃一齐乱刺，行者挺棒相迎。斗了七八回合后，行者佯败退走。妖王喊声大振，紧紧追来。行者看他们追得近了，纵身一跳，闪在如来佛金光圈里。三个魔头追到，不见了行者，半空中被如来佛与文殊、普贤、五百阿罗汉、三千揭谛神团团围住，水泄不通。

老魔大惊，叫："兄弟，不好了，那猴子把主人公请来了！"三魔说："大哥不必惊慌，我们一齐上前，刺倒如来，再去夺他的雷音宝刹！"那两个老妖不知死活，真的举刀乱砍，却被文殊和普贤念动真言，大喝："孽畜还不现身！"吓得老怪二怪丢开兵器，打个滚，现出本相，伏在地上。

三魔看老怪、二怪已经驯服，大怒，撒开翅膀，扶摇直上，伸出利爪来抓行者。如来抛出莲座，一道金圈把它罩住，不能远遁，现了本相，乃是一个大鹏金翅雕，开口叫："如来，你怎么困住我？"如来说："你在这里多生孽障，不如随我返回灵山修炼吧！"妖精说："你那里要吃斋坐禅，又穷又苦；我在这里吃人，多么快乐？将来你饿坏了我，你有罪哩！"如来笑说："我管理普天地众生，如果有做坏事的，我先让你吃他！"那大鹏逃脱不开，只得答应。佛祖也不敢放开大鹏，只让它留在头顶光圈上做个护法，率领众人，返回灵山。

悟空急扯住他说："如来，你现在收了妖精，但我师父呢？"大鹏咬牙恨说："泼猴！竟然找来这个狠人困住我！那老和尚我哪里吃到了？锁在锦香亭铁柜子里的不是！"

行者大喜，拜别佛祖，落入城里。满城小妖看妖王被擒，早已逃散一空，悟空先到殿前解下了八戒和沙僧，找到白马与行李，对他们说："师父还没被吃掉，你们跟我来！"三人走到皇宫内院，找到锦香亭，果然有个铁柜，只听见唐僧在里头哭。沙僧用降妖杖吧嗒一声打开铁盖，叫声："师父！"三藏见了，放声大哭，行者把刚才的事详细说了一遍，唐僧感激不尽。四人就在宫殿里找了些米粮，安排些茶饭，饱吃一顿，收拾好出城，找大路往西而去。

二十四、比丘国一千一百一十一个鹅笼的谜

这一番折腾，耗去不少时日，再往西行时，已是冬天。岭梅破玉、千山飞雪，师徒们冲寒冒冷，宿雨餐风地行近一座大城。

三藏问悟空："这是什么地方？"悟空说："我也不晓得，找个人问问！"走到城墙边，只见一个老兵，偎在角落里打困。行者摇他一下，叫声："长官！"那老兵猛然惊醒，迷迷糊糊地睁开眼睛，看见行者，连忙跪下来磕头说："爷爷！"行者笑说："别怕！我不是什么爷爷。"老兵磕头说："您是雷公爷爷！"行者笑笑："胡说！我是大唐派往西天取经的和尚。请问这是什么地方？"那老兵定定神，仔细打量了他一阵才说："这里原名比丘国，现在又称作小儿城。"行者奇怪，说："既然叫作比丘国，为什么又叫作小儿城？"（注：梵语称僧人为"比丘"。）

那老兵指指城里说："哪，那不是？"行者循着他的手指望去，只见城里熙来攘往，非常繁华热闹，只是每家门口都放着一个鹅笼，外面罩着一块五色彩缎，十分怪异。正觉得奇怪时，八戒也跑过来看，说："啊，师哥，今日大概是黄道吉日，家家都准

271

备礼物讨新娘哩！"行者骂："胡说！"转身向那老兵拱拱手说：
"请问这是怎么回事儿？""唉！难说！难说！"老兵摇摇头，又
靠到城角里打盹，不理他们两人了。

　　行者和八戒无奈，只好转回来跟唐僧说了。沙僧站在旁边说：
"那些笼子实在古怪，不如溜进去看看里头装的究竟是些什么！"
行者说："对啊！老孙去看看！"摇身变成一只蜜蜂，飞到笼边，
钻进彩幔里，原来笼里坐着一个小孩；再去第二家笼里看，也是
小孩。连看八九家，都是如此，只有男孩，有的坐在笼里玩耍，
有的啼哭，有的在吃果子，有的睡觉。行者看过，飞回唐僧马边，
现出原身，把情形告诉唐僧说："师父，那笼里都是些小男孩，大
的不满七岁，小的只有四五岁，不知道是什么道理！"唐僧听了，
也疑惑不已，说："啊！徒弟，且不管他，我们先进城去，找个地
方住下来，再去打听好了！"

　　八戒欢喜，牵着白马转进城里，找了一间清静的驿馆，大家
同吃了斋饭，唐僧对驿丞说："贫僧是大唐派往西天取经的和尚，
路过贵地，有一事不明，烦请指示！"驿丞说："不敢！""贫僧
初进城时，看见街坊人家，门前各放一个盛人的鹅笼，不晓得是
什么缘故？"那驿丞一听，脸色大变，急忙在唐僧耳边说："长老
别管，别问，请安歇，明早上路吧！"说完转身就走。

　　唐僧一把扯住他，一定要问个清楚。驿丞无奈，回头四处看
了一下，才低声说："长老不知，这里原名比丘国，大约三年前，
有个老道人带着一位十六七岁的小姑娘来到我国，进贡给皇帝陛

下。这女子长得妖娆艳丽，皇上极为宠爱，留在宫里，封为'美后'，也不上朝办公了，整天在后宫陪美后戏耍，渐渐弄得精神疲倦、身体虚弱了。我国家的医生想尽办法，都不能让他复原。后来那进贡美后的道人说，他在海外有秘方，可以延年益寿。国王就封他为国丈，去海外采药。现在药物已经齐备了，可是那药引子却十分可怕：要用一千一百一十一个小孩的心肝煎汤，配合着药吃才有效——这些鹅笼里的小孩，就是家家征调来的，养在里面，等时辰一到，就要剖心熬汤了。唉，可怜啊！天下父母心，谁又舍得？可是有什么办法呢？这就是敝国又叫小儿国的原因。唉——"驿丞说完，已经热泪盈眶了。

这一说，不仅那位十世修行的大好人唐僧腮边堕泪，连猪八戒也愤愤不平。沙僧说："师父且莫悲伤，明天我们上朝去拜望那国王，当面劝劝他，再看看那国丈是什么样的人物。也许国丈是个妖怪，想吃人心肝，才设下此计也不一定！"

悟空说："悟净说得有理，师父您先睡觉，明天老孙同您上朝看看！"三藏大喜说："好！好！但只怕那昏君反来责怪我们妖言惑众哩！"行者笑说："老孙自有法力，今夜先把小孩摄离城里，明天他找不到小孩取肝，我们再去找他，比较有效！"三藏欢喜说："那就快点！"行者笑笑说："不忙，老孙去了！"

呼哨一声，跳上半空，念动真言，把城隍、土地、五方揭谛、四值日功曹、六丁六甲等都唤到面前来，把经过说了一遍，众神大喜，各使神通，刮得满城阴风滚滚，沙雾漫漫，把鹅笼摄到山谷深林中藏起来了。行者才跳下云来，与长老一同就寝。

第二天，唐僧早早起床，准备上朝。悟空说："师父，我与您同去！"唐僧说："你去又不肯礼拜国王，恐怕他会见怪。"行者说："我不现身，暗中跟随，也算是保护您好了。"唐僧大喜，吩咐八戒、沙僧看好行李马匹。悟空摇身变作一只蟭蟟虫儿，飞在那唐僧帽子上，随他一同上朝。

到了门外，官员替唐僧进去禀奏，国王欢喜说："远来的和尚，必有道行，让他进来吧！"殿官再来请唐僧进朝。只见那国王体态羸弱，精神倦怠，随口问了三藏几件取经的事，已经哈欠连天了。三藏要提起有关小孩的事，又怕他精神不济，责怪自己鲁莽，正在犹豫不决时，忽然殿官又来禀报："国丈到！"

那国王立刻攀着近侍小臣的肩，挣扎着走下龙椅，来迎接国丈。慌得唐僧也赶紧立在殿旁，仔细观看。果然有个黄袍老道，长髯飘飘，逍遥而来。国王看见老道已来，精神似乎也好了些，回头对三藏说："圣僧请回，朕有事与国丈商议，不多奉陪了！"唐僧无奈，只好拜辞出来。

那国丈看着唐僧远去，正要说话，忽然殿外闪出一员大将说："陛下，不好了！昨夜一阵寒风，把城里各家鹅笼刮走了！"国王听了，吓得手足发冷，抓住国丈的手说："完了，此乃天欲灭朕！"国丈笑说："陛下不必烦恼，这是天送长生来给陛下啊！"国王奇怪说："为什么？"

国丈呵呵冷笑说："一千一百一十一个小孩的心肝，只能让陛下延寿千年。刚刚来的那个和尚,配合我的药吃了,却可以延寿万万年咧!"国王茫然,国丈才说:"那个东土来的和尚,是个十世修行的元阳真体,用他的心肝来煎药,岂不胜过小孩心肝万倍?"

国王听得如梦初醒,急命御林军包围驿馆,把城门关上,捉拿唐僧剖心。

那行者趁唐僧走时,飞在金銮殿翡翠屏风上,已把经过听得一清二楚,急忙飞回驿馆,现了本相,对唐僧说:"师父,不好了!"把经过讲了一遍,吓得那唐僧三魂七魄悠悠渺渺,跌在地上,半天说不出话来。沙僧急上前按摩了半天,他才悠悠醒来,哭说:"悟空,这可怎么好?"八戒笑说:"你看!行者好慈悲!救得好小孩!这下却闯出祸来了!"

行者喝说:"呆子别胡说,老孙自有办法!"叫唐僧把衣服脱下来,和行者对调了;念个咒,把唐僧变成猢狲模样,自己则变成个白胖胖的三藏大师模样,坐在椅上。八戒、沙僧暗暗拍手喝彩。

正在改扮时,门外锣鼓齐鸣,枪刀簇拥,御林卫官已经带了三千人马,把驿馆团团围住了。一个锦衣大官走进来问:"东土唐朝长老在哪里?"假唐僧站起来,假装斯文说:"贫僧就是,不知大人召唤贫僧有何吩咐?"那大臣说:"我也不晓得,你与我上朝去见陛下就是!"

把假唐僧扯出馆外,御林军围围绕绕,直到朝外。殿官急忙进去禀报，大家簇拥着唐僧上朝。那假唐僧到了金銮殿上，也不参拜，站在那里大声说："陛下，找贫僧来，有何贵干？"

国王笑说："朕身上有病，缠绵甚久，总是不好，想向长老借件东西配药吃。如果病好了，我会替你盖祠庙，永远祀奉！"

假唐僧说："我出家人，远来贵国，不知陛下要借些什么？"昏君说："只求长老的心肝一用！"假唐僧说："不瞒陛下，心倒有几个，但不知您要的是什么颜色？"国丈在一旁说："和尚，要你的黑心！"假唐僧说："既然如此，快拿刀来，剖开胸腔看看，如果有黑心，自然奉上！"昏君欢喜，忙叫侍卫拿了一柄短刀来。假唐僧接过刀，解开衣服，挺起胸膛，呼啦一声，把肚皮剖开，里头咕噜噜滚出一大堆五颜六色的心来。吓得满朝文武百官掩面失色，假唐僧把那些心一个个捡起来，却都是些红心、白心、黄心、绿心、贪心、名利心、妒嫉心、狠毒心、计较心、恐怖心、邪妄心、谨慎心、侮慢心、好胜心等种种善恶心，没有一个黑心。

那昏君吓得目瞪口呆，说："收回去！收回去！"假唐僧就把脸一抹，现了本相，大骂："陛下好没眼力，我和尚一家都是好心，唯有你这个国丈才是黑心，你不找他做药引，反来找我？"那国丈一听，睁眼细看，"呀，原来是五百年前的旧识，不好！"抽身就走，腾云跳在空中，行者笑说："哪里逃，吃我一棒！"纵上云端，掣棒打去，那国丈也举龙头拐迎战。

行者的铁棒，重一万三千五百斤，蟠龙拐抵挡不住，苦战二十回合，虚晃一拐，化作一道寒光，不知去向。行者这才落下云头，对文武百官说："你们的好国丈啊！"

那国王满面羞惭说："朕实不知详情，三年前，他带一女子来，说他住在南边七十里的柳林坡清华庄上，年老无儿，只有一女，愿意送朕，不料原来却是个飞来飞去的女怪物。"正说着，后宫也有宫女来报："启奏大王，美后不见了！"行者笑说："不必说，这一定是他两人见阴谋败露，一齐逃了。那怪既然住在柳林坡上，老孙就去抓来。不过我师父那边，我还得去禀报一声！"

昏君说："是！是！快把圣僧请来！"不一会儿，八戒和沙僧陪伴着三藏来到，悟空把经过说了一下。三藏说："既然如此，就得快去，除妖救人，也是你的大功一件。"行者说："那么，八戒跟我一道去吧！"八戒说："去便要去，只是肚子饥饿，没力气。"国王忙说："有！有！快办斋饭来！"

皇帝家办事，既快又好，斋饭立刻送到。八戒放开肚肠，风卷残云般大嚼一顿，把满朝文武都看呆了。八戒吃完，站起来用手抹抹嘴说："哥啊，我们去吧！"抖擞精神，与行者驾云而去。

两人在南方七十里处落下，寻找妖迹。只见一道清溪，两岸垂杨千千万万，也不知道清华庄藏在哪里。大圣发急，忙念动真言，拘来土地，问："柳林坡有个清华庄在什么地方？"土地战战兢兢地说："大圣恕罪，此地只有个清华洞，在南岸九叉头一棵杨柳根下，没有清华庄。您走到树前，把树左转三圈，再右转三圈，连叫三声'开门！'就可以看到清华洞了。"行者大喜："好，你回去吧！"与八戒跳过溪来，果然有九棵杨树，长在一个根上，行者照土地的话，连叫："开门！"咔嗒一声，地上裂开一扇大门，门上有个石匾写着："清华洞府"。行者叫八戒在洞口等着，自己打开门，闪身进去。那洞里奇花争艳、碧草幽兰，仿佛人间仙境。行者笑说："这怪物倒会享受！"转过假山，看见那老怪正搂着一个美人，气喘吁吁地讲比丘国的事，骂说："等了三年，这么好的机会竟然被这猴头破坏了！"

行者跳过去，举棒高叫："什么好机会，别走，吃我一棒！"老怪慌得抛下美人，举拐来迎，大骂："泼猢狲，我难道怕你不成？"从袖里拿出三个紫金铃，抽开包在铃子上的布条，一声响，从里面迸出火来，霎时间火光冲天，红焰中又冒出一股恶烟，烟分五色，比火更凶。行者吓了一跳，正准备逃跑，铃子里又冒起一阵黄沙，真是遮天蔽日，粗灰滚滚，夹着烟火烧来，红焰焰、黑沉沉，满天燎火，遍地黄沙，把一个孙行者熏得头晕脑胀，走投无路，好不容易才找到洞口，一筋斗翻出来。

八戒正在洞口张望，冷不防行者窜出洞来，两个人撞成一团，跌倒在地上。八戒嚷："头痛！"悟空也喊："头痛！"八戒奇怪说："你怎么啦？"悟空说："那妖怪放的烟火好厉害，老孙熏着了一点，脑袋就撕裂似的疼！"呆子听了兽性大发，举起把，一把筑倒了九叉杨树，再几把，把得那根上鲜血直冒，嘤嘤的似乎有声音，他说："这棵树成精了哩！这棵树成精了哩！"

行者说："如今他门户已经毁了，只是烟火厉害，无法捉他。兄弟，你再等着，老孙溜进去看看！"好大圣，变成一只小蜜蜂，钻回洞里。只见那老怪牵着美人说："泼猴头晓得这铃子厉害，已经退走了。你替我弄些茶水来，解解渴吧！"美人答应一声，走到里面去了。

行者紧紧跟着她，转到后洞，一把扯住她，现了本相，喝声："哪里走！看棒！"那美人手中没有兵器，不能迎敌，只好把身子一闪，化成一道寒光，往外就走。大圣看得清楚，抵住寒光，乒乒一棒，那女怪立不住脚，倒在地上，原来是只白面狐狸。行者先把妖尸藏好，再摇身变成女怪模样，端了一盅清茶，婷婷袅袅走到前洞来。

老怪看见美人出来，就来握她的手，一边端起茶咕噜一口喝光了，对美人说了许多调情的话。假美后也羞娇不胜地假装应答，暗地里拔下一撮毫毛，变成虱子和臭虫，爬到老怪身上，挨着皮肤乱咬。老怪正与美后说话，忽然疼痒难禁，说："糟了，准是这泼猴不甚干净，他身上的跳蚤跳到我身上来了。"急忙脱下衣服乱抖。假美后说："哪，这有什么用，拿来我替你捉捉。"老怪大窘，连说："我一向最清洁，哪会生这些臭虫？"一边将衣服递给美后，自己则在身上乱抓。美后接过衣服，摸到那三个金铃，暗地里藏好，寻着几个虱子，捏成金铃，依然放在衣服里，交给老怪说："好了，你穿上吧，我到后面去看看，有没有什么吃的！"

急忙闪出洞来，八戒正在那里愣头愣脑地看，见行者出来急问："如何？"行者笑说："哈哈，到手了，现在再去骂战，等老怪出来，就放火烧死他！"八戒说："你在洞中杀了他岂不省事儿？何必又跑出来再叫阵？"

悟空说："你这呆子，暗里杀人，岂是老孙做的事吗？你嘴大，替我一宣传，岂不坏了老孙的名声？"高声大叫："孽畜！快出来送死！"

那老怪在洞里找不着美后，忽听悟空叫战，怒气冲冲地提着拐杖冲出洞来，叫："猴头，我不惹你，你却来害我！你再不走，休怪我摇铃了！"悟空笑说："我的儿呀，你有铃，你孙外公难道没有？"从腰间解下三个紫金铃来，托在手上。那怪大惊，暗想："他怎么也有三个一模一样的铃子，难道我的铃子被他偷了吗？"急忙从袖里掣出铃来，惊魂甫定，笑说："泼猴，你不知我这铃子乃是太清仙君在太上老君八卦炉里炼成的宝贝，摇一铃即有三百丈火光烧人；摇二铃就有三百丈烟光熏人；摇三铃时，哼，三百丈黄沙吹起，若钻入鼻孔，就得丧命！你那什么小铃，也敢拿来和我斗法？"悟空哈哈大笑说："儿啊，老孙的铃也是老君炉里炼成的。当时炼铃时，炼成一对雌雄铃儿，我这三颗雌的，你那三个是雄的哩！"

老妖说："铃儿乃是金丹之宝，又不是飞禽走兽，哪来什么雌雄？摇得出宝来的就是好铃！"行者说："是呵，口说无凭，出手就知真假。你先摇吧！"

老妖暗想："好不知轻重的猴头"，拉动第一个铃，摇一摇，不见有火；再晃晃第二个，也没有烟；摇动第三个铃，更没有沙。老妖慌了手脚说："怪啦！怪啦！世界变了，这铃子想必是个怕老婆的，雄见了雌，烟火都不出来了！"行者笑说："儿啊，让你外公来教你玩铃儿吧！"把那三个金铃一齐摇起。

刹那间红火、黑烟、黄沙一齐滚出，大圣口里又念个咒语，对地上一指，叫："风来！"真是风催火势，火挟风威，吓得那老怪在火中魂飞魄散，走投无路，陷在黄沙烟火中。

这顿火足足烧了半个时辰，行者才把金铃藏好，与八戒拨开焦草，寻找老怪尸体。两人东寻到西、西寻到北，总不见尸首，八戒说："老猪明明看见他困在火里，怎么就不见了？"

行者也觉纳闷，念动真言，把土地唤来问："刚才老孙放烟火烧那老怪，怎么这会儿就不见了？"土地叩头说："大圣，小的不敢相瞒，那老怪借土遁从我这土里逃往乱石山碧波潭去了！"行者猛然想起说："哦，是了，那时三借芭蕉扇，也曾随牛魔王去到碧波潭。也罢，土地你先回去，我与八戒再往碧波潭走走！"

两人驾起狂风，直奔乱石山碧波潭去。悟空和八戒商量说："若下水去，我们不熟路径，他里面人又多，只怕占不到什么便宜，不如先把定海神针弄下去捣他个鸡犬不宁！"八戒大喜说："好哇！"悟空即擎出铁棒，叫声"变！"，那棒子就变成当年藏在海中的铁柱子模样，行者两手抱起，弄个神通，仿佛捣池子似的，在水中猛捣。

那老怪借土遁逃到这里，正和九头魔君坐在碧波宫讲比丘国和清华洞的事，忽然一阵巨响，石裂山崩，潭水沸腾似的翻滚起来，晃得一座碧波宫几乎震垮。老怪说："不必讲，这一定是孙行者来了！"九头魔君大怒："孙行者上门欺人，我难道怕他不成？"取过兵器，纵身跳出潭来，在水面上叫："什么人在这里捣乱？"

行者与八戒站在岸边，看见水波翻涌，跳出一个凶恶的妖精，不觉会心一笑。行者收了定海神针，仍然变成铁棒模样，整理一下衣服，笑呵呵地说："你这贼怪，原来不认得你孙爷爷哩！快把老怪交出来，否则你窝藏人犯，也是要判罪的！"九头魔君冷笑说："我还以为是何方神圣呢，却只是你这小猢狲在这里搞鬼。我碧波潭岂是容得你撒泼的地方？我劝你快快回去，否则一时失手，伤了你的性命，倒让人家说我是以大欺小，胜之不武哩！"

行者大怒，骂说："泼贼怪！有什么本领，敢夸大口？来！来！来！吃你爷爷一棒！"那魔君连连冷笑，举起月牙铲架住铁棒，两人就在乱石山前缠斗起来，来来往往三十回合，不分胜负。猪八戒站在山边，看他们战得难分难解，挥动钉耙，往妖精背后就筑。不料，那魔君有九个头，前前后后都是眼睛，看得清清楚楚。八戒一把打来，他就用月牙铲抵住铁棒，身子一低，打个滚，腾空跳起，现了本相，竟是一只九头怪虫，伸开翅膀，张开毛茸茸的大嘴，来咬八戒。八戒吓坏了，叫声："哥啊，我自从投胎做人，不曾见过这样的怪物！"行者也说："真是罕见！真是罕见！"急纵祥云，跳在空中，挥动铁棒往它头上就打。那怪物斜飞避过，嗖地转个身，掠到山前。八戒也拿钉耙去筑，那怪兽一闪躲开，半腰里忽然又伸出一个头来，张开血盆大口，咬住八戒，半拖半扯，窜下碧波潭去了。

悟空看妖精擒住八戒，心里焦急，念个诀，摇身变成一只螃蟹，直下潭底。只见那老怪和九头魔君坐在殿里喝酒贺功，众水怪环绕在旁边歌舞作乐。他不敢过去，偷偷绕到殿后，那呆子正绑在柱子上哼气，行者爬过去，轻声叫："八戒！"呆子认得声音，急叫："哥哥，救我！"行者说："小声点！"游过去把绳子箍断了说，"走吧！"呆子恨恨说："哥哥，你先走，等老猪打进去，如果得胜，就捉住他们一家；如果不胜，你就在岸边接应我！"悟空大喜说："小心点！"八戒说："不怕他，水底的本事我还有些！"行者说："既然如此，我到岸边等着！"

那呆子转身找到钉钯，一声喊，冲进殿里。慌得那大小水族四散逃命，叫："不好了，长嘴和尚打进来了！"呆子不顾死活，逢人就打，一路钯，把一些门扇桌椅吃酒的家伙等等打得粉碎，大小水怪碰着就没命。那九头虫见八戒来得凶狠，急取月牙铲杀来，大骂："呆猪，看铲！"八戒也骂说："贼怪！这不干我的事，是你自己请我来你家里打的！"那老怪也拿龙头拐杖来打八戒，斗了几回合，八戒招架不住，虚晃一钯，撤身就走。九头虫率众水怪随后追赶。

悟空站在潭边等候，忽见潭水翻涌，八戒先蹿出水面，他就踏云雾飞在潭上，九头虫脑袋刚一出水，噗的一声响，被铁棒打得稀烂，尸身浮在潭上，吓得那些虾精蟹怪、鼋鱼龟鳖，心惊胆战，各自逃命去了。老怪见大事不妙，化作一道寒光，往西逃去。行者看见，叫声："追！"

正在喊杀之际，突然听见一片鸾鹤鸣声，祥光缥缈，两人举头细看，原来是南极仙翁赶到，叫："大圣慢来，天蓬休追，老道在这儿施礼呢！"行者笑笑说："寿星，从哪里来？"八戒发急说："肉头，你看到一个妖怪从这里走了没有？"南极仙翁举起袖子说："在这里面哩！"把袖子抖一抖，放出寒光，打个滚，现了本相，原来是只白鹿。仙翁说："它是我的坐骑，溜到这里来，还请大圣饶它一命！"行者笑笑："要饶它也可以，但你得随我去比丘国一趟。"

仙翁说："那当然。大圣拿走的那三个紫金铃也得还我呀！"行者笑说："什么金铃银铃？没有啊！"仙翁说："真人面前不打诳语，大圣本领通天，何必再用这小玩意？"悟空笑说："老孙的毛病就是受不得人家捧，也罢，还你吧！"从身上掏出铃子来，拴在白鹿脖子下。三人一同驾云回到比丘国。

那长老和满城君臣正在盼望，看见行者回来，急忙来问。行者指指白鹿说："这就是你的国丈！"国王羞愧无比，只得说："谢谢圣僧救我一城小孩的性命！"正说着，半空中哗啦啦一阵风响，路两边落下无数鹅笼，城隍土地等神在半空中高声叫："奉命保护小儿，今大圣成功，一一送来了！"国王百官都望空下拜。那家家户户也抢出来认儿子，欢欢喜喜，呼爹喊娘，跳的跳，笑的笑，一城人都叫："快谢谢唐朝爷爷救儿之恩！"大家都不怕他们长得丑，争着来抬猪八戒、扛沙和尚、顶着孙悟空，背起唐三藏，热热闹闹。南极仙翁看得捧腹大笑，先回天上去了。那城里却还是这家开宴，那家设席，款待四人，吃得八戒不亦乐乎。有些请不到的，也忙着做些僧衣、僧鞋，争着来送。

这样闹了个把月，四人才离城。满城百姓官员又都来送行，送出城二十余里，还牵衣拉裳地不肯离去。行者没有办法，只好拔下一撮毫毛，变成四只白额斑斓虎，拦在路中间吼啸，大家害怕，才不敢跟来。

二十五、终于跋涉到灵山雷音寺

唐僧师徒四人忍饥耐寒，又不知跋涉了多久，一路经过凤仙郡、金平府、地灵县等地，终于平安来到西天竺的地界。果然是一处西方佛地，沿途都是些琪花瑶草、苍松翠柏；而且家家好佛、户户斋僧，师徒们夜宿晓行，又经六七日，不知不觉来到灵山山脚下的玉真观。早有一个道童，斜立在山门前叫说："你们莫非是东土来的取经人？"

孙悟空认得他："师父，他就是观里的金顶大仙，要来迎接我们哩。"唐僧方才醒悟，慌忙施礼。大仙笑说："哈，我被观音菩萨哄了！她在十四年前领了如来佛的旨意，到东土寻找取经人，原说二三年就会到这里，我年年等候，杳无消息，不想圣僧今年才到。"唐僧合掌："有劳大仙等候，十分感激！"

彼此寒暄着，一同踏入观里。大仙忙吩咐小童儿去烧香汤，以便让唐僧师徒洗尘，好登佛地。沐浴完毕，吃了些斋饭，不觉天色将晚，就在玉真观歇了一夜。

次早，三藏换上那件锦襕袈裟，手持九环锡杖，拜辞了大仙，带着悟空、八戒、沙僧，连那匹龙马，缓步登上灵山。走了五六里，忽见一条湍急的溪水挡住去路，看得三藏心惊："好宽阔的一条溪啊！莫非大仙指错路了？四周又不见舟楫，怎么渡得过去？"

悟空笑说："师父您看！那右边雾中不是有一座大桥？要从桥上过去，才能得正果哩。"唐僧凑近前面看，哪里是一座大桥？却是一根颤巍巍的独木桥，桥边刻着"凌云渡"三个字。

三藏大惊："这桥不是人走的，我们找另一条路径吧！"行者笑说："就是这条路！只有这条路！"八戒慌了："我的娘，又细又滑的一根木头，叫老猪的脚蹄怎么移得动？"行者笑说："你们都闪开，让老孙走给你们看。"

说完话，跳上独木桥，把金箍棒横拿当平衡竹竿，几个快步就跑了过去，在那边招手："过来！过来！"看得唐僧摇头、八戒吐舌、沙僧咬指，连声说："难！难！难！"行者又从那边跑过来，拉着八戒说："呆子，跟我走！"吓得八戒赖倒在地下说："滑！滑！滑！哥啊，你饶了我吧！让我腾云驾雾过去！"行者按住喝说："呆子，这是什么地界，你还敢耍云弄雾？必须从这座桥上经过，方可成佛。"八戒一劲地挣扎脱身，行者却死扯不放，就在拉拉扯扯的当儿，忽然从薄雾中撑出一只渡船。三藏见了大喜："呀，渡船来了！徒弟啊，快把船招来！"

悟空跳起来，睁开火眼金睛看，知是接引佛祖的化身，却不说破，只管招手："喂，喂，老头儿，把船撑过来！"等船只靠岸，三藏见了又唬一跳："你这船是无底的，如何把人渡过去？"

那老翁不搭腔。

孙悟空却合掌称谢说："有劳大驾，接引吾师。师父，上船吧！他这渡船虽然无底，比有底的还稳！"

唐僧惊疑未定，早被悟空一把推上船，脚底一个不稳，在船里跌了一跤，把裤袜都弄湿了。幸亏被撑船人一手扯起来，站立船中。八戒和沙僧牵着马匹行李，也陆续登上无底船，那佛祖轻用力撑开，只见从上游漂下来一个死尸。

唐僧见了大惊，口里只顾念阿弥陀佛。行者笑说："师父不要怕，那个死尸便是从前的您，如今您已经脱胎换骨了。"八戒、沙僧也争着一睹师父的凡胎肉身，相互拍掌大笑。等死尸顺流漂下去，一个水花消失不见时，渡船已安安稳稳地过了凌云渡。唐僧跳上岸，只觉得自己身轻体快，手脚灵敏，仿佛吃了什么仙丹灵药似的，迥然不再像以前那么笨重。

抬头已望见灵山顶上的那座雷音寺。师徒四人逍逍遥遥地奔跑，不一刻钟来到山门之外。早有四金刚、八菩萨、五百阿罗汉、三千揭谛、十一大曜、十八伽蓝，左右列队两行，从第一山门、第二山门、第三山门，直排到大雄宝殿的前面。

观音菩萨出来领着唐僧四人连马五口，一直走到大雄宝殿前的玉阶下，缴了旨意。唐僧叩拜之后，才将从东土到西天竺，一路上十万八千里所经过的通关文牒呈奉给如来观看，并禀告说："弟子陈玄奘，奉东土大唐皇帝圣旨，遥诣宝山，拜求真经，以济众生。望我佛垂恩，早赐回国。"

如来佛方才动了慈悲之心，开了怜悯之口说："你那东土，乃是南赡部洲。只因天高地厚，物丰人密，多贪多杀，多淫多诳，多欺多诈，不遵佛教，不认善缘，不重五谷，造下无数的罪孽，恶贯满盈，以至于有地狱之灾！我这里有一部讲大乘佛法的《三藏真经》，可以让你们一窥沙门的奥妙，助你们普度众生。"说着，吩咐阿难、伽叶两尊者，带他们到藏经楼，领取经卷，以便永传东土。

阿难、伽叶听令，立即引着唐僧四人，来到藏经楼里。两人见四下里无人，便低声对唐僧说："唐僧老远跑到这里，有什么礼物送我们？快拿出来，好用来交换《三藏真经》。"唐僧一听慌了："弟子玄奘迢迢跋涉到这里，却不知道有此规矩。"二尊者笑说："不瞒你说，这是暗盘交易！试想，经卷的纸张、印刷、装订都是需要花费钱的——总不能让你们白白拿走，饿死了我们！"

孙悟空见阿难、伽叶口里唠唠叨叨，就是迟迟不肯把《三藏真经》拿出来，忍不住焦躁："师父，我们去向如来佛告状！叫他亲手把经拿来！"阿难喝了一声："泼猴还嚷！这是什么地界，你还敢撒野放刁！快到这儿来接经。"八戒和沙僧劝住悟空，转身来接，一卷卷收入包裹，驮在马上，又捆了两担，两人各挑一担。然后师徒四人踅回前殿，拜辞了如来佛，一直出了山门，奔下灵山去了。

谁知藏经楼的阁楼上有一尊燃灯古佛，他在阁上暗中谛听到阿难、伽叶传经之事，心想："两尊者也实在恶作剧，竟把无字真经传给他们——可惜东土众僧痴迷，不识无字之经，岂不枉费了圣僧这场跋涉？"想着，便吩咐白雄尊者，去追赶唐僧，将无字之经毁了，叫他们再回来求取有字真经。

唐僧押着经担，才走离雷音寺的山门不远，忽然狂风大作，一声响亮，从半空中伸下一只巨手，将马驮的经包一把抢去。吓得三藏捶胸顿足，孙悟空急忙跳起来追赶。白雄尊者见大圣追来，恐怕挨了他的金箍棒，便将经包扯碎，抛在地下，趁机溜掉。大圣也不去追赶，按下云头，忙收拾地下散落的经卷。等三藏、八戒、沙僧赶到，无意间翻开内页，竟无半点字迹，发喊起来，把所有经卷通通打开来看，全部都是白纸。

唐僧看了，不免一阵长吁短叹："唉，我东土人这么没福气！像这种空白的佛经，我怎敢带回去？若见了唐王，不就成了欺君之罪！"行者心里已知究竟，不愿说破，只是对唐僧说："师父，不用说了，这一定是阿难和伽叶两人捣的鬼！他向我们索取礼物，我们没给他，便故意把这种空白的本子拿来搪塞给我们。我们现在快回去向如来告状，问他个勒财敲诈之罪！"

师徒四人又急急奔回雷音寺，直奔到大雄宝殿的玉阶下，正要叫嚷起来，佛祖已出声笑说："你们且不要叫嚷，阿难、伽叶对你们索取礼物的事，我已知道了。用意在于经不可以轻传，也不可以空取。你们如今空手来要，所以传了白本。所谓白本，乃是无字真经，本是最高妙的。可惜你们东土的众生，执迷不悟，只好传有字的《三藏真经》。"说着，对侍立在身边的阿难、伽叶吩咐说:"两位快去把有字的真经,拣出来传给唐僧。"

二尊者又带领唐僧等人进入藏经楼里面,阿难又伸手要礼物,唐僧无奈,便把一路化缘、唐王所赐的那个紫金钵盂拿出来,双手奉上。阿难接过手就捧着不放,只管咧嘴傻笑,然后由伽叶一人,从架子上取出有字真经,一一递给唐僧。

唐僧再叫三个徒弟,一一翻开来,仔细看有字没字。总共传了五千零四十八卷,收拾成两大担,一担驮在马背上,另一担由八戒挑着。沙僧挑着行李,行者牵着马,唐僧拿了锡杖,一行四人才欢欢喜喜回到如来佛面前,一个个合掌躬身,朝上礼拜告辞。

佛祖开口说:"能把这套《三藏真经》传到东土,实在功德无量。回去之后,要展示给一般众生知道,广为流传;且必须事先沐浴斋戒,始可开卷念诵,以示宝重。"三藏叩头谢恩后,领了经典,带着徒弟,出了三座山门,取道归去的路径。

等唐僧走后,观音菩萨闪出来启奏:"弟子当年领旨在东土寻找取经人,今已成功,共计十四年之久,相当于五千零四十日,还少八日,才符合经卷的数目。"如来佛听了大喜,即刻命令八大金刚,急速护送唐僧腾云回东土一趟,再引回西天,须在八日之内完成,不得迟误。

八金刚走后不久,那批一路上暗中保护唐僧的六丁六甲、四值功曹、五方揭谛,一齐闪出来向观音菩萨启奏:"弟子等奉菩萨法旨,暗中保护圣僧,如今圣僧功德圆满,菩萨已缴回佛祖的金旨,我们也一并向菩萨缴了法旨。"说罢,便将这一路上十万八千里所遭遇到的灾难记录簿，呈给观音菩萨观看。

菩萨将灾难簿过目了一遍，着急地说："佛门之中，九九才能归真，唐僧一共受过八十难，还少一难，必须补足！"即刻命揭谛飞星去追赶。

揭谛赶了一日一夜，才赶上八大金刚，附耳低语："如此，这般这般……谨遵菩萨的法旨，不得违误！"八金刚不敢怠慢，刷地把云雾弄散，将唐僧师徒四人连马带经坠落地面。

三藏脚踏了凡地，自觉心惊，不知怎么一回事。八戒哈哈大笑："哈，哈，摔得好！这叫越快越慢。"沙僧出声："不错，不错，因为走太快了，叫我们在这里歇歇脚。"悟空也笑着说："真体贴！知道我们要尿尿，便送我们回地面，好站稳脚步，撩开裤裆，稀稀啦啦个痛快哩。"

三藏喝声："你们三个不要斗嘴！我好像听到水声。"悟空纵身跳起，搭起手篷四处观看："师父，东边有一条通天河。"唐僧偏着脑袋说："哦，我记起来了，通天河在车迟国与金兜山之间，当年幸亏一只大白龟的负载，我们才能安然渡过。如今我们在河的西岸上，四无人烟，不知如何是好？"八戒忍不住嚷出来："只说凡人会作弊，原来佛祖身边的金刚也会作弊！他奉了佛旨，要送我们回东土，怎到半路上就丢下我们？现在岂不是进退两难！"沙僧也跟着把八金刚痛骂了一顿。

师徒四人嘴里骂归骂，脚下仍不得不一边走路，走到通天河水边，忽听叫声："圣僧，圣僧，这里来，这里来！"大伙吃了一惊，举头观望，四无人迹，更无渡船；低头看去，却见一只大白龟爬在岸边探着头叫说："老师父，我等了您好多年，怎么到了今天才回来？快，我驮你们过河！"

等众人都上了背，那老龟蹬开四足，踏水面如履平地，往东岸游去。不一会儿，快到岸边，老龟忽然问起："老师父，当年我曾央您，见到如来佛，替我问一声我什么时候才能脱壳成人，不知问了没有？"唐僧一听，哑口无言。原来从玉真观沐浴起，凌云渡脱胎，到步上灵山雷音寺，长老只专心拜佛，并为取经一事奔波，哪里还记得当年曾经答应老龟的诺言？老龟回头见唐僧沉吟半晌，口里没迸出半个字，知道不曾替他问，气恼起来，便将身体一晃，呼啦淬入水里，把他们师徒四人连马匹行李经卷一齐甩入水里，自个儿悻悻地游走了。

幸好唐僧已不再是凡胎肉身，加上龙马、八戒、沙僧都熟谙水性，行者便使一个神通，将所有人摄出水面，登上东岸，只是经包、衣服、鞍鞯都湿透了。三藏唯恐经卷上的字迹被水浸模糊了，慌忙叫徒弟们一一打开经包，晾在岸边的石块上晒干。晒了老半天，眼看太阳逐渐偏西了，又恐晚间风大，大家七手八脚地收拾经卷，不料八戒手脚粗鲁，把其中一册《佛本行经》的末尾沾破了，字迹粘在了石头上。三藏看了，懊悔不已。行者却笑着说："这经本是完全的，今沾破了经尾，乃是应了天地不全的奥妙哩。"沙僧笑说："都是猴头的话呢！"唐三藏听了，方才认为是天意，非人力所能挽回，不再愧疚不安。

这时，八大金刚又在云端上露面，刮起第二阵香风，把唐僧师徒四人连夜刮到东土长安城城西的上空，等天亮了好下凡。却说另一方面，唐太宗自从那年送三藏法师步出长安城后，便下令在西城门外建了一座巍峨的望经楼，年年亲临其地，等候取经的消息。这一天，太宗一大早就带文武百官驾临楼上，忽见西方满天祥瑞，从地平线出现了四个高矮肥瘦不一的人，连同一匹马，由远而近，早有侍官跑来启奏，说是三藏法师归国了。太宗这一喜非同小可，急忙叫人摆出銮驾，亲自前往迎接。

　　迎入望经楼后，太宗忙叫人摆出洗尘宴。宴会中，三藏便将这一路十万八千里所经历过的大小事，一一禀告太宗，从如何收了三个徒弟及一匹龙马，到如何克服千灾万难，取回真经，从头至尾详细说了一遍。听得那太宗目瞪口呆，仿佛被雷打惊的小孩一般。

　　接着，三藏便将沿途的通关文牒呈递给太宗观看。太宗把文牒接在手中，见盖满各关隘朱红的大印小印，方才如梦乍醒，连忙叫史官收下，然后出声："御弟什么时候能将真经念诵一番？"

　　三藏合掌回禀："这部真经得来不易，必须选一座洁净的寺院，才能开卷念诵。"当太宗问及长安城中哪座寺院洁净？早有宰相闪出来启奏："雁塔寺最为洁净。"

　　太宗随即命人移驾雁塔寺。三藏领着悟空、八戒、沙僧，牵动白马驮着真经，也跟在銮驾旁边，进入长安城。

　　这一消息，早轰动了整座长安城，家家户户忙摆下香案，万头攒动地争睹三藏法师的风采，看得猪八戒不觉手舞足蹈起来。走在一旁的孙悟空，忙暗中捏了他一把，笑着说："呆子，你又要把旧嘴脸拿出来！"八戒听了，只是眨眨眼地傻笑。

行进当中，三藏合掌对太宗说："陛下若想把这部真经流传天下，必须叫文官誊录成副本，然后才散布出去。原本还当珍藏，不可轻亵。"太宗点头称是。

到了雁塔寺，三藏法师直上讲坛，打开经卷，正要开口念诵。忽然一阵香风缭绕，半空中现出八大金刚的真身，高声叫说："那诵经的，快放下经卷，跟我回西天去！"叫声未了，唐僧四人连同白马腾起祥云，冉冉地飞向九霄云外。惊得太宗及众文武百官，个个望空叩头膜拜。

那八金刚引着三藏四人，连马五口，向西取道灵山，一路飞腾，好不迅速，刚好在第八日，到达雷音寺。等金刚缴回金旨后，如来佛便把唐僧师徒叫到莲台座前说："圣僧，你的前世原是我的第二徒弟，名叫金蝉子。只因为你在听我对大众宣讲时打了一个瞌睡，轻慢了我的佛法，所以贬你再走一遭凡世，让你从头开始磨炼，体验佛法的无边广大。如今功德圆满，取到了真经，正果丰硕，封你为'旃檀功德佛'。其次，孙悟空在途中降妖伏魔有功，封为'斗战胜佛'。猪悟能挑担有功，封为'净坛使者'。"

八戒一听，口中直嚷："哟！他们都成佛，独独让我做个使者？"如来佛微笑地接下去说："因为你嘴馋食肠大，凡天下四大部洲所有佛事，都由你来净坛，这是十分受用的肥缺，怎么不好！那沙悟净登山牵马有功，封为'金身罗汉'。龙马一路上驮负圣僧西来，又驮负真经东去，加封为'八部天龙'。"

唐僧众人聆听罢佛祖的金旨，个个叩头谢恩。随后由揭谛带领，一行多人前往后院歇息。这时，孙悟空忽然记起一件事，转头对唐僧笑说："师父，我现在已经成佛了，难道还叫我戴着这个鬼金箍不成？您赶快念个松箍咒，把它脱下来，让老孙一棒把它打得粉碎，使菩萨再也不能拿它去捉弄别人！"唐僧笑说："你以为你还戴着紧箍儿？你伸手摸摸看！"

孙悟空有点不相信，伸手往自己头上一摸，果然金箍早已不知去向，一时恍然大悟。

附录　原典精选

第一回
灵根育孕源流出　心性修持大道生

感盘古开辟，三皇治世，五帝定伦，世界之间，遂分为四大部洲：曰东胜神洲，曰西牛贺洲，曰南赡部洲，曰北俱芦洲。这部书单表东胜神洲。海外有一国土，名曰傲来国，国近大海，海中有一座名山，唤为花果山。此山乃十洲之祖脉，三岛之来龙，自开清浊而立，鸿濛判后而成。真个好山！有词赋为证。赋曰：

势镇汪洋，威宁瑶海。势镇汪洋，潮涌银山鱼入穴；威宁瑶海，波翻雪浪蜃离渊。木火方隅高积土，东海之处耸崇巅。丹崖怪石，削壁奇峰。丹崖上，彩凤双鸣；削壁前，麒麟独卧。峰头时听锦鸡鸣，石窟每观龙出入。林中有寿鹿仙狐，树上有灵禽玄鹤。瑶草奇花不谢，青松翠柏长春。仙桃常结果，修竹每留云。一条涧壑藤萝密，四面原堤草色新。正是百川会处擎天柱，万劫无移大地根。

那座山，正当顶上，有一块仙石。其石有三丈六尺五寸高，有二丈四尺围圆。三丈六尺五寸高，按周天三百六十五度；二丈四尺围圆，按政历二十四气。上有九窍八孔，按九宫八卦。四面更无树木遮阴，左右倒有芝兰相衬。盖自开辟以来，每受天真地秀，日精月华，感之既久，遂有灵通之意。内育仙胎，一日迸裂，产一石卵，似圆球样大。因见风，化作一个石猴，五官俱备，四肢皆全。便就学爬学走，拜了四方。目运两道金光，射冲斗府。惊动高天上圣大慈仁者玉皇大天尊玄穹高上帝，驾座金阙云宫灵霄宝殿，聚集仙卿，见有金光焰焰，即命千里眼、顺风耳开南天门观看。二将果奉旨出门外，看得真，听得明。须臾回报道："臣奉旨观听金光之处，乃东胜神洲海东傲来小国之界，有一座花果山，山上有一仙石，石产一卵，见风化一石猴，在那里拜四方，眼运金光，射冲斗府。如今服饵水食，金光将潜息矣。"玉帝垂赐恩慈曰："下方之物，乃天地精华所生，不足为异。"

那猴在山中，却会行走跳跃，食草木，饮涧泉，采山花，觅树果；与狼虫为伴，虎豹为群，獐鹿为友，猕猿为亲；夜宿石崖之下，朝游峰洞之中。真是"山中无甲子，寒尽不知年"。一朝天气炎热，与群猴避暑，都在松阴之下顽耍。你看他一个个：

跳树攀枝，采花觅果；抛弹子，邷么儿；跑沙窝，砌宝塔；赶蜻蜓，扑蚱蜢；参老天，拜菩萨；扯葛藤，编草袜；捉虱子，咬圪蚤；理毛衣，剔指甲；挨的挨，擦的擦；推的推，压的压；

扯的扯，拉的拉，青松林下任他顽，绿水涧边随洗濯。

一群猴子耍了一会儿，却去那山涧中洗澡。见那股涧水奔流，真个似滚瓜涌溅。古云："禽有禽言，兽有兽语。"众猴都道："这股水不知是哪里的水。我们今日赶闲无事，顺涧边往上溜头寻看源流，耍子去耶！"喊一声，都拖男挈女，唤弟呼兄，一齐跑来，顺涧爬山，直至源流之处，乃是一股瀑布飞泉。但见那：

一派白虹起，千寻雪浪飞。海风吹不断，江月照还依。
冷气分青嶂，余流润翠微。潺湲名瀑布，真似挂帘帷。

众猴拍手称扬道："好水！好水！原来此处远通山脚之下，直接大海之波。"又道："哪一个有本事的钻进去，寻个源头出来，不伤身体者，我等即拜他为王。"连呼了三声，忽见丛杂中跳出一个石猴，应声高叫道："我进去！我进去！"好猴！也是他：

今日芳名显，时来大运通。有缘居此地，王遣入仙宫。

你看他瞑目蹲身，将身一纵，径跳入瀑布泉中，忽睁睛抬头观看，那里却无水无波，明明朗朗的一架桥梁。他住了身，定了神，仔细再看，原来是座铁板桥。桥下之水，冲贯于石窍之间，倒挂流出去，遮闭了桥门。却又欠身上桥头，再走再看，却似有人家住处一般，真个好所在。但见那：

翠藓堆蓝，白云浮玉，光摇片片烟霞。虚窗静室，滑凳板生花。乳窟龙珠倚挂，萦回满地奇葩。锅灶傍崖存火迹，樽罍靠案见肴渣。石座石床真可爱，石盆石碗更堪夸。又见那一竿两竿修竹，三点五点梅花。几树青松常带雨，浑然像个人家。

看罢多时，跳过桥中间，左右观看，只见正当中有一石碣。碣上有一行楷书大字，镌着"花果山福地，水帘洞洞天"。石猴喜不自胜，急抽身往外便走，复瞑目蹲身，跳出水外，打了两个呵呵，道："大造化！大造化！"众猴把他围住，问道："里面怎么样？水有多深？"石猴道："没水！没水！原来是一座铁板桥。桥那边是一座天造地设的家当。"众猴道："怎见得是个家当？"石猴笑道："这股水乃是桥下冲贯石桥，倒挂下来遮闭门户的。桥边有花有树，乃是一座石房。房内有石锅、石灶、石碗、石盆、石床、石凳。中间一块石碣上，镌着'花果山福地，水帘洞洞天'，真个是我们安身之处。里面且是宽阔，容得千百口老小。我们都进去住，也省得受老天之气。这里边：

刮风有处躲，下雨好存身。霜雨全无惧，雷声永不闻。
烟霞常照耀，祥瑞每蒸熏。松竹年年秀，奇花日日新。"

众猴听得，个个欢喜，都道："你还先走，带我们进去，进去！"石猴却又瞑目蹲身，往里一跳，叫道："都随我进来！进来！"那些猴有胆大的，都跳进去了，胆小的，一个个伸头缩颈，抓耳挠腮，大声叫喊，缠一会儿，也都进去了。跳过桥头，一个个抢盆夺碗，占灶争床，搬过来，移过去，正是猴性顽劣，再无一个宁时，只搬得力倦神疲方止。石猿端坐上面道："列位啊，人而无信，不知其可。你们才说有本事进得来，出得去，不伤身体者，就拜他为王。我如今进来又出去，出去又进来，寻了这一个洞天与列位安眠稳睡，各享成家之福，何不拜我为王？"众猴听说，即拱伏无违。一个个序齿排班，朝上礼拜，都称"千岁大王"。自此，石猴高登王位，将"石"字儿隐了，遂称美猴王。

第六回
观音赴会问原因　小圣施威降大圣

　　真君与大圣斗经三百余合，不知胜负。那真君抖擞神威，摇身一变，变得身高万丈，两只手，举着三尖两刃神锋，好便似华山顶上之峰，青脸獠牙，朱红头发，恶狠狠，往大圣着头就砍，这大圣也使神通，变得与二郎身躯一样，嘴脸一般，举一根如意金箍棒，却就如昆仑顶上的擎天之柱，抵住二郎神。唬得那马、流元帅，战兢兢，摇不得旌旗；崩、芭二将，虚怯怯，使不得刀剑。这阵上，康、张、姚、李、郭申、直健，传号令，撒放草头神，向他那水帘洞外，纵着鹰犬，搭弩张弓，一齐掩杀。可怜冲散妖猴四健将，捉拿灵怪二三千！那些猴，抛戈弃甲，撇剑抛枪；跑的跑，喊的喊；上山的上山，归洞的归洞：好似夜猫惊宿鸟，飞洒满天星。众兄弟得胜不题。

　　却说真君与大圣变作法天象地的规模，正斗时，大圣忽见本营中妖猴惊散，自觉心慌，收了法象，掣棒抽身就走。真君见他败走，大步赶上道："哪里走，趁早归降，饶你性命！"大圣不恋战，只情跑起，将近洞口，正撞着康、张、姚、李四太尉，郭申、直健二将军，一齐帅众挡住道："泼猴！哪里走！"大圣慌了手脚，就把金箍棒捏作绣花针，藏在耳内，摇身一变，变作个麻雀儿，飞在树梢头钉住。那六兄弟，慌慌张张，前后寻觅不见，一齐吆喝道："走了这猴精也！走了这猴精也！"

正嚷处，真君到了，问："兄弟们，赶到哪厢不见了？"众神道："才在这里围住，就不见了。"二郎圆睁凤目观看，见大圣变了麻雀儿，钉在树上，就收了法象，撇了神锋，卸下弹弓，摇身一变，变作个饿鹰儿，抖开翅，飞将去扑打。

……

"你且莫动手，等我老君助他一功。"菩萨道："你有什么兵器？"老君道："有，有，有。"将起衣袖，左膊上取下一个圈子，说道："这件兵器，乃锟钢抟炼的，被我将还丹点成，养就一身灵气，善能变化，水火不侵，又能套诸物；一名'金钢琢'，又名'金钢套'。当年过函关，化胡为佛，甚是亏他。早晚最可防身。等我丢下去打他一下。"

话毕，自天门上往下一掼，滴流流，径落花果山营盘里，可可的着猴王头上一下。猴王只顾苦战七圣，却不知天上坠下这兵器，打中了天灵，立不稳脚，跌了一跤，爬将起来就跑，被二郎爷爷的细犬赶上，照腿肚子上一口，又扯了一跌。他睡倒在地，骂道："这个亡人！你不去妨家长，却来咬老孙！"急翻身爬不起来，被七圣一拥按住，即将绳索捆绑，使勾刀穿了琵琶骨，再不能变化。

第七回
八卦炉中逃大圣　五行山下定心猿

　　如来即唤阿难、迦叶二尊者相随，离了雷音，径至灵霄门外。忽听得喊声震耳，乃三十六员雷将围困着大圣哩。佛祖传法旨：“教雷将停息干戈，放开营所，叫那大圣出来，等我问他有何法力。”众将果退，大圣也收了法象，现出原身近前，怒气昂昂，厉声高叫道：“你是哪方善士？敢来止住刀兵问我？”如来笑道：“我是西方极乐世界释迦牟尼尊者，南无阿弥陀佛。今闻你猖狂村野，屡反天宫，不知是何方生长，何年得道，为何这等暴横？”大圣道：“我本：

　　天地生成灵混仙，花果山中一老猿。

　　水帘洞里为家业，拜友寻师悟太玄。

　　炼就长生多少法，学来变化广无边。

　　因在凡间嫌地窄，立心端要住瑶天。

　　灵霄宝殿非他久，历代人王有分传。

强者为尊该让我，英雄只此敢争先。"

佛祖听言，呵呵冷笑道："你那厮乃是个猴子成精，焉敢欺心，要夺玉皇上帝尊位？他自幼修持，苦历过一千七百五十劫。每劫该十二万九千六百年。你算，他该多少年数，方能享受此无极大道？你那个初世为人的畜生，如何出此大言！不当人子！不当人子！折了你的寿算！趁早皈依，切莫胡说！但恐遭了毒手，性命顷刻而休，可惜了你的本来面目！"大圣道："他虽年幼修长，也不应久占在此。常言道，皇帝轮流做，明年到我家。只教他搬出去，将天宫让与我，便罢了；若还不让，定要搅攘，永不清平！"佛祖道："你除了长生变化之法，再有何能，敢占天宫胜境？"大圣道："我的手段多哩！我有七十二般变化，万劫不老长生。会驾筋斗云，一纵十万八千里。如何坐不得天位？"佛祖道："我与你打个赌赛，你若有本事，一筋斗打出我这右手掌中，算你赢，再不用动刀兵苦争战，就请玉帝到西方居住，把天宫让你；若不能打出手掌，你还下界为妖，再修几劫，却来争吵。"

那大圣闻言，暗笑道："这如来十分好呆！我老孙一筋斗去十万八千里。他那手掌，方圆不满一尺，如何跳不出去？"急发声道："既如此说，你可做得主张？"佛祖道："做得！做得！"伸开右手，却似个荷叶大小。那大圣收了如意棒，抖擞神威，将身一纵，站在佛祖手心里，却道声："我出去也！"你看他一路云光，无影无形去了。佛祖慧眼观看，见那猴王风车子一般相似不住，只管前进。大圣行时，忽见有五根肉红柱子，撑着一股青气。他道："此间乃尽头路了。这番回去，如来作证，灵霄宫定是我坐也。"又思量说："且住！等我留下些记号，方好与如来说话。"拔下一根毫毛，吹口仙气，叫"变！"变作一管浓墨双毫笔，在那中间柱子上写一行大字云："齐天大圣，到此一游"。写毕，收了毫毛。又不庄尊，却在第一根柱子根下撒了一泡猴尿。翻转筋斗云，径回本处，站在如来掌内道："我已去，今来了。你教玉帝让天宫与我。"

如来骂道："我把你这个尿精猴子，你正好不曾离了我掌哩！"大圣道："你是不知。我去到天尽头，见五根肉红柱，撑着一股青气，我留个记在那里，你敢和我同去看么？"如来道："不消去，你只自低头看看。"那大圣睁圆火眼金睛，低头看时，原来佛祖右手中指写着"齐天大圣到此一游"。大指丫里，还有些猴尿臊气。大圣吃了一惊道："有这等事！有这等事！我将此字写在撑天柱子上，如何却在他手指上？莫非有个未卜先知的法术。我绝不信！不信！等我再去来！"

好大圣，急纵身又要跳出，被佛祖翻掌一扑，把这猴王推出西天门外，将五指化作金、木、水、火、土五座联山，唤名"五行山"，轻轻地把他压住。

第三十一回
猪八戒义激猴王　孙行者智降妖怪

行者道："你这个呆子！我临别之时，曾叮咛又叮咛，说道：'若有妖魔捉住师父，你就说老孙是他大徒弟。'怎么却不说我？"八戒又思量道："请将不如激将，等我激他一激。"道："哥啊，不说你还好哩。只为说你，他一发无状！"行者道："怎么说？"八戒道："我说'妖精，你不要无礼，莫害我师父！我还有个大师兄，叫作孙行者。他神通广大，善能降妖。他来时教你死无葬身之地！'那怪闻言，越加愤怒，骂道：'是个什么孙行者，我可怕他！他若来，我剥了他皮，抽了他筋，啃了他骨，吃了他心！饶他猴子瘦，我也把他剁碎着油烹！'"行者闻言，就气得抓耳挠腮，暴躁乱跳道："是哪个敢这等骂我！"八戒道："哥哥息怒，是那黄袍怪这等骂来，我故学与你听也。"行者道："贤弟，你起来。不是我去不成，既是妖精敢骂我，我就不能不降他。我和你去。老孙五百年前大闹天宫，普天的神将看见我，一个个控背躬身，口口称呼大圣。这妖怪无礼，他敢背前面后骂我！我这去，把他拿住，碎尸万段，以报骂我之仇！报毕，我即回来。"八戒道："哥哥，正是。你只去拿了妖精，报了你仇，那时来与不来，任从尊意。"

第三十八回
婴儿问母知邪正　金木参玄见假真

　　八戒急回头看，不见水晶宫门，一把摸着那皇帝的尸首，慌得他脚软筋麻，撺出水面，扳着井墙，叫道："师兄！伸下棒来救我一救！"行者道："可有宝贝吗？"八戒道："哪里有！只是水底下有一个井龙王，教我驮死人；我不曾驮，他就把我送出门来，就不见那水晶宫了，只摸着那个尸首。唬得我手软筋麻，挣搓不动了！哥呀！好歹救我救儿！"行者道："那个就是宝贝，如何不驮上来？"八戒道："知他死了多少时了，我驮他怎的？"行者道："你不驮，我回去耶。"八戒道："你回哪里去？"行者道："我回寺中，同师父睡觉去。"八戒道："我就不去了？"行者道："你爬得上来，便带你去；爬不上来，便罢。"八戒慌了，怎生爬得动，叫："你想！城墙也难上，这井肚子大，口儿小，壁陡的圈墙，又是几年不曾打水的井，团团都长的是苔痕，好不滑也，教我怎爬？哥哥，不要失了兄弟们和气，等我驮上来罢。"行者道："正是，快快驮上来，我同你回去睡觉。"那呆子又一个猛子，淬

311

将下去，摸着尸首，拽过来，背在身上，撺出水面，扶井墙道："哥哥，驮上来了。"那行者睁睛看处，真个的背在身上，却才把金箍棒伸下井底，那呆子着了恼的人，张开口，咬着铁棒，被行者轻轻地提将出来。

八戒将尸放下，捞过衣服穿了。行者看时，那皇帝容颜依旧，似生时未改分毫。行者道："兄弟啊，这人死了三年，怎么还容颜不坏？"八戒道："你不知之，这井龙王对我说，他使了定颜珠定住了，尸首未曾坏得。"行者道："造化！造化！一则是他的冤仇未报，二来该我们成功。兄弟快把他驮了去。"八戒道："驮往哪里去？"行者道："驮了去见师父。"八戒口中作念道："怎的起！怎的起！好好睡觉的人，被这猢狲花言巧语，哄我教做甚么买卖，如今却干这等事，教我驮死人！驮着他，腌臜臭水淋将下来，污了衣服，没人与我浆洗。上面有几个补丁，天阴发潮，如何穿么？"行者道："你只管驮了去，到寺里，我与你换衣服。"八戒道："不羞！连你穿的也没有，又替我换！"行者道："这般弄嘴，便不驮罢！"八戒道："不驮！"行者道："便伸过孤拐来，打二十棒！"八戒慌了道："哥哥，那棒子重，若是打上二十，我与这皇帝一般了。"行者道："怕打时，趁早儿驮着走路！"八戒果然怕打，没好气，把尸首拽将过来，背在身上，拽步出园就走。

（注：本段写悟空与八戒从井中救起乌鸡国国王）

312

第三十九回
一粒金丹天上得　三年故主世间生

　　话说那孙大圣头痛难禁，哀告道："师父，莫念！莫念！等我医罢！"长老问："怎么医？"行者道："只除过阴司，查勘那个阎王家有他魂灵，请将来救他。"八戒道："师父莫信他，他原说不用过阴司，阳世间就能医活，方见手段哩。"那长老信邪风，又念紧箍儿咒，慌得行者满口招承道："阳世间医罢！阳世间医罢！"八戒道："莫要住！只管念！只管念！"行者骂道："你这呆孽畜，撺道师父咒我哩！"八戒笑得打跌道："哥耶！哥耶！你只晓得捉弄我，不晓得我也捉弄你捉弄！"行者道："师父，莫念！莫念！待老孙阳世间医罢。"三藏道："阳世间怎么医？"行者道："我如今一筋斗云，撞入南天门里，不进斗牛宫，不入灵霄殿，径到那三十三天之上，离恨天宫兜率院内，见太上老君，把他'九转还魂丹'求得一粒来，管取救活他也。"

　　三藏闻言大喜，道："就去快来。"行者道："如今有三更时候罢了，投到回来，好天明了。只是这个人睡在这里，冷淡冷淡，

313

不像个模样；须得举哀人看着他哭，便才好哩。"八戒道："不消讲，这猴子一定要我哭哩。"行者道："怕你不哭！你若不哭，我也医不成！"八戒道："哥哥，你自去，我自哭罢了。"行者道："哭有几样：若干着口喊，谓之嚎；扭搜出些眼泪儿来，谓之啕。又要哭得有眼泪，又要哭得有心肠，才算着号啕痛哭哩。"八戒道："我且哭个样子你看看。"他不知那里扯个纸条，捻作一个纸捻儿，往鼻孔里通了两通，打了几个涕喷，你看他眼泪汪汪，黏涎答答的，哭将起来。口里不住地絮絮叨叨，数黄道黑，真个像死了人的一般，哭到那伤情之处，唐长老也泪滴心酸。行者笑道："正是那样哀痛，再不许住声。你这呆子哄得我去了，你就不哭。我还听哩！若是这等哭便罢；若略住住声儿，定打二十个孤拐！"八戒笑道："你去！你去！我这一哭动头，有两日哭哩。"沙僧见他数落，便去寻几支香来烧献。行者笑道："好！好！好！一家儿都有些敬意，老孙才好用功。"

好大圣，此时有半夜时分，别了他师徒三众，纵筋斗云，只入南天门里。果然也不谒灵霄宝殿，不上那斗牛天宫，一路云光，径来到三十三天离恨天兜率宫中。才入门，只见那太上老君正坐在那丹房中，与众仙童执芭蕉扇，扇火炼丹哩。他见行者来时，即吩咐看丹的童儿："各要仔细，偷丹的贼又来也。"行者作礼笑道："老官儿，这等没搭撒。防备我怎的？我如今不干那样事了。"老君道："你那猴子，五百年前大闹天宫，把我灵丹偷吃无数，着小圣二郎捉拿上界，送在我丹炉炼了四十九日，炭也不知费了多少。你如今幸得脱身，皈依佛果，保唐僧往西天取经，前者在平顶山上降魔，弄刁难，不与我宝贝，今日又来做甚？"行者道："前日事，老孙更没稽迟，将你那五件宝贝当时交还，你反疑心怪我？"

老君道："你不走路，潜入吾宫怎的？"行者道："自别后，西遇一方，名乌鸡国。那国王被一妖精假装道士，呼风唤雨，阴害了国王，那妖假变国王相貌，现坐金銮殿上。是我师父夜坐宝林寺看经，那国王鬼魂参拜我师，敦请老孙与他降妖，辨明邪正。正是老孙思无指实，与弟八戒，夜入园中，打破花园，寻着埋藏之所，乃是一眼八角琉璃井内，捞上他的尸首，容颜不改。到寺中见了我师，他发慈悲，着老孙医救，不许去赴阴司里求索灵魂，只教在阳世间救治。我想着无处回生，特来参谒。万望道祖垂怜，'九转还魂丹'借得一千丸儿，与我老孙，搭救他也。"老君道："这猴子胡说！什么一千丸，二千丸！当饭吃哩！是哪里土块勘的，这等容易？咄！快去！没有！"行者笑道："百十丸儿也罢。"老君道："也没有。"行者道："十来丸也罢。"老君怒道："这泼猴却也缠帐！没有，没有！出去，出去！"行者笑道："真个没有，我问别处去救罢。"老君喝道："去！去！去！"这大圣拽转步，往前就走。

老君忽的寻思道："这猴子愈懒哩，说去就去，只怕溜进来就偷。"即命仙童叫回来道："你这猴子，手脚不稳，我把这'还魂丹'送你一丸罢。"行者道："老官儿，既然晓得老孙的手段，快

315

把金丹拿出来，与我四六分分，还是你的造化哩；不然，就送你个'皮笊篱——一捞个罄尽。'"那老祖取过葫芦来，倒吊过底子，倾出一粒金丹，递与行者道："止有此了。拿去，拿去！送你这一粒，医活那皇帝，只算你的功果罢。"行者接了道："且休忙，等我尝尝看。只怕是假的，莫被他哄了。"扑的往口里一丢，慌得那老祖上前扯住，一把揪着顶瓜皮，攥着拳头，骂道："这泼猴若要咽下去，就直打杀了。"行者笑道："嘴脸！小家子样！哪个吃你的哩！能值几个钱！虚多实少的。在这里不是？"原来那猴子颏下有嗉袋儿。他把那金丹噙在嗉袋里，被老祖捻着道："去罢！去罢！再休来此缠绕！"这大圣才谢了老祖，出离了兜率天宫。

第六十六回
诸神遭毒手　弥勒缚妖魔

　　行者见有瓜田，打个滚，钻入里面，即变作一个大熟瓜，又熟又甜。那妖精停身四望，不知行者哪方去了。他却赶至庵边叫道："瓜是谁人种的？"弥勒变作一个种瓜叟，出草庵笑道："大王，瓜是小人种的。"妖王道："可有熟瓜么？"弥勒道："有熟的。"妖王叫："摘个熟的来，我解渴。"弥勒即把行者变的那瓜，双手递与妖王。妖王更不察情，到此接过手，张口便啃。那行者乘此机会，一毂辘钻入咽喉之下，等不得好歹，就弄手脚。抓肠蒯腹，翻跟头，竖蜻蜓，任他在里面摆布。那妖精疼得偌牙傃嘴，眼泪汪汪，把一块种瓜之地，滚得似个打麦之场，口中只叫："罢了！罢了！谁人救我一救！"弥勒却现了本像，嘻嘻笑笑，叫道："孽畜！认得我么？"那妖抬头看见，慌忙跪倒在地，双手揉着肚子，磕头撞脑，只叫："主人公！饶我命罢！饶我命罢！再不敢了！"弥勒上前，一把揪住解了他的后天袋儿，夺了他的敲磬槌儿，叫："孙悟空，看我面上，饶他命罢。"行者十分恨苦，却又左一拳，右一脚，在里面乱掏乱捣。那怪万分疼痛难忍，倒在地下。弥勒又道："悟空，他也够了，你饶他罢。"行者才叫："你张大口，等老孙出来。"那怪虽是肚腹绞痛，还未伤心。俗语云："人未伤心不得死，花残叶落是根枯。"他听见叫张口，即便忍着疼，把口大张。行者方才跳出，现了本像，急掣棒还要打时，早被佛祖把妖精装在袋里，斜跨在腰间。手执着磬槌，骂道："孽畜！金铙偷了哪里去了？"那怪却只要怜生，在后大袋内哼哼唧唧的道："金铙是孙悟空打破了。"佛祖道："铙破，还我金来。"那怪道："碎金堆在殿莲台上哩。"

第七十二回
盘丝洞七情迷本　濯垢泉八戒忘形

八戒抖擞精神，欢天喜地，举着钉耙，拽开步，径直跑到那里。忽的推开门时，只见那七个女子，蹲在水里，口中乱骂那鹰哩，道："这个扁毛畜生！猫嚼头的亡人！把我们的衣服都叼去了，教我们怎么的动手！"八戒忍不住笑道："女菩萨，在这里洗澡哩，也携带我和尚洗洗，何如？"那怪见了作怒道："你这和尚，十分无礼！我们是在家的女流，你是个出家的男子。古书云：'七年男女不同席。'你好和我们同塘洗澡？"八戒道："天气炎热，没奈何，将就容我洗洗儿罢。哪里调甚么书担儿，同席不同席！'呆子不容说，丢下钉耙，脱了皂锦直裰，扑地跳下水去。那怪心中烦恼，一齐上前要打。不知八戒水势极熟，到水里摇身一变，变做一个鲇鱼精。那怪就都摸鱼，赶上拿他不住。东边摸，忽的又渍了西去；西边摸，忽的又渍了东去；滑扢廜的只在那腿裆里乱钻。原来那水有揽胸之深，水上盘了一会儿，又盘在水底，都盘倒了，喘嘘嘘的，精神倦怠。

《中国历代经典宝库》总目